이름을 훔치는 페퍼 루

SEOUL, 2011

이름을 훔치는 페퍼 루

초판 제1쇄 발행일 2011년 9월 25일
초판 제3쇄 발행일 2013년 12월 15일
지은이 제럴딘 머코크런 옮긴이 조동섭
발행인 전재국 발행처 (주)시공사
주소 서울시 서초구 사임당로 82
전화 영업 2046-2800 편집 2046-2821~4
인터넷 홈페이지 www.sigongsa.com

THE DEATH DEFYING PEPPER ROUX
Copyright © 2009 by Geraldine McCaughrean
All rights reserved.
Korean translation copyright © 2011 by Sigongsa Co., Ltd.
Korean translation rights arranged with David Higham Associates Ltd.
through Eric Yang Agency, Seoul.

이 책의 한국어판 저작권은 에릭양 에이전시를 통해
David Higham Associates Ltd.와 독점 계약한 (주)시공사에 있습니다.
저작권법에 의해 한국 내에서 보호받는 저작물이므로, 무단 전재와 무단 복제를 금합니다.

ISBN 978-89-527-6296-2 43840
ISBN 978-89-527-5572-8 (세트)

*시공주니어 홈페이지 회원으로 가입하시면 다양한 혜택이 주어집니다.
*잘못 만들어진 책은 구입하신 서점에서 바꾸어 드립니다.

♣ 사랑의 열매와 함께 저소득층 어린이들의 교육 자금을 지원합니다.

이름을 훔치는 페퍼 루

제럴딘 머코크런 지음 | 조동섭 옮김

The Death Defying Pepper Roux

시공사

앨리스와 이모젠에게

차례

- 1장 생일 맞은 소년 • 9
- 2장 사기꾼 • 33
- 3장 시위대 • 55
- 4장 페퍼 살라미 • 78
- 5장 신문 • 98
- 6장 고해 성사 • 122
- 7장 종마 • 141
- 8장 수영장 • 168

9장
좋은 소식만 전하는 소년 • 184

10장
에그모르트의 착한 남편 • 207

11장
해외 파병 군대 • 223

12장
빅 살 • 235

13장
소금과 페퍼 • 259

14장
열넷 • 283

15장
열넷 이후 • 333

옮긴이의 말 • 340

1장
생일 맞은 소년

열네 살 생일 아침. 페퍼는 잠에서 깨어 2분이 다 지난 뒤에야 비로소 깨달았다. 그날은 페퍼가 죽어야 하는 날이었다. 심장이 쿵쾅거렸다. 내장 안쪽의 부드러운 녹색 벽에 당구공이 튀는 듯했다. 모두가 기다리던 날이 아닌가. 페퍼는 사람들을 실망시킬지도 모른다는 생각에, 약한 모습을 보여 사람들을 낙담시킬지 모른다는 걱정에 두려웠다.

페퍼가 아침 식탁 앞에 나오자, 페퍼 어머니의 얼굴이 하얗게 질렸다. 페퍼는 어머니의 휘둥그레진 눈, 눈물이 그렁그렁한 시선을 차마 마주 볼 수 없었다. 그래도 페퍼는 자기 시선을 따라 스크램블드에그와 차가운 햄을 차례로 바라보는 어머니의 눈길을 느꼈다. 어머니는 아침에 페퍼에게 뽀뽀하는 법이 없었다. 사실, 어머니는 페퍼에게 뽀뽀한 적이 한 번도 없었다. 미레유 이모가 페퍼의 어머니와 아버지에게 페퍼를 잃는 슬픔을 이기고 싶다면, '포브르(프랑스 어로 '불쌍한 것'이라는 뜻 : 옮긴이)'를 너무 좋아하지 말라고 충고했기 때문이다.

페퍼의 진짜 이름은 '폴'이었다. 하지만 페퍼는 어릴 때 누가 이름을 물으면, '포브르'라고 대답했다. 어쨌든 페퍼의 어머니는 늘 페퍼를 '포브르'라 불렀다.
"옷 입어, 내 포브르."
"다 먹어, 내 포브르."
"인사해, 어린 포브르."
어린 페퍼의 학교 친구들은 '포브르'를 잘못 알아듣고 '푸아브르('후추'를 뜻하는 프랑스 어 : 옮긴이)'라 불렀고, 그들의 부모들은 물었다.
"후추? 왜 아이 이름이 후추야?"
모두 미레유 이모 탓이었다. 결혼하지 않은 미레유 이모는 결혼한 여동생 집에 얹혀살았다. 그래서 페퍼 어머니가 사랑스러운 아들을 낳았을 때, 가장 먼저 아기를 본 사람은 미레유 이모였다.
미레유 이모는 요람에 기대서서 커다랗고 누런 이에 침을 적시며 떨리는 목소리로 말했다.
"불쌍한 것. 열네 살에 죽어야 한다니."

페퍼의 가여운 어머니가 소리쳤다.

"그러지 마! 언니는 대체 왜 그런 말을 해?"

신앙심이 두터운 미레유 이모가 나직이 속삭였다.

"안타깝지만, 그게 하늘의 뜻이야. 성 콩스탕스께서 지난밤 꿈에 나타나서 말씀하셨어."

미레유 이모는 '페퍼가 어른이 되기 전에 죽는다'는 무서운 소식을 아기 입에 물리는 장난감인 양, 세례식에 내놓는 작은 선물인 양, 요람에 내던졌다.

가장은 바다에 나가 있고, 두 여자는 서로를 의지하며 인생이 불공평하다고 푸념했다. 사실, 어린 페퍼에게는 어머니와 이모가 한 쌍의 책 지지대 같았다. 코르셋을 여미지 못할 만큼 뚱뚱한 어머니와 이모의 몸에는 우울이 가득 차 있었다. 페퍼가 한 살이 되는 생일날, 이모는 교회 마당 괜찮은 곳에 작은 땅을 샀다. 딱 작은 무덤만 한 너비의 땅이었다.

페퍼는 자신의 어두운 운명에 그리 의문을 품지 않았다. 태어날 때부터 천식이나 안짱다리를 타고난 아이가 자기 운명에 품는 의문 정도였다. 성 콩스탕스는 다 알고 있었고, 페퍼는 받아들였다. 페퍼는 몸집도 단단하고 건강한 아이였지만, 페퍼의 어머니는 페퍼를 병약한 아이로 다루었다. 정원에서 키운 약초를 달여서 그 물을 먹이고, 쇠족을 삶아서 젤리처럼 만든 음식을 숟가락으로 떠먹였다. 이모는 페퍼에게 도리도리나 짝짜꿍, 죔죔 등을 가르치지 않았다. 대신, 임종 직전의 의식을 가르치듯, 페퍼가 반응할 때까지 그 작은 손가락을 하나씩 잡아당겼다. 이모는 자장가 대신 찬송가를 가르쳤다. 재가 되어 사라지는 뼈, 이를 가는 적들, 죽음이 드리운 계곡 등이 나오는 찬송가들이었다.

페퍼가 남자의 모습을 보는 것은 배를 타는 아버지가 어쩌다 집에 들를 때뿐이었다. 페퍼의 아버지인 루 선장은 아들에게 럼주 잔을 내밀었고, (물론 그 술을 마시고 취한 사람은 아버지였다.) 페퍼가 보면 안 될 멜로드라마를 연출했다. 아버지는 이국적인 과일나무 씨앗을 집에 가져왔고, 아버지와 아들은 북쪽으로 난 창 앞에 씨앗을 심었다. 모두가 심은 씨앗이 페퍼처럼 채 다 자라지 못하고 죽을 것이라고 생각했다.

돈을 많이 들여서 페퍼를 가르칠 이유도 없었다. 게다가 페퍼의 어머니는 아들을 최대한 오래 옆에 두려 했으므로, 페퍼가 초등학교에서 글을 깨우친 뒤에는 페퍼를 집에만 두었다. 루 집안 영지의 일꾼들은 주인 아들이 모자라다고 생각하고, 주인 부부를 무척 안쓰럽게 여겼다. (하지만 페퍼를 불쌍히 여긴 것은 아니었다.)

페퍼는 까치발로 아버지 책장에서 책을 꺼내며 손 닿는 한 많은 것을 배우려 애썼다. 해적과 밧줄 매듭 매는 법, 바다를 다룬 책이 대부분이었다. 그래서 페퍼는 희망봉, 카리브 해, 바르바리 해안(지중해 연안의 지명 : 옮긴이) 등을 여행하는 상상으로 지루한 일상에 불을 밝혔다. 페퍼는 포도즙 짜는 기계를 배로 삼았다. 포도즙 짜는 기계에는 아무것도 담을 수 없었지만, 포도주 냄새가 남아 있었다. 페퍼가 거기에 올라타서 고개를 이리저리 돌리면, 포도주 냄새 때문에 정말 바다에 나온 양 멀미가 났다. 페퍼는 집에 오는 손님을 빼고 다른 사람은 만난 적이 없었고, 그 손님들 모두가 믿음이 굳고 점잖아서, 페퍼는 해적도 믿음이 굳고 점잖다고 생각했다. 페퍼가 상상한 해적들은 오후에 티타임도 가졌다.

죽는 해적도 전혀 없었다.

하루하루가 도미노처럼 툭툭 넘어갔다. 변성기가 와서 페퍼의 목소리가 갈라지자, 페퍼 어머니의 마음도 갈라졌다. '그때'가 다가오고 있었기 때문이다. 어머니는 입술을 깨물며 기도했다. 아들이 고통 없이, 아픔 없이 마지막을 맞기를 기도했다. 미레유 이모는 더 현실적이었다. 이모는 페퍼에게 천국에 가서 무슨 말을 해야 하는지 연습시키고, 축복을 입어 천국에 올라간 사람들을 만났을 때 건네야 할 인사를 가르쳤다. 페퍼는 이모가 가르치는 말들을 잘 외우지 못했다. 그러면 미레유 이모는 페퍼의 잠옷 주머니와 접은 소매 끝단에 종이를 넣었다.

"펜리스 이모한테 확실히 전해야 해. 알았지? 그리고 이건 미셸 신부님께 전해."

페퍼가 침대에 누우면, 침대 머리맡에 바늘이나 핀에 꽂힌 쪽지가 있기도 했다.

지금이나 죽음의 순간이나 이 죄인들을 위해 기도하소서.
성 콩스탕스의 충성스러운 하인, 미레유 레퐁 (미혼)

페퍼는 언덕이나 나무, 지붕 등 높은 곳이라면 어디든 올라갔다. 사신이 검정 깃발을 위에 걸거나 불기둥을 앞세우고 흰 말을 타고 오지 않는지 보려 했다. 페퍼는 하늘을 샅샅이 훑었다. 천사들이 구름에 앉아서 낚싯줄로 영혼을 낚고 있는 건 아닌지, 성난 마차가 자신을 납치하려고 내려오는 건 아닌지 살폈다. 높은 곳에 올라가도 무섭지 않았다. 페퍼는 자신이 어떻게 죽게 될지 여러 해 동안 생각했고, 여러 죽음을 비교한 뒤, 높은 곳에서 떨어져 죽는 것이 가장 좋겠다고 결론지었다. 떨어질 때는 하늘을 나는 기분을 느끼고, 고통도 순식간일 것이다. 그렇다고 페퍼가 죽을 길을 고를 수 있는 것은 아니었다. 페퍼에게 어린 시절은 벗어날 수 없는 쥐덫이었다. 세상은 다른 사람들에게나, 작은 무덤이 아닌 다른 갈 곳이 있는 사람들에게나 뜻있는 곳이었다. 그래서 페퍼는 가지에 앉은 철새처럼 몸을 웅크리고 겨울을 기다렸다.

그러나 겨울은 오지 않았다.

이모는 페퍼가 환영받을 시기를 넘어 오래 머문 손님인 양 페퍼를 더욱더 차갑게 대했다.

항해 중간에 집에 돌아온 페퍼의 아버지조차 페퍼를 보고 당황했다.

"뭐야? 아직 집에 있었어?"

"죄송해요, 아버지."

루 선장은 처형에게 쏘아붙였다.

"처형, 정말 잘못 들은 거 아니죠? 40을 14로 들은 것 아닌가요? 40을 14로 잘못 듣기 쉽잖아요."

페퍼는 아버지의 말에 어찌나 놀랐는지 의자에서 벌떡 일어서다가 물컵을 쓰러뜨렸다. 물이 이모의 빵 접시에 엎질러져서 빵을 적셨다.

이모는 젖은 빵이 역겨운 듯 포크로 빵을 쿡쿡 찌르며, 아니라고 확실히 말했다. 성 콩스탕스의 말은 아주 또박또박하고, 말 하나하나가 아름답게 들렸다고. 성 콩스탕스는 페퍼가 열네 살에 죽는다고 분명히 일렀다고 말했다.

그리고 이모는 처음으로 새로운 이야기를 털어놓았다.

"사실은……, 사실은, 성 콩스탕스께서 나한테 여러 번 말씀하셨어. '열네 살'이라고."

페퍼는 식구들의 잔소리를 피하려고 숲으로 갔다. 아버지의 권총으로 움직이지 않는 사물들을 쏘았다. 쥐나 비둘기 같은 살아 있는 동물은 절대 쏘지 않았다. 페퍼는 그런 동물들이 자신과 무척 비슷하다고 느꼈다. 오래 살지 못하는 귀찮은 존재. 페퍼는 차라리 영지에 해를 끼치는 더러운 떼까마귀들을 쏘고 싶었다.

이모가 말했다.

"불길한 징조를 알리는 새들이 '그때'가 오면 하늘에 모여 들어."

하지만 페퍼는 깃털이 장례식을 상징하는 검은색이라는 이유만으로 떼까마귀를 쏘는 것도 옳지 않은 일이라고 생각했다.

페퍼가 마지막 아침을 먹으려고 자리에 앉는 동안, 미레유 이모가 말했다.

"성당에 들른 뒤에, 갈 수 있는 한 멀리 강을 따라 산책 다녀오자."

페퍼가 말했다.

"고해 성사는 어제 했어요."

미레유 이모는 벌써 성당에 와 있는 양 목소리를 낮추며 페퍼를 나무랐다.

"예수님 앞에 무릎을 꿇는 일에 어제오늘이 어디 있어?"

페퍼는 이모에게 기도라면 이미 할 만큼 했다고 대들고 싶었다. 어찌나 자주 꿇어앉아 기도를 했던지, 무릎에 흉하게 커다란 굳은살까지 박였다. 그런 무릎을 보고 친절하게 대할 하인이 어디 있을까? 이모는 페퍼에게 언젠가 벗어날 육신을 역겹게 여기라고 자주 말했다. 하지만 페퍼가 이모의 말을 따르려 해도, 페퍼에게는 자기 무릎만 역겨울 뿐이었다. 페퍼는 무릎을 뺀 온몸을 남몰래 좋아했다. 아름다운 시계처럼 오래

가지 못하고 멈출지라도 예쁜 몸이었다.

아침 식탁이 조용해졌다. 어찌나 조용한지, 페퍼는 자기 음식 씹는 소리가 부끄러워 그만 먹고 싶은 지경이었다. 하지만 페퍼의 배는 이런 상황에 아랑곳없이 음식을 바랐다. 어머니가 접힌 편지를 펼쳐 소리 내서 읽으려다가, 갑자기 어깨를 웅크리고 울기 시작했다. 별일 아니었다. 페퍼는 벌써 그 편지 내용을 알고 있었다. 이미 어머니가 몇 번이나 읽어 주었다. 아버지의 작별 편지였다.

자, 이제 밧줄을 풀어. 돛을 올려. 순풍이 분다. 항구들도 안전하다. 나쁜 일들은 다른 사람에게나 일어나라고 해. 이 일들은 우리의 믿음을 시험하는 것. 참아. 나 때문에 스스로를 비난하지 마. 어쩔 수 없는 일이잖아. 세상은 그래도 돌아가. 나는 트집을 잡는 사람이 아니야. 나는 여전히⋯⋯.

'그래요, 아버지는 여전하겠죠. 그렇죠? 네, 아버지는 여전하겠죠.'

페퍼는 평소와 달리 비꼬아 생각했다.

너를 사랑한다. 아버지, 질베르 곡 (선장)

어머니가 흐느끼며 말했다.

"네 아버지가 여기 있으면 얼마나 좋을까! 배가 또 침몰하는 불운을 겪지 않도록 하느님께 기도할걸! 네 아버지가 분명 우리를 도우러 왔을 텐데, 오지 않은 걸 보면 무슨 일을 당한 거야!"

이모가 코웃음을 쳤다. 사고 나기 쉬운 루 선장의 직업을 비웃는 뜻이기도 하고, '남자가 제때 꼭 필요한 곳에 있은 적이 한 번이라도 있어?'라는 뜻이기도 했다.

페퍼가 말했다.

"시내에 갈래요. 저 혼자만."

어머니가 말했다.

"어머! 안 돼. 얘야……!"

미레유는 여동생의 팔에 손을 얹어 여동생을 달래며, 더 많은 것을 알고 있는 듯이 말했다.

"포브르가 그러고 싶다면, 그대로 해 주자."

어쩌면 미레유 이모는 페퍼가 어떻게 죽을지 성 콩스탕스에게 미리 들은 게 아닐까? 시내에서 건물이 무너지나? 페퍼는 운명을 피하려 들면 안 된다는 걸 잘 알고 있었지만, 그래도 그냥 집에 있는 게 좋겠다고 생각했다.

하지만 실내는 점점 더 좁게만 느껴졌다. 모양도 크기도 관처럼 줄어드는 것 같았다. 아침 케저리(생선, 쌀, 삶은 달걀, 파슬리 등을 넣고 카레와 버터, 크림으로 맛을 내는 음식 : 옮긴이) 냄새보다 두 여자의 제비꽃과 라벤더 향수 냄새가 더 진했다. 천장 한가운데에서는 파리들이 뱅뱅 맴돌았다.
　페퍼는 생각했다.
　'파리들이 구석으로 날아가서 거미줄에 걸려 죽었으면 좋겠어. 나는 운명을 못 피하는데, 왜 파리들은 거미줄을 벗어나야 해?'
　페퍼는 숨이 막혔다. 신선한 공기를 쐬려고 일어서서 문으로 갔다. 문을 열자, 성문을 부수는 망치처럼 햇빛이 확 밀려왔다. 죽음도 이렇게 확 나타날까? 아니면 바깥 어디에서 페퍼를 기다리고 있을까?
　페퍼는 고개를 돌려 식탁을 보았다. 몸집이 큰 은발의 두 여자가 보였다. 이모는 가방에서 손톱깎이를 찾고 있었다. 왜? 페퍼의 생명선을 이모가 직접 끊으려고? 페퍼는 윗옷도 입지 않은 채 갑자기 마당으로 나가서 걷기 시작했다. 계속 걸었다. 도로까지 걸었다.

　페퍼는 바다 쪽으로 걸었다.
　나무마다 앉아 있던 떼까마귀들이 하늘로 빙빙 날아올랐다가 다시 가지에 앉았다. 떼까마귀들이 들판으로 날아가기에는 너무 이른 시간이었다. 햇빛을 받은 느릅나무 높은 가지들에 떼까마귀의 검은색이 섞여서, 이가 늑실대는 검은 머리처럼 보였다. 떼까마귀들의 소리는 무시무시했다. 종이를 찢는 듯한 광기 어린 소리는 페퍼의 기분 같았다. 그래, 나쁜 징조를 알리는 새야. 그 어느 때보다 나빠. 떼까마귀는 운명을 더 확실히 알리려고 나타난 게 틀림없어.

'경고했지? 경고했지? 죽어! 죽어!'

떼까마귀가 앉지 않은 나무는 항구에 정박한 배 두 척의 돛대뿐이었다. 만 가까이 가서야 굴뚝들이 보였고, 조금 더 가니 그 굴뚝들 아래로 증기선들이 보였다. 증기선들은 부두에 포근히 잠들어 있었다. 두 척 중 하나는 페퍼 아버지의 배였다.

처음에는 잘못 본 줄 알았다. 어쨌든 바다를 다니는 증기선은 다 비슷하지 않나? 아니, 아니었다. 정말 '라베레니스'였다. 라베레니스호는 바다에 아주 오래 나가 있던 배가 그렇듯, 온갖 긁힌 자국과 흉터를 그대로 드러냈다. 짐을 옮기고 갑판을 청소하는 뱃사람들로 갑판이 붐볐다.

갑판원이 뭍에서 얽힌 밧줄을 풀고 둥글게 감으며 말했다.

"수리해."

그리고 또 한 번 되풀이했다. (이 갑판원은 아는 단어가 많지 않았다.)

"수리해."

페퍼가 물었다.

"루 선장님은 어디 계세요?"

갑판원이 갑자기 소리쳤다.

"꼬마야, 없어져!"

'없어져!'라니, 이 갑판원은 홍수나 역병을 알리는 늙은 선지자가 아닐까? 하지만 갑판원은 그저 페퍼가 밧줄을 밟고 있어서 일에 방해가 되니, 저리 가라고 말했을 뿐이었다.

"꼬마야, 옆으로 가."

페퍼는 뒷걸음쳤다. 아버지의 배를 훑어보았다. 라베레니스호는 며칠 전부터 정박해 있었던 게 틀림없었다. 그런데 아버지는 왜 집에 오지 않았지? 집이 아니면 어디에 갔을까?

말이 짧은 갑판원이 말했다.

"호텔."

"아."

"거기 가서 찾아."

페퍼는 수수께끼를 푼 것으로 만족했다. 아버지는 항해에서 돌아왔지만, 아들이 죽는 열네 번째 생일을 넘긴 뒤에 집에 오기로 마음먹은 것이다. 말하자면, '임종을 지키고' 싶지 않은 것이다.

말이 짧은 갑판원이 말했다.

"없어져!"

또 선지자의 예언처럼 들렸다. 하지만 이번에도 그런 말은 아니었다. 갑판원은 돛대 꼭대기를 흘깃 보다가 목수가 커다란 오크 도르래를 놓친 것을 보았던 것이다. 도르래가 떨어졌다. 도르래는 아래로 휙 날아오며, 페퍼가 서 있던 바로 그 자리에 떨어졌다. 쇠갈고리가 밧줄에 닿자, 연골을 찢는 소리가 났다. 갑판원은 욕을 했다. 도르래를 쏘아보며 다시 욕을 하고, 목수를 올려다보며 세 번째로 욕을 했다.

페퍼는 사과했다. (분명 페퍼 때문에 일어난 사고였을 테고, 페퍼는 자기 때문에 갑판원을 놀라게 해서 미안했다.) 갑판원은 페퍼의 침착한 모습에 스스로가 부끄러웠는지 놀란 기색을 감추고, 부두의 다른 쪽 끝에 정박한 배를 손가락으로 가리켰다. 라베레니스호만큼 낡은 배였다. 아니, 녹슬고 낡아서 라베레니스호보다 훨씬 형편없었다.

"루는 배를 옮겼어. 저게 루의 배야. 오늘 항해를 나간다고 했는데, 아마 루가 뭘 기다리나 봐. 뭐더라, 집안일? 장례식? 뭐 그런 거. 그다음에 항해를 나간대."

페퍼가 대꾸했다.

"아."

페퍼는 생각했다.

'아버지가 장례식에는 참석할 생각인가 봐. 그것만 해도 고마운 일이지.'

페퍼가 발끝으로 커다란 오크 도르래를 밀었다. 어쩌면 호텔로 가서 아버지에게 아직 죽지 않았다고 사과해야 할지도 모르겠다.

페퍼가 아버지를 찾아낸 곳은 호텔 안쪽 술집이었다. 질베르 루 선장은 탁자에 얼굴을 처박고 있었다. 어찌나 취했는지 감긴 눈을 엄지와 검지로 떼어야 했다.

루 선장이 꼬부라진 소리로 물었다.
"누구야?"
페퍼는 탁자 밑에 떨어진 아버지의 선장 모자를 집으며 말했다.
"저예요. 아버지 아들요."
루 선장은 탁자 위에 엎질러진 맥주에서 볼을 떼지 않은 채 말했다.
"죽어어었어? 마침내 갔군. 장례식은 어어언제?"
루 선장은 그 말만 마치고, 다시 눈을 감았다.
페퍼가 대답했다.
"오늘은 아니에요."
페퍼는 잠시 어쩔 줄 모르다가 의자 등받이에 걸린 아버지의 재킷을 집었다.
바텐더가 바에서 유리잔들을 닦다가, 술집에서 나가는 페퍼에게 물었다.
"너, 루의 아들이지?"
"아뇨, 아녜요."
페퍼는 다시 언덕을 내려와서 항구로 갔다. 재킷은 너무 컸지만, 모자는 거의 맞았다. (모자의 크기는 나이에 따라 크게 변하지 않는다. 운명만 나이에 따라 변한다.) 페퍼는 롱브라쥬호로 오르는 널빤지를 지나며, 모자를 쓰고 재킷은 한쪽 팔에 걸쳤다.

새 배. 새 선원들. 이 사람들은 전혀 모르겠지.

페퍼는 재킷 주머니에서 서류들을 꺼냈다.

"루라고 해. 루 선장."

널빤지 끝에 있던 뱃사람이 페퍼를 아래위로 훑어보았다. 얼굴에는 주근깨가 가득하고, 몸은 깡마른 사내아이가 감색 선장 모자에 귀가 눌린 채 서 있다니.

페퍼가 말했다.

"돛을 올려. 지금 당장."

페퍼는 고개를 돌려서 언덕 위 호텔을 보았다.

'제발, 얼른 서두르세요!'

그런 말이 목까지 차올랐지만, 꾹 눌렀다.

뱃사람은 다른 의견을 내는 사람이 없는지 잠시 주위를 둘러보다가, 함교 쪽으로 뭐라고 소리쳤다. 어떤 사람의 머리가 보이고, 손도 보였다. 그리고 뱃고동 소리가 길고 힘차게 울렸다.

페퍼는 목을 움츠렸다. 금방이라도 내달리려는 듯 종아리 근육이 팽팽해졌다. 뱃고동 소리가 어찌나 시끄러운지 머리가 아플 지경이었다. 뱃고동 소리는 멈출 줄 몰랐다. 항구 관리인을 부르는 게 틀림없어! 아니면 시장을 부르거나! 아니면 어머니가 올지도 몰라! 성 콩스탕스나 무서운 검을 든 천사가 올지도 몰라! 이리저리 내달리는 발소리에 페퍼는 어쩔어쩔했다.

호텔 술집에서 구르다시피 나온 남자가 어깨에 가방을 메고, 손으로 눈부신 햇빛을 가리며, 가파른 길을 내려와 항구로 달려왔다. 뱃고동 소리가 멈추기 전에 배에 타지 않으면, 배가 그냥 출발할 수도 있었다. 페퍼는 달려오는 그 사람을 꼼짝 않고 지켜보며, 분명 아버지일 거라고 생각했다. 하지만 질베르 루는 아직도 호텔 안쪽 술집에서 술에 취해 있었다. 마지막 뱃고동이 울려도 깨어나지 못할 만큼 단단히 취했다.

널빤지 끝에 있던 뱃사람이 옆으로 물러서며, 조금은 건성으로 페퍼에게 경례했다.

"어서 오십시오, 선장."

뭐, 누구나 자기가 기대하는 것만 보지 않나?

아니면, 누구나 자기가 보고 싶은 것만 보지 않나?

갑판으로 가는 사이, 페퍼의 가슴에 자리한 두려움은 점점 커졌다. 어쩌자고 이런 바보짓을 벌였지? 이제 출항을 지시해야 해. 돛을 올리고, 항로를 정하고, 선장이 해야 할 일들을 다 해야 해! 항구의 좁은 입구 사이로 이 넓은 배를 지나가게 하려면 어떻게 해야 하지? 녹슨 뱃머리가 찌그러질 거야. 낡은 배 옆에 구멍이 난 거야 롯브라쥬호가 가라앉겠지. 몇 년에 한 번 있을 큰 사고가 될 거야! 배를 출항시킬 수 있다고 생각한 것 자체가 말도 안 돼.

하지만 페퍼가 함교에 다다랐을 때는 일등 항해사가 이미 키를 잡고 있었다. 일등 항해사는 배를 다루느라 바빠서 페퍼가 온 것도 알아채지 못했다. 그래서 페퍼는 뱃머리로 갔다. 배는 항구 입구를 표시한 초록과 빨강 부표들을 향해 사람이 걷는 속도로 나아갔다.

방파제 끝에서 사내아이 몇몇이 장어를 잡고 있었다. 한 아이가 페퍼를 보고 대나무 막대로 페퍼를 가리켰다. 늘어진 그물 안에서 장어 한 마리가 달랑거렸다. 작고 징그러운 장어는 자신의 운명에서 벗어나려고 몸부림치고 있었다.

아이가 말했다.

"페퍼 루? 맞지? 너지?"

페퍼는 수평선 쪽으로 고개를 돌렸다.

"아니, 아니야."

파도 소리, 목수들이 라베레니스호를 손질하는 소리, 교회 종소리……. 육지에서 들리는 소리는 조금씩 희미해졌다. 그 소리들은 해안과 배 사이 거리를 뛰어넘지 못했다. 죽음은 보폭이 훨씬 더 넓을까? 바다까지 페퍼를 쫓아올까? 페퍼는 정말로 죽음을 따돌릴 수 있지 않을까? 냄새를 지우면 그럴 수 있지 않을까? 어디서 읽었는데, 사냥개에게 쫓길 때는 물을 건너 냄새를 없애면 사냥개를 따돌릴 수 있다던데…….

페퍼는 고물로 갔다. 배가 일으킨 물결이 햇빛에 밝게 어른거렸다. 갈매기들이 머리 위에서 빙빙 맴돌며 끼룩끼룩 울었다. 일에 실패해서 성난 천사들이 새되게 부르는 노래 같았다. 나쁜 징조를 알리는 새. 때가 가까워졌나 보다. 한낮이 가까워지며 태양이 하늘 높이 올라가고 있었다. 그 불타는 확대경은 이 땅에서 환영받을 시간을 지나 살아남은 열네 살 소년을 곧장 비추었다.

 이제 어떻게 죽음이 올까? 거대한 파도? 전설의 크라켄(바다에 나타난다고 알려진 전설의 괴물 : 옮긴이)이 나타나서 몇 킬로미터나 되는 다리로 배를 물속으로 끌어갈까? 소용돌이? 모래톱? 암초?

 페퍼는 고개를 확 젖히고 하늘을 보며 갈매기들에게 소리쳤다.

 "난 아니야! 난 아니야! 난 아니야!"

 그때, 묵직한 손이 페퍼의 어깨에 닿았다.

 페퍼는 죄를 지은 듯 고개를 돌렸다.

 "잘못했어요!"

 하지만 아버지가 아니었다. 일등 항해사도 아니었다. 죽음의 천사도 아니었다.

 밑창이 밧줄로 된 신발을 신고 땀에 젖은 선원 옷을 입은 키 큰 남자가 페퍼를 보고 있었다. 남자는 페퍼의 얼굴을 목록으로 만들려는 양 페퍼의 생김새 하나하나를 세세히 뜯어보았다. 남자의 뺨 구석에서 흉터가 씰룩거렸다. 입술에는 빵 부스러기가 묻어 있었다. 남자는 혀로 빵 부스러기를 핥았다. 이 남자는 선장의 집사인 뒤셰스로, 푸주한이 뒤셰스와 페퍼의 살을 바른다면, 뒤셰스의 살이 두 배는 많을 것이다.

뒤셰스가 말했다.

"해가 돛 활대 끝까지 왔습니다. 준비가 다 됐습니다."

뒤셰스는 페퍼를 선장실로 이끌었다. 그는 손수건으로 문 손잡이를 재빨리 닦은 뒤 문을 열고, 옆으로 비켜섰다.

"빠짐없이 다 준비됐습니다. 배에 다 잘 실었습니다."

페퍼는 침대에 앉았다. 자기도 모르게 몸을 웅크리고 무릎을 가슴까지 당겼다. 벽에 걸린 시계가 30분 시보를 알리기 직전이었다. 명령을 전달하는 관은 반짝이는 크롬 재질로, 페퍼의 모습을 일그러지게 비추었다. 집에 있는 포도즙 짜는 기계에서 맡았던 냄새가 선장실에서도 났다.

페퍼가 말했다.

"오늘 내 생일이야."

뒤셰스가 말했다.

"축하합니다, 선장."

끔찍한 상황을 가리는 데는 그다지 도움이 되지 않는 말이었다. 집사는 갈색 액체를 유리잔 가득 따라서 작은 쟁반에 받쳐 페퍼에게 내놓았다. 페퍼가 손을 뻗지 않자, 뒤셰스는 얼음장 같은 페퍼의 작은 양손을 붙잡고 유리잔에 댔다. 그는 액체가 옆으로 흐르지 않게끔 페퍼의 손에 잔을 들렸다.

"생일 축하합니다. 쭉 드세요."

액체를 넘기자 목이 따가웠다. 독약이 아닐까. 페퍼는 베개에 머리를 누이고 숫자를 100까지 셌다. 죽음의 천사는 밑창이 밧줄로 된 신발을 신고, 땀에 젖은 손수건을 가지고 다니는지도 모르지.

밖에서 소동이 일어났다. 낡은 엔진의 속도가 다시 느려졌다. 작은 배 한 척이 롱브라쥬호 옆에 닿았는지 가볍게 퉁 소리가 났다. 갑판에서 누가 소리쳤다. 뒤셰스가 고개를 갸웃하고 그 소리에 귀를 기울였다. 페퍼는 양손으로 귀를 가리고 눈을 감았다. 선원들이 작은 배를 타고 온 사람을 갑판으로 끌어 올리는 게 틀림없었다. 그 사람이 누구인지는 더할 수 없이 분명했다. 아버지가 노를 저어서 마침내 롱브라쥬호를 따라잡았겠지.

뒤셰스가 침을 뱉듯 한마디 뱉었다.

"로슈."

뒤셰스는 짧게 웃은 뒤 덧붙였다.

"차라리 이 배를 놓칠 걸 하고 곧 후회하겠죠?"

페퍼는 실눈을 뜨고 선창 밖을 내다보았다. 빈 배가 밧줄에 매인 채 롱브라쥬호의 옆면에 통통 부딪히고 있었다. 뒤늦게 배에 올라탄 사람은 아무에게나 욕을 퍼부었다. 발소리가 저벅저벅 점점 더 가까이, 가까이 다가오는데……, 다행히 선장실을 그냥 지나쳤다.

뒤셰스가 달래듯 말했다.

"겁내지 마세요, 선장. 이 뒤셰스에게 맡기세요. 저 돼지가 선장을 괴롭히지 못하게 제가 최선을 다하겠습니다."

뒤셰스가 선장실을 나가서 문을 살며시 닫았다. 널쪽들을 이어 붙인 문에서는 문틈으로 햇살이 들어왔다. 그 햇살 때문에 선장실 안은 빛과 어둠이 줄무늬를 이루었다. 페퍼는 눈을 꼭 감았다.

다시 눈을 뜨자, 방은 어둑어둑했다. 저녁이었다. 선창을 내다보자, 감색 하늘에 짙은 잿빛 구름자락이 뭉게뭉게 모여 있었다. 수평선 어디를 보아도, 바다는 천사들이 들고 있는 해먹에 매달린 것 같았다. 이런 곳에서 감히 탈출을 꿈꿨다니! 미레유 이모의 찬송가가 다시 귀에 울렸다.

'내가 아침의 날개를 잡고 가장 먼 바다에서 산다 해도, 우리 주의 손이 나를 지키시리니…….'

그러면 롱브라쥬호와 선원들은 어떻게 될까? 성자들이 회중시계를 다시 확인하고 쯧쯧 혀를 차면서 예정대로 일을 진행할까? 성자들이 롱브라쥬호를 통째로 깊은 바다 밑바닥까지 끌어 내려서 페퍼가 제때에 삶을 마감하게 만들까? 그건 불공평해. 선원들에게는 너무나 불공평한 일이야!

페퍼는 문으로 비틀비틀 다가가서, 문을 열고 달렸다. 맞서서 해결하는 것이 최선이었다. 요나(하나님의 명령을 어기고 달아나는 도중에 바다에서 폭풍을 만나, 큰 물고기의 배 속에서 삼 일간을 지내다가 기도로 구원을 받았다고 한다 : 편집자)처럼 배 난간에서 뛰어내려 선원들이 함께 당하지 않도록 막는 것이 최선이었다! 페퍼는 배에서 아주 멀리, 멀리 뛰어내릴 것이다. 그러면 번들거리는 검은 바다가 다 삼키겠지. 소리도, 공포도, 다른 생각도, 또 다른 생각도, 또 다른 생각도 모두…….

어둠 속에서 구명선 밑으로 튀어나온 다리가 보였다. 곧 그 다리의 임자가 구명선 밑에서 몸을 드러내고 페퍼에게 다가왔다. 그러고는 통통하고 커다란 근육질 몸을 숙여서 페퍼의 이마에 눈높이를 맞추고, 양손으로 페퍼의 머리를 잡았다.

"이 XXX 같으니. 어딜 가려고?"

목소리가 페퍼의 귀에 닿기도 전에, 럼주와 마늘 냄새가 페퍼의 코에 먼저 닿았다.

"어두워지면 이 배는 내 차지야. 알아들었어? 내가 굳이 가르쳐야 해?"

페퍼 선장은 옆으로 몸을 굴리고 기었다. 처음에는 두 손과 무릎으로, 그러다가 두 손과 두 발로, 그러다가 배를 바닥에 붙이고 기었다.

"잘못했어요! 잘못했어요! 잘못했어요!"

페퍼는 그렇게 기어서 선장실로 돌아가 침대 밑으로 들어갔다. 두려움에 눈이 휘둥그레진 채 가만히 누워 있었다. 페퍼의 작은 심장은 터지기 직전이었다. 시계에서 시보가 울리기 시작하자, 페퍼의 심장은 금방이라도 폭발할 것만 같았다. 시보는 계속 울리고, 또 울렸다. 여덟 번……. 자정이었다. 마지막 시보 소리가 서서히 멀어졌다.

뭐지? 아직 살아 있나?

천국의 대기실 시계는 늦게 가나? 어머니가 십사 년 전에 페퍼의 생일을 잘못 알았나? 발음이 더할 수 없이 정확한 성 콩스탕스가 죽음의 천사를 구슬렸나?

아니면, 페퍼가 자기 삶에서 완전히 빠져나와 아버지의 삶으로 들어왔나?

2장
사기꾼

　선장이 보이지 않아도 선원들은 신경 쓰지 않는다. 선원에게 선장은 명령을 내리고, 달갑지 않은 일을 시키고, 잘못을 지적하는 사람일 뿐이다. 롱브라쥬호 선원들은 새 선장이 선장실에서 나오지 않아도 불평하지 않았다. 오히려 행운이라 생각하고, 그 행운이 오래가기를 바랐다. 드러나지 않을 때 더 환영받는 사람도 있다.
　이튿날 아침, 페퍼는 아버지의 침대에서 깨어났다. 선장실을 돌아보고 럼주 술잔을 셌다. 일곱 개였다. 탁자 위에 하나, 세면대 양쪽에 하나씩, 침대 귀퉁이에 하나, 서랍장 위에 하나, 문 옆에 하나, 해도 책상 위에 하나. 잔에 담긴 갈색 액체는 배의 움직임에 맞춰 가끔 흔들렸다. 방금 집사가 따른 술이었다.

이제 집사는 문가에 서서 빼먹은 일이 없는지 선장실을 살피고 있었다. 뒤셰스는 페퍼의 옷을 다리고, 구두에 광을 내고, 입던 속옷은 빨고 새 속옷을 준비하고, 훈제 청어와 소다 빵으로 아침을 차리고, 물병에 따뜻한 물을 담고, 놋쇠 달력의 날짜를 바꾸고, 놋쇠 시계의 태엽도 감았다. 그다음에 럼주 일곱 잔을 준비한 것이다. 알코올 의존증에 걸린 선장이 침대에서 일어나서 옷을 입고 새로운 하루를 맞으려면 럼주 일곱 잔을 마셔야 했다. 뒤셰스는 그 사실을 잘 알고 있었다. 뒤셰스의 왼쪽 눈 아래에 징그러운 흉터가 왜 생겼는지 모르지만, 적어도 그 상처 때문에 시력이 나빠지지는 않았나 보다. 뒤셰스는 작은 눈을 반짝이며 무엇 하나 놓치지도, 잘못 보지도 않았기 때문이다. 아니, 선장이 바뀐 것은 알아보지 못했지만.

뒤셰스는 아침 인사도 빠뜨리지 않아야 한다고 생각하는 양 페퍼에게 인사를 건넸다.

"선장, 안녕히 주무셨습니까?"

그리고 뒤셰스는 밑창이 밧줄로 된 신발에 맨발을 넣고, 킬트의 주름을 바로잡은 뒤, 선장실을 나갔다.

배를 실제로 항해해야 하는 것은 아직도 페퍼의 걱정거리였다. 그러나 다행히 일등 항해사가 모든 일을 처리했다.

일등 항해사 베르소는 그 상황에 만족했다. 베르소는 루 선장이 술을 마신다는 이야기를 들은 터였고, 전에도 여러 번, 술에 취한 선장 밑에서 항해했다. 술 취한 선장들은 인어를 찾으러 가야 한다고 키를 빼앗거나, 깨끗한 해도에 비뚤배뚤 선을 그리고 구멍을 내곤 했다. 술에 취해서 괴발개발 항해 일지를 적으며 있지도 않은 섬을 보았다고 쓰기도 했다. 모셔야 하는 '영감'이 정신을 못 차릴 만큼 술을 마시고 선장실에 틀어박혀 함교로 나오지 않는 게 오히려 베르소에게는 더할 수 없이 좋은 일이었다.

'영감'이라는 말이 선장실 문을 통해 예닐곱 번쯤 흘러들었고, 그때마다 페퍼는 깜짝깜짝 놀랐다. 처음에 페퍼는 선원들이 자기를 놀리는 줄 알았다. 하지만 곧 '영감'이란 '선장'을 뜻하는 선원들의 은어라는 걸 깨달았다. 영감이 선장실에서 나와서 명령을 내리려 하지 않는 한, 선원들은 마음껏 즐거워하고 빈들거릴 수 있었다.

선원들은 알거지, 주정뱅이, 개똥, 젠장, 바보, 떠버리, 염병할 등등 페퍼가 그때껏 들은 적 없는 재미있는 단어와 말을 많이 썼다. 집에서 쓰던 말보다 훨씬 표현이 센 단어들이었다. 페퍼는 그 단어들을 알아들으려고, 가끔 뒤셰스에게 해석해 달라고 했다. 하지만 뒤셰스는 페퍼의 부탁을 들어주지 않았다.

뒤셰스가 콧방귀를 뀌며 말했다.

"감독하는 위치에 있는 사람은 선원들과 말을 섞지 않아야 합니다."

페퍼는 계속 물었다.

"그래도 '염병할'은 무슨 뜻인지 알고 싶어요."

뒤셰스는 못마땅한 듯 얼굴을 찌푸리며 대답했다.

"못마땅하다는 뜻입니다."

그리고 뒤셰스는 로마 원로원 의원처럼 위엄스레 입은 토가를 바로 폈다.

술을 따른 일곱 개의 술잔에는 먼지가 앉았다. 뒤셰스는 다른 것에 앉은 먼지는 늘 떨었지만, 술잔의 먼지는 그냥 두었다. 선장실에서 벌어지는 일은 선장과 집사만 알 뿐, 다른 선원들은 상관하지 않아야 했다. 뒤셰스는 동료들에게 이 영감이 술을 입에도 대지 않는다는 말을 한 번도 하지 않았다. 선장의 빨랫감 사이에 기도문이 들어 있었다는 말도 주변에 꺼내지 않았다. 대신, 기도문을 깔끔하게 접어서 페퍼의 옷 주머니에 다시 넣었다. 뒤셰스는 선장의 옷이 팬티 한 장과 몸에 맞지 않는 재킷 하나뿐이라는 말도 입 밖에 내지 않았다.

사흘날 아침, 몸에 꼭 맞는 새 재킷이 선장실 문 안쪽에 걸린 채 흔들거렸다. 옛 재킷에 달린 술과 리본이 새 재킷에 다 달려 있었다. 그래서 페퍼는 더욱 편하게 갑판에 나가고, 보일러실에 내려가고, 통로를 오가게 됐다. 페퍼 루 선장은 뒷짐을 지고 배를 살폈다. 돛대 꼭대기를 올려다보고, 짐칸을 내려다보고, 바다를 내다보며 날씨를 살폈다.

롱브라쥬호에 실린 화물은 고철 같았다.

페퍼는 생각했다.

'영국은 왜 프랑스에서 고철을 가져가지? 너무 부자 나라라서 고철이 없나? 아니면 너무 가난해서 고철이 없나? 그렇지만 아버지의 서류에는 롱브라쥬호의 화물이 피아노와 도자기라고 적혀 있잖아. 왜지?'

페퍼는 골똘히 생각에 잠겨서 걷다가, 그만 트럼프 더미를 밟았다. 트럼프 한 장이 페퍼의 발에 밟혀 찢어졌다. 페퍼가 카드놀이를 즐기고 있던 선원들 속으로 들어간 것이었다. 주저앉아서 카드놀이를 하고 있던 선원 네 명이 성난 표정으로 페퍼를 쳐다보았다. 페퍼는 선원들이 카드놀이를 하고 있는지 전혀 몰랐다. 다만 찢어진 트럼프만 보였다. 스페이드 에이스. 불행을 상징하는 카드였다. 페퍼는 커다란 삽에 얻어맞은 기분이었다. 비명을 지르며 돌아서서 선장실로 내달렸다.

선장실에서는 뒤셰스가 오늘은 사롱을 입고, 스크램블드에그 위에 치즈를 갈아서 뿌리고 있었다.

뒤셰스가 상냥하게 말했다.

"선장께서 좋아하시는 음식입니다."

사실이었다!

아버지가 항해를 떠나는 날 아침이면, 어머니는 스크램블드에그를 내놓고 뒤셰스처럼 상냥한, 그러면서도 한편으로는 불안한 목소리로 말했다.

"당신이 좋아하는 음식이에요."
페퍼는 스크램블드에그를 먹기 전에 뒤셰스에게 물었다.
"어떻게 알았어요?"
뒤셰스는 자주 짓는 미소를 보였다. 뒤셰스가 천천히 미소를 지으면 흉터가 일그러져 장미꽃 모양이 되곤 했다.
"그동안 오래 같이 항해하지 않았습니까? 제가 선장을 속속들이 모른다면, 제 스스로 게으른 사람이라고 인정하는 셈이죠."
'그렇다면 선원들 모두가 새로 뽑은 사람은 아니군.'

페퍼는 재빨리 앉았다. 먹는 내내 뒤셰스가 무슨 말을 더 꺼내지 않을까 두려워하며 기다렸다. 그러나 뒤셰스는 자질구레한 일들을 계속할 뿐이었다. 침구를 바꾸고, 거슬리게 찍찍거리는 소리를 없앴다. 뒤셰스는 바닥에 엎드린 채 찍찍 소리가 나는 곳을 찾아내서, 쥐를 사물함 옆 구석으로 몰아 큰 망치로 죽였다. 그 소리에 페퍼가 마침내 눈을 깜박였다. 페퍼의 눈은 메말라서 뻑뻑했다. 먼지로 새까만 뒤셰스의 어마어마하게 큰 맨발바닥을 계속 노려보고 있었기 때문이다. 페퍼가 포크와 나이프를 내려놓을 즈음에 뒤셰스가 일어섰다. 뒤셰스는 낮은 천장에 몸을 구부정하게 굽힌 채, 발을 다시 밑창이 밧줄인 신발에 넣고, 페퍼의 식기들을 집었다.
페퍼가 들뜬 목소리로 허덕허덕 속삭였다.

"배에 더 있나요? 우리와 함께한 옛 동료들 말이에요."

"저뿐입니다."

그런 일이 있은 뒤로, 뒤셰스는 질베르 루 선장의 집사로 보낸 이십 년 세월을 두 번 다시 언급하지 않았다.

페퍼가 세상 이치를 더 잘 알았다면, 뒤셰스를 이상하게 여겼을 것이다. 하지만 페퍼는 세상을 잘 몰랐다. 그래도 선원들의 입을 통해서 뒤셰스가 어떤 면에서 뛰어난지 듣기 시작했다. 뒤셰스가 입는 옷은 평생 낯설고 먼 나라들을 항해하며 모은 것이었다. 선원들은 뒤셰스를 볼 때마다 애정이 담긴 미소를 보냈다. 뒤셰스가 남태평양 섬 전통 의상인 풀잎 치마를 입고 넓은 엉덩이를 흔들며 사각사각 소리를 내거나, 솜브레로를 쓰고 으스대며 돌아다닐 때, 선원들은 옆으로 비켜섰다. 뒤셰스는 페퍼에게 음식과 빨래는 물론, 일등 항해사의 전갈도 가져왔다.

"일등 항해사가 인사드린답니다. 그리고 전조등을 한두 개 켜면 배가 더 멋지게 보이지 않겠느냐고 여쭙네요."

다른 선원들은 말싸움이나 카드놀이를 했지만, 뒤셰스는 언성을 높이지도, 할 일을 게을리하지도 않았다. 뒤셰스는 선장이 당황하는 일이 없도록 선장 옆에서 조용히 대기했다.

"선장께서 보일러 관에 바람을 넣으라신다."

뒤셰스가 반짝이는 관에 대고 소리쳐 명령하면, 페퍼는 그 명령을 정말 자신이 내린 양 즐거워했다. 뒤셰스는 페퍼에게 항해 일지도 가져왔다. 선장이 날마다 쓰지 않으면 '면이 정말 하얗다'고 정중히 지적했다.

"쓸 말이 떠오르지 않으면, 제가 불러 드릴 수도 있습니다."

페퍼는 침을 꿀꺽 삼켰다. 롱브라쥬호에는 처음인 아버지도 낡은 항해 일지에 벌써 몇 차례나 잉크로 구불구불 굴려 쓴 글자로 글을 적어 두었다. 페퍼는 그렇게 화려한 글씨를 절대 따라할 수 없었다. 만년필을 써 본 적도 없었다.

"선장께서 글자를 쓰던 손을 다치면, 왼손으로 항해 일지를 쓰실 수도 있습니다."

뒤셰스는 페퍼의 저녁 쟁반을 치우고, 그 자리에 가죽 장정의 공책을 펼쳐 놓았다.

페퍼가 물었다.

"연필을 쓰기도 해?"

"네, 연필도 씁니다."

페퍼는 그제야 집사를 더 편하게 대할 수 있었다. 물론 무서운 비밀을 털어놓을 만큼 편해지지는 않았지만, 용기를 그러모아 가장 큰 걱정거리를 말할 만큼은 편해졌다. 그것은 거대한 크라켄이 깊은 바다에서 솟아올라 배를 삼키면 어쩌나 하는 걱정이었다.

뒤셰스는 그 말을 잠시 생각하다가 대답했다.

"마르세유와 그레이브젠드(영국 잉글랜드 동남부에 있는 항

구 도시 : 옮긴이) 사이에는 살아남은 크라켄이 한 마리도 없습니다. 배가 너무 많이 다녀서 다 사라졌습니다."

페퍼는 그 말을 믿고 싶었다.

하지만 오래된 습관은 떨치기 힘들다. 이튿날, 페퍼는 높이 올라가서 수평선을 빙 둘러보고 싶었다. 크라켄이나 파도, 폭풍우가 없는지, 불타는 마차가 없는지, 성 콩스탕스가 작은 보트를 타고 쫓아오지 않는지 살피고 싶었다. 그래서 돛대에 올라갔다. 천천히, 발을 단단히 디디며, 돛대 꼭대기 가로장까지 올라갔다. 거기서 돛대 등 옆에 자리를 잡고 바다를 내다보았다. 위로 올라오니, 짠 내와 굴뚝에서 피어오르는 연기 냄새가 났다. 굴뚝 바로 아래가 보였다. 그 주위로 꽃잎 모양의 갑판 전체가, 그 갑판 위로 거미줄처럼 얼기설기 얽힌 밧줄이 보였다. 바다는 수평선 너머까지 담금질한 철판처럼 매끈했다. 페퍼는 마음을 놓았다. 저 아래에서 선원들이 입을 벌리고 페퍼를 올려다보고 있었다.

페퍼는 갑자기 감정에 복받쳐서 아래로 소리쳤다.

"다 보여! 모두가 다 보인다고!"

그래, 날마다 이렇게 해야지! 페퍼는 자기 때문에 모두의 생명이 위험하게 되었다고 선원들에게 차마 말할 수 없었다. 하지만 페퍼가 이 높은 곳에서 바다 괴물이나 무서운 파도를 먼저 발견한다면, 적어도 아래로 "배를 버리고 도망쳐라!" 하고 소리칠 수 있겠지. 또 이렇게 올라오면, 선원들에게는 피해를 주지 않고 페퍼만 죽을 수 있을지도 몰랐다. 페퍼만 돛대 꼭대기에서 떨어뜨리면 되니까. 그래야 선원들에게 공정할 수 있었다. 페퍼는 공정을 중요히 여기는 아이였다.

발이 갑판에 닿자마자, 뒤셰스가 선장실에서 황급히 다가와 야단쳤다.

"저한테 한마디도 없이 그렇게 높은 곳에 올라가시면 어쩝니까!"

페퍼가 말했다.

"그냥 우리가 안전한지 확인했어."

뒤셰스가 먼지 낀 일곱 개의 럼주 잔들 중 하나를 획 내려놓으며 소리쳤다.

"안전요? 안전? 신이 굽어보는 한, 당연히 우리는 안전하죠!"

하지만 뒤셰스는 로슈를 잊고 있었다.

로슈는 몸이 호리병 같았다. 곱사등이에, 살과 근육으로 온몸이 울퉁불퉁했다. 자기 몫의 일을 더 어린 선원에게 떠넘기며 즐거워했다.

로슈는 항구에서 자기 급여 봉투를 탁자에 올려놓고 사람들에게 말했다.

"나한테 술을 사서 나를 기절시키면, 이 돈을 다 가져."

그렇게 해서 로슈는 자기 돈을 한 푼도 내지 않고 술을 마셨다. 급여를 잃은 적도 없었다. 로슈는 술을 아무리 마셔도 기절하지 않았다. 술을 마시면, 욕을 퍼붓고 행동이 거칠고 꼴사나워질 뿐이었다. 술을 마시면, 다리를 휘청거리며 비틀비틀 배를 돌아다니고, 배 난간과 울타리에 부딪혀서는 길을 막는다며 난간과 울타리를 걷어차고 욕했다.

어느 배에서나 밤이 되면 로슈는 행복한 사냥꾼이 됐다. 베이컨처럼 번들거리는 몸으로 갑판에서 벌거벗은 채 잠자거나, 살금살금 돌아다니며 놋쇠 장비를 훔쳤다. 훔친 물건은 나중에 육지에 도착했을 때 뱃기구를 파는 곳에 팔았다. 로슈는 롱브라쥬호에 값나가는 장비가 아예 없는 것을 보고 짜증을 냈다. 그리고 뒤늦게 선장의 이름을 보았다. 그 이름에 로슈의 마음에는 미움이 솟구쳤고, 그 미움 때문에 로슈는 어떤 크라켄보다 위험한 존재가 됐다.

페퍼는 아버지가 어떻게든, 어디서든, 배에 올라탔을 거라는 생각에 사로잡히기 시작했다. 밤마다 꿈을 꿨다. 질베르루가 선장 자리를 되찾으려고 문손잡이를 달가닥거리고, 짐칸에 숨고, 갑판을 살금살금 돌아다니는 꿈이었다. 잠에서 깬 뒤에도 아버지가 배를 샅샅이 뒤지는 소리가 귀에 선했다. 페퍼는 웅덩이처럼 흥건한 땀 속에 누운 채, 배를 훔쳐서 선장 행세를 하면 교수형에 처해지는지 생각했다.

육지에 있다면, 신부에게 고해 성사를 했을 것이다. 이그나티우스 신부에게 고해 성사를 할 때 가장 싫은 것은, 이틀마다 한 번씩 하느라 털어놓을 일을 지어내야 했던 것이다. 페퍼가 도착하면, 신부의 얼굴에는 지루한 표정이 역력했다. 고해실 벽 너머에서는 하품 소리가 들렸다. 지금이라면 페퍼도 이 무시무시한 죄들로 신부에게 지루하지 않을 뿐더러 흥미진진하기까지 한 이야기를 들려줄 수 있을 텐데. 부모와 성자들에게 반항한 죄. 거짓말한 죄. 도둑질한 죄. 남의 신분을 훔친 죄!

"나는 네 정체를 알아!"
널쪽문 너머에서 들리는 소리였지만, 방 안에서 나는 소리처럼 잘 들렸다. 페퍼는 침대 옆을 꽉 움켜쥐고 문을 노려보았다.
"너인 줄 알았으면, 절대로……."
취한 목소리였다. 문에 입술을 어찌나 바짝 대고 말하는지, 페퍼의 귀에는 술에 취해서 쩝쩝거리는 입술 소리까지 들렸다. 아버지의 목소리는 아니었다. 그러면 도대체 누가……?
목소리가 조롱했다.
"유명하잖아. 네 정체를 모르는 사람이 없어."
뭐? 배를 몰 줄 모르는 소년이 유명해? 성자의 예언에 따라 죽기는 무서워서 도망친 소년이 유명해? 다른 사람인 척하는 소년이? 하지만 그래도 근본은 착한 소년이? 해를 끼치지 않는 소년이? 십계명에 나온 '하라'와 '하지 마라'는 말을 모두 외우기에는 너무 지친 소년인걸. 찬송가를 다 외우고 구약 성경에 나오는 가계도와 자손들을 다 외우기에도 너무 지쳤는걸.

소년은 하루걸러 한 번씩 고해 성사를 하던 때처럼 선장실 침대에서 속삭였다.

"신부님, 제 죄를 용서하세요."

그러나 지금 문 너머로 보이는 그림자는 죄를 용서하는 신부가 아니었다.

그림자가 말했다.

"돛대에 올라간 것도 우리를 감시하려는 거잖아! '나는 너희가 다 보인다'라며 우리 위에 군림하려고 거기 올라갔잖아! 루, 그래도 나는 네 정체를 알아! 내 눈은 못 속여. 이 사기꾼!"

마지막 말이 문 사이로 비수처럼 날아왔다.

페퍼의 온몸에서 식은땀이 흘렀다.

페퍼는 그 뒤로 한숨도 못 잤다. 침대에서 몸을 웅크리고, 짠 눈물을 흘렸다. 몸 여기저기에 크라켄의 촉수가 닿는 기분이었다.

이튿날, 롱브라쥬호는 피니스테레(에스파냐 서쪽 맨 끝의 갑 : 옮긴이)를 지나 더욱 잿빛인 바다로 향했다. 저녁이 되자, 육지는 전혀 보이지 않고 큰 바다만 펼쳐졌다. 선장실에 노크 소리가 났다.

뒤셰스가 말했다.

"일등 항해사한테 화물 서류를 줘야 합니다."

뒤셰스는 경례를 하지 않고 양 손바닥을 맞대고 고개를 숙여서 인사했다. 일본 기모노를 입고 있었기 때문이다.

"서류가 누구지?"

뒤셰스가 고개를 갸웃하고 페퍼에게 윙크했다.

"종이에 작성하는 것 말입니다. 화물 목록 같은 것이지요. 관례적인 겁니다."

"잠깐만 기다려."

페퍼는 입술을 깨물며 문을 닫았다. 화물 서류가 어떻게 생겼는지도, 관례적인 절차가 뭔지도 몰랐다. 지친 상태에서도 책상에 놓인 서류들이 말이 안 된다고 생각했다. 고철을 언급한 서류는 전혀 없었다. 피아노와 도자기는 있지만, 고철 이야기는 없었다. 고철 이야기는 전혀 없었다. 고철이나 하느님의 용서에 대한 이야기는 전혀 없었다. 페퍼는 흥분한 상태에서도 압지들로 이루어진 서류에서 먹지를 획획 넘겼다.

먹지 밑에 소유자 이름이 적힌 종이가 접혀 있었다. 북해양 선박 회사. 정말 화물 목록 서류였다!

없었다. 그 목록에도 고철 이야기는 없었다. 좌표뿐이었다. 북위 45도 20분, 서경 6도 54분. 아, 그 옆에 연필로 그린 낙서가 있었다. 심심해서 그린 낙서가 분명했다.
  해골 그림이었다.
  페퍼의 눈이 돌아가고 눈꺼풀이 파르르 떨렸다. 앞으로 쓰러져서 머리를 책상에 찧었다. 마지막으로 페퍼의 귀에 들린 것은, 모자가 벗겨지며 귀가 모자 속에서 빠져나와 비비적거리는 소리였다.

  미레유 이모의 찻잔에서 해골이 기어 나왔다. 해골은 미레유 이모의 그릇과 빵 접시 사이를 살금살금 돌아다니며, 식탁 위 소금 통에 비친 자기 그림자를 감상했다. 페퍼는 포크로 해골을 찌르려 했지만, 포크가 빗나갔다. 해골은 아침 식탁을 지나 페퍼에게 다가왔다. 웃으며 다가오고…….

  뒤통수를 쓰다듬고 흔들어 깨우는 손길.
  뒤셰스는 페퍼가 움켜쥔 서류를 당기며 말했다.
  "회사 공식 편지지? 이런 실수를 저지르다니!"
  뒤셰스는 좌표를 외웠다. 북위 45도 20분, 서경 6도 54분. 그리고 성냥불로 그 서류를 불태웠다.
  "게다가 낙서까지 하다니. 상여금을 받을 때 다시는 이런 일 없도록 하라고 주의를 주세요."
  뒤셰스가 손가락 하나로 페퍼의 고개를 일으키다가 페퍼의 이마에 생긴 혹을 보고 얼굴을 찌푸렸다.

"뒤셰스는 몰라! 이건 신호야! 바로 거기야! 거기서 일이 벌어져!"

뒤셰스는 선장의 멍들고 맥없고 눈물에 젖은 얼굴을 한참 바라보았다.

"음, 그래도 우리한테 처음은 아니잖아요."

뒤셰스는 말 한마디가 각각 주석 도금한 압정인 양, 한마디 한마디를 조심스레 뱉었다.

"오래전부터 이런 일을 함께하지 않았습니까. 여태 우리는 장의사처럼……, 지금껏 해 오던 '유령 거래'를 바꾸기에는 조금 늦었습니다."

페퍼는 말뜻을 알아듣고 입을 다물었다. 아버지 행세를 하며 아무것도 모르는 폴 루이거나, 롱브라쥬호를 비롯하여 운 나쁜 배 예닐곱 척을 침몰시킨 술 취한 선장 질베르 루이거나, 페퍼는 그 두 인물 중 하나여야 했기 때문이다. 페퍼는 북위 45도 20분, 서경 6도 54분에서 죽는다. 하지만 뒤셰스가 말했듯, 운명을 바꾸기에는 조금 늦었다.

해가 머리 위로 지나가고 롱브라쥬호가 비스케이 만에 들어설 때까지, 페퍼는 가만히 앉아 있었다. 머리가 지끈거렸다. 공포로 몸이 얼어붙었다. 관에서 말소리가 울렸지만, 페퍼는 귀도 기울이지 않았다. 밖에서 해치 뚜껑이 윈치와 쇠밧줄로 열리는 소리가 희미하게 들렸다. 이상했다. (이제 영국에 아주 가까이 왔나? 하지만 페퍼가 어찌 알겠나?)

뒤셰스가 저녁 쟁반을 들고 왔다. 하지만 페퍼는 문을 열지 않았다.

"배 안 고파요. 그냥 가요."

아쉬웠다. 페퍼는 바다를 사랑하지 않았나. 바다의 청색 냄새, 돌고래, 굽이치는 파도, 배의 경적에서 울리는 경쾌한 윙 소리. 그 모두를 사랑하지 않았나. 뒤셰스의 스크램블드에그도 좋아하지 않았나. 선장 옷의 금술 장식도, 모자에 눈이 덮이지 않도록 귀까지 속에 넣어서 비스듬히 쓴 모자도 좋아하지 않았나. 그 모두를 끝내다니 아쉬웠다.

하지만 오늘, 페퍼는 배를 뒤져야 한다. 정말로 배를 뒤져서 어디에 숨어 있건 아버지를 찾아내야 한다. 그래서 아버지에게 모자와 서류, 배의 관등 성명이라 일컬을 수 있는 항해 일지까지 모두 넘기고 미안하다고 말해야 한다. 선장인 질 베르 루는 페퍼가 신분을 훔쳤다고 페퍼를 태형에 처하거나 활대에 매달지도 모른다. 페퍼는 그래도 괜찮다고 생각했다. 일주일 동안 고해 성사를 하지 않았으니, 지금 벌도 받지 않고 죽으면 분명 지옥에 가서 영원히 벌을 받을 테고, 지옥의 벌보다는 아버지의 벌을 받는 게 낫다고 생각했다.

페퍼는 미레유 이모에게서 지옥 이야기를 많이 들었다.

그날 밤, 갑판에는 달빛이 내려와 우윳빛으로 고였다. 갑판은 달빛에 하얗게 물들었다. 페퍼는 질베르 루를 찾기 위해 배를 뒤지며 미끄러지지 않을까 걱정했다. 페인트 창고와 구명선 덮개 아래를 찾아보았다. 정말로 짐칸 해치가 조금 열려 있었다. 고철이 질식하지 않도록 배려했나? 하지만 해치 아래로 사람이 내려간 흔적은 없었다. 10분 동안 찾은 뒤, 페퍼가 찾아낸 것은……, 벌거벗은 채 다리를 벌리고 배 난간에 앉아 있는 로슈뿐이었다.

페퍼가 말했다.

"로슈 씨, 조심하세요."

페퍼는 로슈가 바다에 빠지지 않을까 걱정했다.

로슈가 고개를 들었다. 달빛에 로슈의 얼굴은 유령처럼 창백했다. 로슈는 못마땅하다는 뜻의 상소리를 내뱉었다.

페퍼가 물었다.

"뭘 하고 계셨나요?"

페퍼는 다른 사람에게 관심을 표현하는 것이 공손한 행동이라고 배웠다.

로슈가 왼손을 펼쳤다. 페퍼는 로슈가 무엇을 내보이려 한다고 생각하고 더 가까이 다가갔다. 로슈가 손에 든 것은 소방용 양동이를 매다는 철제 까치발 같았다. 가까이 다가가자 익숙한 냄새도 났다. 요전에 선장실 문틈으로 처음 맡은 냄새였다.

페퍼는 생각했다.

'운명의 냄새는 마늘과 럼이 아닐까.'

로슈가 배 안쪽으로 돌아서서 까치발을 오른손에 옮겨 쥐더니, 까치발 고리로 페퍼를 내려치려 했다.

"사기꾼."

페퍼는 달아나려 했지만, 로슈가 너무 가까이 있었다. 페퍼는 까치발 고리에 계속 어깨를 얻어맞았다. 까치발 고리가 페퍼의 재킷 벨트에 걸려, 로슈는 까치발을 놓쳤다. 페퍼는 모래를 채운 갖가지 소방용 양동이들에 발이 걸려서 바닥에 뒹굴었다. 로슈가 까치발을 훔치려고 양동이들을 내려놓았던 것이다. 갑판에 모래가 좌르륵 흩뿌려졌다. 몸을 숨길 곳도 없었다. 숨을 들이쉴 생각조차 할 수 없었다.

"내가 혹시 말하기를 흑암이 정녕 나를 덮고……, 주에게서는 흑암이 숨기지 못하며……, 어머니! 이모!"

재킷 벨트가 뜯겼다. 뜯긴 벨트의 천에는 아직 까치발 고리가 걸려 있었다. 페퍼가 달려가자, 고리가 페퍼의 다리 뒤를 탁탁 쳤다.

"성 콩스탕스시여! 이그나티우스 신부님! 어머니! 성모 마리아시여!"

하지만 밤이면 성자와 천사는 집에 틀어박혀서 문을 잠그고 덧문도 닫나 보다. 어머니도 늘 그랬지.

"로슈! 그만! 나는 선장이야! 그만해!"

조금 열린 해치 뚜껑에 발이 걸릴 뻔했다. 뚜껑의 틈새는 지옥의 입구 같았다. 그 아래는 짐칸이었다. 숨을 쉴 때마다 로슈의 냄새를 맡을 수 있었다.

굴뚝 아래쪽에 닿았다. 페퍼는 굴뚝을 오르기 시작했다. 높이 올라갈 수만 있다면! 하지만 손잡이가 될 만한 것을 더듬더듬 찾다가, 뜨거운 금속에 손을 데어 밑으로 떨어졌다. 로슈의 품에 그대로 안길 판이었다.

페퍼는 갑판에 바람을 일으키며 풀썩 떨어졌다. 푹신한 것도 없이 딱딱한 바닥에 부딪혔다. 아무것도, 누구도 없었다. 페퍼는 지나온 길을 되돌아보며, 천사의 레이스 달린 흰옷이 하늘하늘 흔들리는 게 아닐까 생각했다. 하지만 로슈는 흔적도 없었다. 헐떡거리고 비틀거리며 얼른 선장실로 달려갔다. 밤새 페퍼는 까진 무릎과 덴 손바닥을 딱 맞붙이고, 생각할 수 있는 죄를 모조리 떠올리며 천국에 있는 모두에게 사죄했다.

노크 소리가 들렸다. 페퍼는 뒤셰스가 아침을 가져온 줄 알았다. 그러나 일등 항해사였다. 페퍼는 화물 서류를 잃어버린 일을 떠올리고, 눈앞에서 문을 다시 탁 닫았다. 달리 어쩌겠나? 베르소가 다시 노크했다. 더 크고 더 급한 노크 소리. 페퍼가 문을 열었다.

베르소가 말했다.

"선장, 갑판에서 사고가 났습니다. 클로드 로슈가……, 떨어졌습니다."

로슈는 밤에 살금살금 배 안을 돌아다니다가, 바닥에 쏟아진 모래에 발이 미끄러져, 열린 짐칸 뚜껑 틈에 빠졌다. 결국 6미터 아래 짐칸으로 떨어져 녹슨 고철들에 찔렸다. 아파서 찌푸린 로슈의 얼굴은 고향 성당에 있던 성자들의 동상처럼 창백했다.

아래로 떨어지면 어떻게 되는지 그 전형을 보는 것 같았다. 빠르지도 깔끔하지도 않은 추락.

페퍼는 무릎을 꿇고 엉망이 된 짐칸을 내려다보았다.

페퍼 루 선장이 말했다.

"로슈, 걱정 마요. 가만히 누워 있어요. 곧 꺼내 줄게요."

로슈가 붉은 입술을 벌렸지만, 그 입에서는 아무 말도 나오지 않았다. 로슈는 사각 하늘을 올려다보았다. 텅 빈 로슈의 눈에 갈매기들의 모습이 비쳤다. 선원들이 로슈에게 담요를 던졌다. 고등어의 앙상한 가시처럼 뾰족한 고철 끝에 담요가 걸렸다. 페퍼는 재킷 주머니를 뒤져서 기도문을 꺼냈다. 이모가 향기 나는 종이에 자줏빛 잉크로 쓴 기도문으로, 성 콩스탕스에게 보내는 기도였다.

지금이나 죽음의 순간이나 이 죄인들을 위해 기도하소서.
성 콩스탕스의 충성스러운 하인, 미레유 레퐁 (미혼)

벌거벗은 사람의 몸 어디에 기도문 쪽지를 두어야 하나?

페퍼는 미안하다고 우물거리며 로슈의 겨드랑이에 기도문을 끼웠다.

분명 페퍼가 떨어질 운명이 아니었을까? 이미 날짜가 지난 죽음의 장소에 갈매기들이 모여든 게 아닐까? 짐칸은 페퍼를 향해 입을 벌렸지만, 어쩌다 로슈를 삼키고 만 게 아닐까?

고철에 찔린 남자는 눈을 돌려 페퍼를 보았다. 떨리는 손을 내밀어 페퍼의 목을 잡았다. 손은 몹시 차갑고 힘이 없었다. 페퍼는 로슈의 손을 쥐고, 마지막 의례를 행하기 시작했다. 어릴 때 이모에게서 배운 대로, 로슈의 차가운 손가락을 하나씩 잡아당겼다.

하지만 의례가 끝나기도 전에 손은 축 늘어지고, 눈은 휙 돌아갔다. 로슈는 시체가 됐다. 그의 몸은 기름진 접시를 닦을 때 쓰는 빵 덩어리 같았다.

3장
시위대

　롱브라쥬호 선원들은 짐칸 입구에 둥글게 모여 페퍼의 마지막 의례를 지켜보다가 크게 감동했다. 처음으로 선장을 존경하는 눈빛으로 우러러보았다. 선원들은 루 선장이 제대로 된 장례 절차를 알고 있다는 사실을 확인하고 더욱 감동했다. 하지만 로슈를 들어 올려 녹슨 고철에서 빼내려는 선원은 없었다. 그래서 페퍼는 '영원히 바다에 잠들어 구원받게 하소서.'라는 기도를 읊으면서는 잠깐 말을 멈춰야 했다.
　베르소가 말했다.
　"나중에 바다로 보내죠."
　장례식에 걸맞은 옷을 차려입은 선원도 없었다. 뒤셰스는 오히려 빨간 비단옷을 입었다. 조의를 표하지 않겠다는 뜻이었다.

페퍼가 기도문을 다 읊은 뒤 말했다.

"아멘."

선원들이 말했다.

"속이 시원하군."

페퍼는 죽은 사람에게 작별을 고하며 그렇게 말하는 모습을 처음 보았지만, 선원들끼리는 그렇게 말하나 보다 생각했다. 페퍼는 로슈의 장례를 잘 치르려 애썼지만, 만족스럽지 않았다. 고철 더미에 웅크린 로슈는 페퍼의 기도에도 전혀 편안해 보이지 않았다.

몇 시간 뒤, 로슈의 시체는 여전히 짐칸에 놓여 있었고, 뒤셰스가 선장실로 와서 나쁜 소식을 전했다.

"결혼한 사람이에요."

페퍼가 소리쳤다.

"아니, 난 결혼 안 했어요!"

페퍼는 의자에 몸을 푹 파묻었다. 어찌나 깊숙이 파묻었는지 의자가 뒤로 넘어갈 뻔했다.

뒤셰스가 차분히 설명했다.

"로슈 말입니다. 로슈는 결혼한 사람입니다. 미망인에게 애도의 편지를 보내야 합니다."

아무도 선장을 대신하지 않을 일이 처음으로 나타났다.

뒤셰스가 말했다.

"제 소관 밖입니다."

이등 항해사가 말했다.

"제 소관 밖입니다."

베르소가 말했다.

"제 소관 밖입니다."

베르소는 바닥에 떨어진 화물 목록 서류를 집어서 허벅지에 놓고 잘 폈다. 화물 목록에는 '피아노와 도자기'라고 적혀 있었다.

페퍼는 모두에게 애걸하듯 말했다.

"로슈한테 친한 친구가 없었나요? 오랫동안 알고 지낸 사람이 없나요?"

로슈에게는 친구가 전혀 없었다. 어쩔 수 없이 페퍼 루 선장은 연필을 쥐고 책상 앞에 앉아야 했다. 빈 종이 한 귀퉁이에 배 이름을 적었다. 다른 귀퉁이에는 미망인의 주소를 적었다. 그리고 편지를 쓰기 시작했다.

이런 말씀을 드리게 되어 대단히 죄송합니다만……

그러다가 페퍼는 선원들을 불렀다.

선원 모두가 선장실로 들어왔다. 비좁아서 서로 팔꿈치를 맞대고, 낮은 천장 때문에 무릎도 살짝 굽히고 섰다. 페퍼는 선원들에게 로슈에 대해 아는 바를 물었다.

아네시가 말했다.

"돼지였어요."

공베르가 말했다.

"주먹 한 방이면 쓰러뜨릴 수 있다고 갑판 선원들을 겁줬어요. 얼굴을 때리고, 돈을 빼앗았어요."

부공이 말했다.

"자기 아내도 때린다고 자랑스레 말하곤 했어요."

"그 아내가 어떻게 사는지 모르겠어요. 돈은 창녀에게 다 쓰고, 집에는 한 푼도 보내지 않았어요."

요리사가 씁쓸하게 말했다.

"주방에서 냄비를 빼돌려서 팔아넘겼어요."

"낭트에서 사람을 죽인 적도 있대요."

페퍼가 한숨을 쉬고, 좋은 이야기가 나오기를 기대하며 말했다.

"좋은 면이 하나도 없는 사람은 없어요. 신부님께서 말씀하시기를……."

아네시가 말했다.

"주먹질은 잘했죠."

뒤셰스는 선장만의 안식처가 선원들로 붐벼서 짜증난 목소리로 말했다.

"선장께서 느낀 인상을 저희한테 말씀하세요."

페퍼는 골똘히 생각했다.

"나를 죽이려 했어요."

선원들이 고개를 끄덕였다.

아네시가 말했다.

"형편없는 돼지였어요."

다른 선원들이 말했다.

"아멘."

그러고는 모두가 비비적거리며 문밖으로 나갔다.

페퍼는 빈 종이를 노려보았다. 주소와 첫 구절만 여남은째 적었다.

정말 안타깝게도……

이런 말씀을 드리게 되어 몹시……

놀라지 마시기를 바라며……

이런 소식을 알리게 되어 유감입니다만……

페퍼는 이베트 로슈 부인이 편지 봉투를 뜯고 편지를 읽는 모습을 상상했다. 페퍼의 상상 속에서, 로슈 부인의 얼굴은 페퍼 자신의 어머니 얼굴이었다. 슬픔으로 고개를 폭 숙이고 어깨를 들썩이는 모습.

비스케이 만, 롱브라큐호

에그모르트 메죄네가 27번지 아파트 19호

로슈 부인께.

슬픈 소식을 전하게 되어 정말이지 유감입니다만, 남편 로슈 씨께서 세상을 떠나셨습니다. 저는 로슈 씨를 잘 모르지만, 부인께서는 분명 잘 아시겠지요. 로슈 씨는 성자들과 행복하게 지내리라 믿어 의심치 않습니다.

친애하는…….

페퍼는 편지를 휙 집어서 주머니에 처박았다. 페퍼는 부인이 아예 모르는 게 훨씬 낫다고 생각했다. 그러면 부인도 세상을 송두리째 잃었다고 생각하지 않고 희망을 품고 지낼 수 있지 않을까.

페퍼가 뒤셰스에게 물었다.

"이제 이 부인은 돈도 없이 어떻게 살죠?"

뒤셰스는 커스터드푸딩에 메이스를 갈아서 뿌리기만 했다.

페퍼가 말했다.

"혹시……, 그러니까, 혹시 로슈가 죽은 것을 회사에 안 알릴 수 없나? 그러면 이 항해가 끝날 때까지 로슈 앞으로 급여를 계속 지급할 텐데."

뒤셰스는 고개도 들지 않았다. 페퍼는 메이스가 양파와 비슷한가 생각했다. 뒤셰스의 눈에 눈물이 고였기 때문이다.

"로슈 부인에게 아주 큰 친절이 될 겁니다, 용감하신 선장."

그 마지막 생각 덕분에 페퍼는 큰 짐을 덜었다. 하지만 죽은 선원이 영원한 안식을 찾도록 돕는 것은 분명 선장의 의무였다.

"뒤셰스, 로슈에게 좋은 수의를 지어 줘. 로슈를 끌어내면……, 꺼내면……, 아니, 바다로 보내면 좋겠어."

페퍼는 뒤셰스가 안절부절못하는 모습을 처음 보았다.

"글쎄요, 로슈의 시체도 배랑 함께 가라앉히면 되지 않을까요?"

뒤셰스는 서둘러 문으로 가면서, 페퍼가 시체와 씨름하는 끔찍한 모습을 상상하고 몸서리쳤다. 뒤셰스는 밖으로 나가서 마음을 가라앉혔다. 빨간 비단옷의 주름을 펴고, 머리를 매만졌다. 그리고 가장 가까이 있는 선원의 셔츠를 잡고 끌어당기고는 입술에 손가락을 댔다. 앞으로 누구도 로슈의 이름이나 하찮은 죽음을 입에 올리지 말라는 뜻이었다.

아네시가 말했다.

"어차피 그런 돼지를 누가 다시 입에 올리겠어요?"

해운 회사는 배를 지킬 때보다 잃었을 때 돈을 더 벌기도 한다. 배가 영원히 가라앉아도 보험으로 보상이 된다. 피아노와 도자기를 화물로 실은 배는 녹슨 고철을 실은 배보다 보험금이 올라간다. 일단 배가 바다 밑바닥에 가라앉으면, 그 배에 어떤 화물이 실렸는지 알아낼 사람은 없다. 배는 관에 갇힌 시체처럼 말이 없다. 그래서 가라앉은 배를 '관'이라고 부르는지도 모른다.

  북위 45도 20분, 서경 6도 54분. 거기서 롱브라쥬호에 탁한 바닷물이 들어오고, 롱브라쥬호는 5천 미터 아래 물속으로 가라앉으며, 기관사는 필사적으로 해수 콕을 열려고 애쓰겠지. 바다는 조금씩 롱브라쥬호를 삼키겠지. 배를 가라앉히라고 해운 회사에서 돈을 받은 사람은 기관사와 베르소, 질베르 루뿐이었다. 뒤셰스도 물론 끼어 있었다. 다른 선원들은 롱브라쥬호 선체에 물이 샌다는 이야기를 듣고 빙산에 부딪히거나 크라켄에게 공격을 받은 양 두려움에 떨었다.

  뒤셰스가 선장에게 말했다.

  "갈 시간입니다."

  "뭐?"

  뒤셰스는 짜증스러운 표정이었다. 경적이 울렸다. 욕설이 물보라처럼 배에 가득했다. 예전 질베르 루 선장이라면 아무리 술에 취해도 배가 가라앉는 것을 알아챘을 텐데…….

  뒤셰스가 되풀이했다.

  "갈 시간입니다."

  뒤셰스는 바지와 기름 먹인 저지를 입고 있었다. 그사이에 머리도 가위로 짧게 잘랐다.

  페퍼가 말했다.

  "아니, 괜찮아. 나는 남겠어."

  페퍼는 책을 많이 읽었고, 세상 법칙도 잘 알았다. 배를 버리고 달아나는 것은 수치스러운 일이었다. 페퍼가 바라던 죽음의 목록에서 익사는 아주 밑에 있었다. 질식사와 참수형 사이 어디쯤이었다. 하지만 페퍼는 규칙을 알았다. 훌륭한 선장은 배와 함께 가라앉는다.

뒤셰스 뺨에 난 흉터가 일그러졌다.

"정말이지 그럴 필요 없습니다."

페퍼가 말했다.

"아니, 그래야 해. 있지……, 나는 있으면 안 돼."

배가 삐걱거리며 가라앉기 시작했다.

뒤셰스가 말했다.

"용감하신 분, 맞는 말씀입니다. 여기 계시면 안 됩니다. 항해 일지를 잊지 마세요."

페퍼는 가죽 장정 항해 일지를 집어서 뒤셰스에게 건넸다.

"받아. 나 때문에 엉망이 된 곳은 그리 많지 않아."

밖에서 고함이 들렸다. 선원들이 롱브라쥬호를 버리고 구조선을 내리느라 시끄러웠다.

페퍼는 한 발짝 뒤로 물러섰다.

"나는 요나야. 이건 모두 나를 데려가려고 생긴 일이야."

페퍼는 일어서서 턱을 들고 뒷짐을 졌다. 선장실에 어항처럼 물이 차기를 기다렸다.

뒤셰스가 눈썹을 치켜세웠다. 곧 뒤셰스의 코에서 웃음 같은 것이 흘렀다.

"누가 선장을 데려간다는 말입니까? 크라켄?"

"집사는 몰라."

뒤셰스는 고개를 뒤로 돌렸다. 그렇다. 뒤셰스는 몰랐다. 하지만 이런 일에는 타이밍이 아주 중요하다. 1초도 놓칠 수 없었다.

"해운 회사에서는 이런 일을 바라지 않습니다. 이건 미친 짓입니다. 아버지한테서 분명 들으셨을 텐데요! 질베르 루 선장이 자기 자리를 선장께 넘기면서 분명 다 말하지 않았습니까?"

페퍼는 뒤셰스의 말에는 대꾸하지 않고 귀 끝을 접은 뒤 모자를 쓰며 읊었다.

"내가 새벽 날개를 치며 바다 끝에 가서……."

"구조선에 타기 겁나서 이러시죠? 맞아요? 경주마의 눈을 가리듯 제가 선장의 눈을 가리겠습니다!"

하지만 페퍼는 이미 충분히 생각한 터였다. 성자들은 페퍼를 물에 가라앉히겠다는 뜻을 이미 분명히 드러내지 않았나. 먹지에 죽을 지점까지 적어 놓지 않았나.

"내가 구조선에 타면, 육지까지 못 가. 아까 말했잖아. 나는 요나야. 천사들이 나를 뒤쫓고 있어."

뒤셰스의 얼굴이 놀라서 더 벌게졌다. 비스케이 만은 롱브라쥬호가 일으킨 물보라로 뒤덮였다. 큰 파도들이 롱브라쥬호의 오른쪽 선창을 때렸다. 롱브라쥬호가 크게 흔들렸다.

뒤셰스는 달려가서 관에 입을 대고 고함쳤다.

"바람에 뱃머리를 제대로 세워, 이 XXX들아!"

뒤셰스는 서둘러 갑판으로 나가서 구조선 윈치를 푸는 선원들을 도왔다.

기관사가 마지막으로 구조선에 탔다. 이미 구조선에 타고 있던 선원들이 말미잘 촉수처럼 손을 위로 올렸고, 기관사는 그 말미잘에 잡히는 새우처럼 손 위로 뛰어내려 구조선에 올라탔다. 기관사는 떠나기 전에 엔진을 껐지만, 배는 여전히 시끄러웠다. 문이 쿵쾅거리는 소리, 상자들이 떨어지는 소리, 배에 파도가 몰아치는 소리, 배 연결 부위가 삐거덕삐거덕하는 소리. 갑판은 젖어서 위험했다. 이제 배는 기울어서 불룩한 옆면이 위로 올라왔다. 그래도 페퍼 선장은 선장실에 머물지 않고 비틀비틀 걷고 기어서 짐칸까지 간 뒤, 입구 가장자리에 앉았다.

해치를 왜 열어 두었는지 이제 깨달았다. 그래야 배 밑뿐 아니라 위로도 바닷물이 찰 수 있고, 배가 바다 밑바닥까지 깊이 가라앉을 수 있기 때문이다. 지나가는 배에 탄 선원들이 위험에 처한 롱브라쥬호를 보고 롱브라쥬호에 올라타서 해수 콕이 열린 것을 발견할 일도 없었다. 아, 페퍼가 '유령배'와 보험 사기를 이해하지 못한 것은 아니었다. 페퍼는 늘 눈치가 빨랐다. 이해를 못한 사람은 뒤셰스였다. 롱브라쥬호의 초라하고 위험하고 정직하지 못한 마지막 항해는, 소년의 목숨을 노리는 훨씬 더 위험한 성자들의 계획과 우연히 맞닿게 된 것이다. 이제 천사들과 성자들은 삼지창 같은 번개로 바다를 내려찍고, 방수포 같은 파도를 흔들며, 놓친 소년, 이미 죽을 날짜를 넘긴 소년의 흔적을 찾아서 물보라를 일으켰다. 미레유 이모가 늘 말하지 않았나. 시간을 지키지 않는 것은 아주 나쁜 행동이라고. 페퍼는 일부러 죽음을 늦추려 애썼다. 이제 성 콩스탕스를 더 기다리게 하면 안 된다.

페퍼는 로슈의 시체에게 말했다.

"우린 확실히 바다에 몸을 바쳐야 해요. 그렇죠?"

이제 로슈의 시체는 물에 깊이 잠긴 채 벌거벗은 양팔로 페퍼를 부르고 있었다. 가라앉는 배에서 신음이 들렸다. 저 아래 뒤셰스의 사물함에서 빈 옷걸이들이 한꺼번에 떨어지며 해골이 날뛰는 듯한 소리를 냈다.

페퍼가 말했다.

"신부님, 용서하세요. 저는 죄를 지었습니다."

하지만 가라앉는 롱브라쥬호에는 좋은 신부든, 나쁜 신부든, 신부가 없었다. 해치 뚜껑이 흔들리고, 뚜껑의 무게를 지탱하던 쇠밧줄이 끔찍하게 삐거덕거리며 기둥에서 벗겨졌다. 죽은 로슈가 손을 흔들고…….

페퍼의 뒤에서 목소리가 들렸다.

"선장, 태양이 활대 위에 있습니다. 모든 것이 손에 잡히고 훤히 보입니다. 한잔하고 싶으시죠?"

뒤셰스가 페퍼를 부축해서 선장실로 데려간 뒤, 먼지 낀 럼주 잔 여섯 개를 가리켰다. 배가 기울어서 술잔들도 기울어졌고, 안에 든 럼주가 바닥에 떨어지기 시작했다. 뒤셰스는 버리는 것을 몹시 싫어했다. 페퍼는 술을 먹지 않는다고 말했다.

뒤셰스가 말했다.

"어떤 일에나 처음은 있습니다. 그리고 어떤 일에도 그 마지막은 처음만큼 좋죠."

한 잔.

페퍼는 무서워 떠는 게 아니라 추워서 떠는 거라고 말했다.

뒤셰스가 말했다.

"럼주를 마시면 몸이 따뜻해져요."

두 잔.

페퍼가 무서워 떠는 게 맞다고 인정하자, 뒤셰스가 말했다.

"럼주에 '네덜란드의 용기'라는 별칭이 괜히 붙었겠습니까?"

세 잔.

"아니, '네덜란드의 용기'는 드라이진의 별칭이잖아?"

페퍼는 집에 있는 책들을 읽어서 갖가지 신기한 사실들을 알고 있었다.

"선장의 박식한 지식에 건배! 대단하십니다."

페퍼와 뒤셰스는 네 잔째 술을 함께 마셨다. 술은 독약처럼 페퍼의 목을 따갑게 훑고 내려갔다. 그러나 뒤셰스는 페퍼의 작고 차가운 손에 잔을 쥐이고, 갈색 액체가 잔에서 빌 때까지 손을 놓지 않았다.

"다른 선원들이랑 배에서 내렸어야지! 왜 안 내렸어? 왜?"

뒤셰스는 의자에 편안히 몸을 눕혔다.

"이즈음에는 인생이 제 뜻대로 안 되더군요."

인생이 유행하는 패션이고, 이제 엉덩이가 너무 펑퍼짐해져서 유행을 못 따르게 됐다는 듯한 말투였다.

페퍼가 토할 것 같다고 말하자, 뒤셰스는 럼주 한 잔을 더 마시면 속이 가라앉는다고 우겼다.

다섯 잔.

여섯째 잔은 아무도 마시지 않았다. 잔이 너무 기울어서 (아니, 배가 너무 기울었나?) 안에 든 술이 바닥에 다 쏟아졌기 때문이다. 페퍼는 베개에 머리를 누이고 숫자를 세기 시작했다. 14까지 셌을 때……, 페퍼는 의식을 잃었다.

페퍼가 깨어났다. 이튿날이었다. (아니, 일주일 뒤일까?) 하지만 엔진 소리로 아직 배 위에 있는 것은 알 수 있었다. 이 배는 분명 지옥으로 향하겠지. 천장 네 귀퉁이에는 진홍색과 녹색의 악마들이 쪼그리고 앉아 있었다. 악마들은 긴 손톱으로 나무 상자들을 꽉 쥔 채, 깍깍거리고, 혀를 차고, 커다란 부리 너머로 페퍼를 내려다보고 있었다. 페퍼는 미레유 이모에게서 악마들에 대해 많이 배웠다. 저주받은 사람의 영혼을 갈가리 찢어발긴다고. 하지만 부리 이야기는 없었다. 미레유 이모가 말한 '나쁜 징조를 알리는 새'는 부리가 달린 악마를 가리켰나 보다.

악마들은 페퍼의 머릿속에도 들어와 페퍼의 뇌를 찢어발겼다. 페퍼는 너무너무 아팠다. 눈을 감을 때마다, 롱브라쥬호가 투명한 어둠과 추위를 지나서 바다 밑바닥으로 천천히 가라앉는 모습이 떠올랐다.

아직도 롱브라쥬호일까? 내가 바닷속에서 숨을 쉬고 있나? 지옥에서도 질문에 대한 답을 얻을 수 있을까?

페퍼는 무엇보다 뒤셰스와 선원들이 무사한지 알고 싶었다. 악마들이 부리를 흔들거리고 몸을 푸들거렸지만, 페퍼의 질문에는 대답하지 않았다.

페퍼가 정신을 잃고 누워 있는 동안, 누가 선장 재킷의 금술을 애써 다 떼 놓았다. 누가 그랬을까? 페퍼의 옷은 평범하게 변했다. 페퍼는 생각했다. 이게 공정해. 금술에 대한 이야기가 성경에 있지 않나?

'전도자가 가로되, 헛되고 헛되며 헛되고 헛되니 모든 것이 헛되도다.'

페퍼도 잘 알고 있었다. 당연히 지옥에는 계급이 없지. 계급도, 탈출도 없어. 사과도 통하지 않아. 하지만 이상했다. 이모의 기도문이 아직도 주머니에 있었다. 전에는 없던 지폐 뭉치도 있었다.

　악마들이 경례하듯 고개를 까닥거렸다. 문이 열리고, 말레이시아 선원이 쌀밥과 물을 가져왔다.

　페퍼가 물었다.

　"뭘 여쭤도 될까요?"

　그러나 말레이시아 선원은 고개를 숙여 인사하고, 미소짓고, 음식을 차리고, 다시 인사한 뒤 방을 나갔다. 말레이시아 선원은 화물 상자에 묶인 앵무새가 깍깍대는 소리보다 프랑스 어를 더 못 알아듣는 것 같았다.

　마침내 페퍼가 갑판으로 나갔을 때, (문은 잠겨 있지 않았지만, 페퍼는 이틀이나 지난 뒤에야 밖에 나갈 엄두를 냈다.) 바다 너머의 풍경은 반짝반짝 빛났다. 천국의 문 같았다. 결국 천사들이 페퍼를 그물로 잡아서 계획대로 데려가나 보다.

　하지만 아무리 보아도 누런 공해 먼지에 덮인 마르세유였다. 배가 정박한 뒤, 선원들은 페퍼에게 작은 마카롱과 우산을 주고, 미소 띤 인사를 보내며, 내리라고 손짓했다. 페퍼는 배 갑판과 육지를 이은 널빤지를 지나갔다.

　페퍼는 한 발 한 발 내딛어야 할 이유를 몰랐다. 배도 없고, 선원도 없고, 신기한 옷을 입는 집사도 없는 선장이 무슨 소용이람. 어쨌든 페퍼는 질베르 루 선장이 되기 싫었다. 보험 회사를 상대로 사기를 벌이고 배를 가라앉히는, 술 취한 선장이 되기 싫었다. 더 나은 삶이 분명 있을 텐데…….

맑고 밝은 날이었다. 하지만 거리로 내려가자 얼굴에 물방울이 떨어졌다. 페퍼는 새 우산을 폈다. 물은 거리 끝에 있는 소방 호스에서 나왔다. 시청 앞에 시위대가 모여 있고, 소방관들이 시위대에게 물을 뿌리고 있었다. 수압이 낮아서 시위대는 넘어지지 않고 살짝 젖기만 했다. 시위대는 높은 창문에서 뿌린 물을 맞은 화분 같았다. 시청 창문들은 다 닫혀 있었지만, 플래카드를 든 남자와 여자, 학생 들은 그 앞에서 끈덕지게 구호를 외쳤다. 회색이나 갈색 옷을 입은 시위대 사람들은 점원이나 종업원 같았다. 모두가 들떠서 밝은 표정이었다. 시위 덕분에 지루한 생활에 활기를 얻은 것 같았다. 소방 호스로 물을 뿌려도 시위대는 탄성을 지르고 낄낄거리기만 했다.

페퍼는 시위대의 구호를 알아들을 수 없었다. 그래서 물에 젖은 플래카드에 적힌 글을 읽으려고 더 가까이 다가갔다.

> 웅그리오플뢰비에 개정법
> 제5조를 폐지하라!
> 당장 폐지하라!

아침에 머리를 구불구불하게 만들어서 멋을 낸 머리 모양을 망치지 않으려고 애쓰는 여자가 페퍼 옆에 서 있었다. 페퍼는 그 여자에게 우산을 주었다. 페퍼는 물고기 떼 같은 시위대 한가운데로 들어가서, 자기도 모르는 사이에 시위대에 끼어 플래카드를 들었다.

> 옹그리오플뢰비에
> 개정법 (제5조)
> 반대!

페퍼가 말을 꺼냈다.
"죄송합니다만……, 저는 이게 뭔지 잘 모르는데……."
그러나 페퍼의 말은 구호 소리에 덮였다.
여자들은 더 간단한 구호를 외치기 시작했다.
"옹플개를 폐지하라! 폐지하라! 폐지하라!"

금술을 떼서 평범해진 재킷을 입은 페퍼는 올챙이 무리 속 한 마리 올챙이였다. 목으로 물이 흘러내리고, 구두에서 쩍쩍 소리가 났다. 그것만 빼면 기분이 좋았다. 항구에 있는 시계가 정오를 알렸다. 소방관들은 물 뿌리기를 멈추고 점심을 먹으러 갔다.

시위대도 모퉁이 식료품상에 점심을 사러 갔다. 페퍼는 낯선 도시의 시청 앞 물웅덩이에 혼자 서 있느니 사람들을 따라가기로 했다. 식료품상은 문이 닫혀 있었다. 철학과 학생들은 이것을 철학적으로 받아들이고 고개만 갸웃했다. 하지만 점원들은 들뜬 분위기에 휩싸여, 언덕 꼭대기에 있는 큰 백화점 고급 식료품을 파는 코너에서 소시지를 사기로 결정했다. 어울리지 않는 사치였지만, 시위대는 스스로를 평소보다 과감하고 뛰어나다고 여기게 됐고, 더 좋은 대접을 받아야 한다고 생각하게 됐다. 또 평소보다 더 배고프기도 했다.

백화점에 들어가자, 시위대는 질서 있게 줄을 서고, 성당에 온 양 목소리를 낮췄다. 마르세유 백화점은 성당처럼 거대했다. 천장은 높고 둥글며, 바닥은 바둑판무늬 대리석이었다.

고급 식료품 코너는 성당 별관에서 추수를 축하할 때 차리는 풍성한 식탁 같았다. 노란 치즈는 장식용 접시만큼 컸고, 파이프 오르간처럼 거대한 소시지들이 뒤에서 대롱거렸다. 지하실처럼 서늘했고, 카운터 뒤에는 아무도 없었다.

시위대 옷에서 줄줄 흐른 물이 바둑판무늬 대리석 바닥 위에 웅덩이를 이루었다. 우산에서 염색된 종이 펄프가 조각조각 떨어지기 시작했다. 알고 보니, 우산이 아니라 파라솔이었다. 말린 꽃과 빵 코너에 있는 보조 점원들이 백화점으로 쳐들어온 초라한 시위대를 못마땅하게 바라보았다. 하지만 그 보조 점원들도 주문을 받으러 오지는 않았다. 아무도 오지 않았다.

줄을 선 시위대 사람들이 덜덜 떨기 시작했다. 키시(치즈,

베이컨 등을 넣은 파이 : 옮긴이), 파테(짓이긴 고기나 간을 요리한 것 : 옮긴이), 올리브, 커다란 햄을 보자, 사람들은 더할 수 없이 배가 고팠다. 모두가 자신이 가장 좋아하는 소시지 종류를 손가락으로 가리키며, 어떤 두께로 썰어 달라고 주문하고 싶은지 이야기했다.

"입에 가득 찰 두께로 써는 게 내 스타일이야!"
"아, 나는 얇은 게 좋아! 그래야 맛이 더 좋아."
하지만 주문을 받으러 오는 사람은 없었다. 페퍼는 말레이시아 선원들에게서 받은 조그마한 마카롱을 꺼냈다. 10분이 지났다. 어느 교사가 뜨개실과 뜨개바늘을 꺼냈다.
페퍼의 파라솔을 쥔 여자가 말했다.
"소방관보다 먼저 돌아가야 해. 안 그러면 소방관들은 자기들이 이긴 줄 알걸!"
사람들은 빵을 사서 나누기로 하고 어떻게 나눌지 토의했다. 하지만 사람들은 시위대가 되자, 평소와 달리 고집스러워졌다. 소시지로 일단 마음을 정하자, 그 생각을 버리려 하지도 않고, 버리지도 못했다.
비서가 불평했다.
"우리 차림새가 초라해서 주문을 받지 않는 거야."
정치학과 학생이 놀리듯 말했다.
"부자들은 먹기 위해 살고, 노동자들은 살기 위해 먹죠."
가정부가 줄을 서며 말했다.

"누가 얼른 오지 않으면 아무것도 못 먹겠어요."

가정부 뒤로 은행 간부가 왔다. 은행 간부는 마치 '주문 받아, 나는 바쁜 사람이야!'라고 말하는 양 돌돌 만 신문으로 카운터를 탁 쳤다. 그러고는 신문을 펴서 자기와 자기 앞에 줄을 선 초라한 사람들 사이에 벽을 치듯 신문을 앞에 쳐들었다. 신문 뒷면에 실린 최근 뉴스가 페퍼의 눈에 들어왔다.

비스케이 만에서 배 침몰
프랑스 화물선 실종
실종된 선원도 많을 듯

페퍼는 누가 기사를 흘렸는지 알았다. 아버지인 루 선장이었다. 아버지 짓이야. 금술 없는 재킷을 내려다보았다. 로슈의 핏자국으로 소맷부리 한쪽의 색이 짙었다. 자기도 모르는 사이, 페퍼의 온몸이 발갛게 달아올랐다. 부끄러웠다. 페퍼는 몸을 부르르 떨고 싶었다. 개가 몸에서 물을 떨어내듯, 선장의 신분을 훔친 일을 떨어내고 싶었다. 식료품 코너 안에서 고기 써는 둥근 톱날이 은빛으로 반짝였다. 페퍼는 그 톱날을 보고 기요틴을 떠올렸다. 톱 뒤쪽 벽에는 선홍색 핏자국까지 튀어 있었다. 페퍼의 잘못이 고철처럼 무겁게 페퍼를 짓눌렀다. 그 잘못이 주는 가책이 녹슨 철책처럼 페퍼를 찔렀다. 참을 수 없을 만큼 아팠다.

페퍼는 카운터 아래로 들어가서 재킷을 벗었다. 앞치마를 거는 고리에 재킷을 걸었다.

파라솔을 든 여자가 물었다.

"여기서 일해요?"

"네. 지금부터 일하려고요."

은행 간부가 말했다.

"시간 없어!"

비서가 은행 간부에게 말했다.

"꼭 그런 식으로 행동해야 해요?"

사무원이 잉크 묻은 입술로 말했다.

"두껍게 썬 초리조(양념을 많이 한 소시지로, 에스파냐에서 즐겨 먹음 : 옮긴이) 열 조각 주세요."

뜨개실과 뜨개바늘을 든 교사가 말했다.

"저는 울퉁불퉁한 녹색 초리조로 주세요. 웨이퍼처럼 얇게 저며서."

페퍼는 빙빙 돌아가는 기요틴 칼날로 몸을 숙였다. 윙, 쩍, 찌걱찌걱. 커다란 은빛 칼날이 거대한 소시지를 지나갔다. 칼날이 고기와 후추, 지방질을 썰고 자르는 동안, 사람들은 넋을 잃고 탐욕스럽게 그 광경을 지켜보았다. 페퍼의 손가락이 칼날에 점점 더 가까이 가자, 사람들은 눈살을 찌푸렸다. 꽃잎처럼 돌돌 말린 소시지 조각들이 키친타월에 높이 쌓였다. 페퍼는 소시지 조각들을 다른 흰 포장지에 담았다. 양손을 벌리고 기다리던 손님이 소시지를 받았다. 줄을 선 사람들이 페퍼에게 박수를 보냈다.

 이렇게 해서, 페퍼 루는 자신에게 어울리지 않고 스스로도 견딜 수 없는 아버지의 삶에서 빠져나와, 마르세유 백화점 고급 식료품 코너 뒤의 빈자리에 들어갔다. 알아채는 사람은 아무도 없었다. 사람들은 빙빙 도는 은빛 칼날과 배가 꼬르륵거리는 시장기에 마음을 빼앗긴 터였다.

 뭐, 누구나 자기가 기대하는 것만 보지 않나?
 아니면, 누구나 자기가 바라는 것만 보지 않나?
 은행 간부가 명령조로 말했다.
"페퍼 살라미 줘."
미소도 없는 반말이었다.
카운터 뒤의 소년이 대꾸했다.
"그건 제 이름인데요."

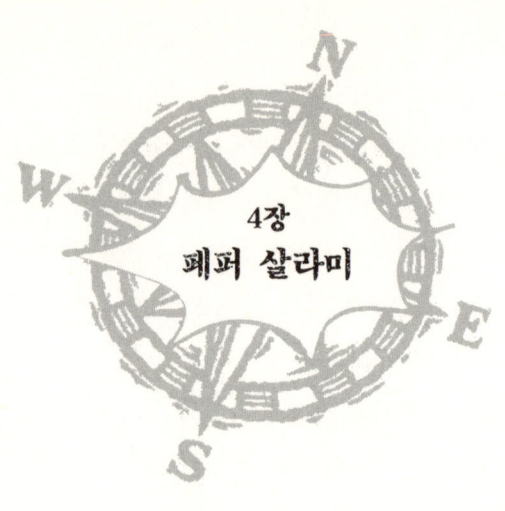

4장
페퍼 살라미

페퍼는 날마다 신문을 보며 '롱브라쥬호'라는 말을 찾아보았다. 침몰에 대한 더 자세한 내용을, 생존자 소식을 알고 싶었다. 하지만 배가 가라앉은 것은 흔한 뉴스고, 짐칸에 바닷물이 쏟아지듯 다른 뉴스들이 쏟아졌다. 곧 롱브라쥬호는 수천의 다른 새로운 뉴스에 묻혀 사라졌고, 페퍼는 베르소나 기관사, 공베르, 아네시, 뒤셰스 이야기를 전혀 찾을 수 없었다.

고급 식료품 코너에서 일하는 수잔은 이튿날 일터로 돌아왔다. 손에 붕대를 감고 있었다. 한순간 방심한 탓에 톱에 두 손가락을 잃었기 때문이다. 수잔은 페퍼에게 왜 자기 자리를 차지하고 있는지 묻지 않았다. 수잔은 자신이 병원에 있는 동안 백화점에서 그 자리를 비워 둘 리 없다고 생각했다. 페퍼가 일을 잘하는 것도 분명했다. 수잔은 마술사의 조수처럼 페퍼 옆을 맴돌며 페퍼를 도우려고 애썼다.

 한편 페퍼는 수잔이 이제 됐으니 그만 가라고 말하기를 기다렸다. 수잔이 그런 말을 꺼내지 않자, 페퍼는 자신을 수잔의 조수로, 수잔을 자신의 상관으로 여겼다. 페퍼에게는 수잔의 왕관, 수잔의 자리, 조리한 고기와 치즈로 이루어진 수잔의 영역을 훔칠 마음이 전혀 없었다.

 담당 관리자도 페퍼가 왜 있는지 의문을 제기하지 않았다. 당연히 회사에서 고용했으니 출근해서 일하겠거니 생각했다. 급여를 받지 않고 일할 사람은 없으니까. 페퍼가 급여를 받으려 했다면, 관리자도 당장 알아챘을 것이다. 하지만 페퍼는 급여를 달라고 하지 않았다.

 페퍼는 일종의 급여를 스스로 챙겼다. 저녁마다 살라미를 동전만 하게 썰었다. 열두 조각이었다. 썰어 낸 살라미를 올리브 한 줌과 함께 먹었다. 빵 코너에서는 저녁마다 남은 빵을 치웠다. 아주 멀쩡한 빵이었고, 페퍼는 저녁밥으로 빵까지 먹을 수 있었다.

 하룻밤은 거리에서 잤다. 하지만 너무 끔찍해서 다시는 그러지 않기로 마음먹었다. 오후 6시가 되어 모두가 카운터에 덮개를 씌우고 집으로 돌아가도, 페퍼는 백화점을 나가지 않았다. 페퍼는 가구 코너의 화려한 더블 침대에서 양가죽 담요를 덮고 잤다.

 페퍼는 백화점 꼭대기 층에 있는 사무실 휴지통에서 그날 신문을 모았다. 1페니짜리 양초 하나면 신문을 읽기에 충분히 밝았다. 페퍼는 신문 기사를 단어 하나하나, 줄 하나하나 빼놓지 않고 읽었다. 전쟁, 살인, 스캔들, 교통사고. 경제면을 읽었다. (전혀 이해할 수 없었다.) 스포츠 면을 읽었다. (어머니가 막아서 거친 스포츠를 한 번도 해 보지 못했다.) 전시와 연주회 평도 읽었다. (연주회나 화랑에는 가 본 적 없었다.) 광고와 만화, 결혼과 출산 소식도 열심히 보았다.

  부고는 마지막까지 아껴 두었다.

  마지막으로 부고에서 롱브라쥬호 선원의 이름을 찾아보았다. 맨 마지막으로는 자기 이름도 (페퍼 살라미가 아니라, 질베르 루) 찾아보았다. 이름이 보이기를 바라는 한편, 이름이 보일까 봐 두렵기도 했다. 루 선장이 죽었다고 신문에 실리면, 어머니는 그 기사를 읽고 미망인이 되었다고 생각할까? 아니면 아버지가 기사를 읽고 펄쩍 뛰며 거짓말이라고 소리칠까? 미레유 이모는 아마 지금도 '출생과 사망, 결혼란'을 자세히 들여다보며 '포브르'가 성자와 맺은 약속을 지켰는지 확인하고 있겠지.

  페퍼는 궁금했다.

  성자도 신문을 읽을까? 천사들이 쉬고 있는 택시 운전사들처럼 둘러앉아, 전쟁과 전염병 뉴스 사이에서 자기들이 실수로 놓친 불쌍한 영혼의 부고를 찾아볼까? 천사들을 속일 수 있을까? 한번 해 볼 만하지 않을까?

페퍼는 신문사에 자기가 죽었다고 알릴까 생각했다.
페퍼는 생각했다.
'적어도 로슈가 죽은 것은 알려야 하지 않을까.'
페퍼는 부치지 않은 편지를 재킷 주머니에서 꺼냈다.

로슈 부인께.
슬픈 소식을 전하게 되어 정말이지 유감입니다만…… 저는 로슈 씨를 잘 모르지만, 부인께서는 분명 잘 아시겠지요. 로슈 씨는 성자들과 행복하게 지내리라 믿어 의심치 않습니다.……

페퍼는 틀린 글자를 바로잡았다. 신문을 읽어서 크게 도움된 것이 있었다. 맞춤법 실력이 좋아졌다.
밤이 되어 큰 침대에 누우면, 천장에 얼기설기 미로처럼 이어진 놋쇠 관들이 눈앞에 딱 보였다. 마르세유 백화점에는 금전 등록기가 없었다. 손님이 돈을 지불하면, 점원은 돈을 놋쇠 원통에 넣고, 그 원통을 놋쇠 관에 넣은 뒤, 손잡이를 당긴다. 그러면 놋쇠 원통은 압축 공기의 힘을 받아 발사되어 미로 같은 놋쇠 관을 지나간다. 놋쇠 원통은 아주 멀리까지 가서 작은 철망에 떨어지고, 계산원이 돈을 꺼낸다. 계산원은 놋쇠 원통에 영수증과 거스름돈을 넣고, 미로 같은 놋쇠 관으로 다시 보낸다.

고급 식료품 코너에는 계산용 관이 없었다. 돈을 만진 손으로 고기를 만지면 안 되기 때문이다. 그래서 고급 식료품 코너 손님은 그 옆에 있는 생활용품 코너에서 계산했다. 백화점 영업이 끝난 뒤, 페퍼는 이 코너 저 코너를 뛰어다니며 놋쇠 원통을 대포처럼 여기저기로 발사했다. 세상 무엇보다 재미있었다!

쥐처럼 작아져서 놋쇠 원통 안에 들어가, 가슴이 철렁할 속도로 발사되면 기분이 어떨까? 호루라기 같은 쉭쉭 소리와 달칵달칵 소리만 낼 뿐, 들키지 않고 손님과 점원 머리 위에서 휘어지고 굽은 관을 지나가면 어떤 기분일까?

아래에서 야간 경비원이 소리를 듣고 자기 자리로 가서 열쇠와 곤봉을 집다가 망설였다.

'도둑이나 침입자라면 머리 위로 이어진 컨베이어를 쓸 리 있을까? 어떤 도둑이나 침입자가 그런 일을 하겠어? 답은 하나뿐이야. 유령. 한때 점원이었던 사람의 유령이나 오래전에 죽은 계산원의 유령이 이렇게 기이한 윙 소리와 덜컹덜컹 소리를 만드는 게 틀림없어. 세상을 떠도는 유령한테 곤봉이 무슨 소용이람.'

야간 경비원은 다시 자리에 앉았다.

페퍼는 여기저기로 뛰어다니며 생각했다.

이런 관으로 대륙을 이을 수 없을까? 속옷 코너에서 계산대까지 돈을 옮기는 데 그치지 않고, 가난한 사람들이 돈을 더 필요로 하는 실론까지 파리의 돈을 옮길 수 있지 않을까? 선원 급여를 멀리 떨어진 아내와 아이들에게 보낼 수도 있어! 운명으로 헤어진 연인들이 연애편지도 주고받을 수 있어! 달아난 아이들이 집에 사과하는 편지도…….

고해 성사! 그래, 그래! 고해 성사도 이런 식으로 할 수 있으면, 일주일에 세 번씩 편지를 써서, 다니던 성당의 신부에게 날릴 수 있을 텐데! 이그나티우스 신부님은 놋쇠 원통을 열어서 안에 든 고해 성사를 읽겠지.

신부님, 용서하세요. 영성체에 참가하지 못하고, 부모를 욕되게 하고, 배를 훔치고, 소시지 열두 조각을 훔치고, 열네 살이 되었습니다.

그러면 신부님은 용서의 편지를 보내겠지.

소시지를 먹은 뒤에 30분 동안은 수영을 하지 않겠다고 성모 마리아께 약속하여라.

커다란 침대에 누워, 깨어 있는 상태와 잠든 상태 사이를 떠다니며, 페퍼는 계속 놋쇠 관을 생각하며 즐거워했다.
'관이 충분히 길면……, 천국까지 기도를 보낼 수도 있어! 와!'

그 마지막 생각은 미신처럼 페퍼의 머릿속에 꽉 박혔다. 그래서 페퍼는 밤에 일어나서 하늘에 기도를 보냈다. 그날 밤에, 그리고 이후로 밤마다, 구두 코너나 시계 코너, 도서 코너에서 놋쇠 원통을 열고 그 안에 기도 편지를 넣었다. 그리고 손잡이를 당겼다. 놋쇠 원통은 쉭 소리를 내며 날아갔다. 페퍼가 쓴 기도 편지는 유성처럼 마르세유 백화점 천장을 돌아다녔다.

어머니와 이모에게 은총을 내리소서. 아버지에게 술 대신 차를 가르치소서.
저를 아직 데려가지 마소서. 저는 여기 있는 게 좋습니다. 아멘.

답은 오지 않았다. 페퍼는 몹시 두려웠다. 편지 때문에 성자들이 잊었던 일을 떠올리고, 사냥개처럼 다시 페퍼의 냄새를 뒤쫓지 않을까. 그래도 페퍼는 멈출 수 없었다. 미레유 이모는 페퍼에게 밤마다 기도하라고 귀에 못이 박히게 일렀고, 페퍼는 규칙을 아주 잘 지켰다.

계산원 철망 속의 신이 페퍼를 어떻게 생각하든, 마르세유 백화점의 손님들은 페퍼를 무척 좋아했다. 페퍼는 결투에 나선 검처럼 긴 칼을 번득이며 시라노 드베르주라크보다 위풍당당하게 소시지를 썰고 햄을 저몄다. 고기 써는 기계 앞에서 겁내지 않고 일했다. 손가락을 다칠까 조심하지 않고 소시지의 양쪽 매듭 끝까지 소시지를 썰었다. 신이 낮과 밤을 가르듯 치즈 톱으로 치즈를 잘랐다. 단골이 어떤 것을 좋아하는지 다 외웠다. 나이 든 손님이 돌처럼 딱딱한 올리브씨에 목이 막히거나 이가 부러지지 않도록 올리브씨도 직접 다 뺐다. 보름도 지나지 않아서 페퍼는 유명해졌다. 뭐, 유명해졌다는 뜻은, 몇몇 단골이 페퍼의 얼굴을 알아보고, 주문한 것을 받을 때 미소를 지었다는 뜻이지만.

프루아사르 부인도 그런 단골이었다. 프루아사르 부인은 손에 관절염이 생겨서 견과류 껍데기를 깔 수 없었다. 수잔이 출근하면, (아무리 일찍 출근해도) 벌써 페퍼는 소매를 걷고 프루아사르 부인을 위해 호두 껍데기를 벗기고 있었다.

수잔은 금술을 뗀 재킷을 손가락으로 가리키며 물었다.

"전에 어디에서 일했어요? 배에서?"

페퍼 살라미가 대답했다.

"아니에요."

수잔은 열심히 일하는 페퍼의 모습에 감명을 받았다. 하지만 페퍼의 몸이나 구겨진 옷에는 감명을 받지 않았다. 수잔은 가죽 제품 코너에서 일하는 베르트랑이라는 청년에게 빠져 있었다. 하지만 고기 써는 기계에 두 손가락을 잃었으니 베르트랑의 마음을 빼앗을 기회는 없다고 생각했다. 수잔은 병원에 앉아서 그렇게 결론지었고, 붕대를 푼 뒤에도 바닥에 떨어진 동전을 못 집듯 예전의 희망과 꿈을 집을 수 없었다. 수잔은 자신이 여왕이었던 구역인 고급 식료품 코너를 잃었고, 베르트랑도 잃었다.

페퍼도 가죽 제품 코너에서 일하는 베르트랑을 알고 있었다. 수잔과 하루라도 함께 일하면, 가죽 제품 코너의 베르트랑을 모를 수 없었다. 수잔은 베르트랑의 눈썹이 어떻게 생겼는지, 어깨가 얼마나 넓은지, 재킷 모양은 어떤지 계속 말했다. 베르트랑이 감초와 자전거를 좋아하며, 가죽 제품에는 아주 천재적이라는 이야기도 했다.

페퍼는 고향 집 아버지 서재에 있던 연애 소설들을 떠올렸다. 그 책들에서 등장인물들이 왜 자기 연인을 '이룰 수 없이', '비밀스럽게', '아주 멀리서' 사랑하는지, 해피 엔드로 불행에서 벗어나기 전까지 3백 쪽에 걸쳐 마음을 졸여야 하는지, 페퍼는 늘 아리송했다. 제1장에서 그냥 서로에게 솔직하게 "사랑해."라고 말하면 안 되나? 수잔도 그냥 베르트랑한테 다가가서 "그 눈썹이랑 해박한 가죽 지식을 정말 존경하니까 우리 결혼하자."라고 말하면 안 되나?

수잔은 꽤 친절하고 예쁜 사람이었다. 페퍼도 잘 알았다. 무릎에 굳은살만 없었다면, (그리고 죽을 날을 넘기지 않았다면) 페퍼도 수잔을 사랑했을지 모른다. 하지만 시간을 낭비하면 안 된다. 페퍼가 미레유 이모의 꿈에서 배운 것을 하나만 꼽으라면, 소중한 시간을 낭비하면 안 된다는 가르침이었다.

그래서 어느 저녁, 페퍼는 꼭대기 층 사무실에서 열쇠를 가져왔다. 계산원 자리에 가서 놋쇠 원통에 쪽지를 넣었다.

베르트랑, 수잔이 당신을 사랑해요.

큐피드의 화살처럼 원통을 날렸다. 원통은 천장을 지나서 아래에 있는 가죽 제품 코너로 갔다. 페퍼는 돌아가 침대에 누워, 이튿날 벌어질 행복한 결과를 상상했다.

갑자기 한 가지 생각이 페퍼의 머릿속을 스쳤다. 생각은 계속 더 솟아오르기만 했다.

베르트랑한테 벌써 애인이 있으면 어쩌지? 베르트랑이 갈색 머리 여자를 좋아하지 않으면 어쩌지? 베르트랑이 성직자가 될 계획이면 어쩌지? 베르트랑이 쪽지를 가죽 제품 코너의 동료들에게 내돌려서 모두가 비웃으면 어쩌지? 소문이 퍼져서 백화점 전체가 손가락질하고 비웃고 놀리기 시작하면……?

놀란 페퍼는 급히 계산원 자리로 다시 가서 마르세유 백화점 영수증 여남은 장 뒤에 적었다.

필리프는 마르그리트를 사랑한다.

장은 아네트를 사모한다.
폼은 기욤과 결혼하고 싶다.
목마른 사슴이 물을 찾듯, 앙리는 플로리르를 찾는다. (이것은 조금 지나친 듯했지만, 성경 구절을 딴 것이니까 괜찮을 것 같았다.)
에르퀼이 나네트에게 키스를 보낸다.
클로드는 지젤을 사랑한다.

페퍼는 아무도 빼놓지 않으려고 이름을 아는 백화점 직원을 모두 떠올리려 애썼다. 이름이 언급되지 않은 사람은 사랑을 못 받고 있다고 느낄 수도 있으니까.

원통마다 쪽지를 넣었다. 사랑과 충성과 상사병을 고백하는 수수께끼의 쪽지가 백화점 온갖 코너에 퍼지겠지. 페퍼는 자기도 넣어서 '누가 페퍼 살라미를 사랑한다.'는 쪽지도 쓰면 좋겠다고 생각했다. 하지만 무릎 굳은살을 생각하면, 누가 자기를 좋아한다는 것이 지나친 거짓말로 보일 것 같았다. 어쨌든 고급 식료품 코너에는 놋쇠 관도 없었다.

마지막 손잡이를 당기고 머리 위의 관이 모두 조용해진 뒤에야 페퍼는 마음을 가라앉히고 침대로 돌아갈 수 있었다.

한편, 아래에서는 야간 경비원이 마르세유 백화점을 당장 그만두겠다는 사직서를 쓰고 있었다. '위에서 유령이 돌아다니기 때문'이었다.

이튿날 아침, 페퍼는 늦잠을 잤다. 침대 양쪽에서 들리는 소리에 잠에서 깼다. 여자의 손이 양가죽 이불을 잡고 들췄다. 페퍼의 얼굴이 그대로 드러났다. 페퍼는 눈을 떴다. 그 여자의 남편이 누운 페퍼의 얼굴 높이로 몸을 낮추고 페퍼를 뚫어져라 보고 있었다.

페퍼가 힘없이 말했다.

"저는 광고 모델이에요. 도르미유 침대는 양을 세는 것보다 훨씬 좋아요……. 제가 정말 잠든 건 아니에요. 그냥 손님들께 보여 드리는 거죠. 아주 좋은 침대예요. 잠에서 못 깰 정도죠. 한번 누워 보세요."

페퍼는 얼굴과 어깨를 양가죽 담요로 가리고 신발과 재킷과 넥타이를 집어서 뒤쪽 계단으로 갔다. 이미 카운터에 나와 있는 가구 코너의 점원이 페퍼를 보고 야단쳤어야 했지만, 그 점원은 계산용 원통에서 발견한 쪽지를 읽느라 정신이 없었다.

시간이 흐를수록 휑뎅그렁한 백화점은 휘발유 냄새 같은 폭발 직전의 분위기에 휩싸였다. 아주 작은 불똥에도 백화점 전체가 폭발할 것 같았다. 공예품 코너의 청년은 기절했다. 침구 코너의 부인은 정신을 차리게 하는 약 냄새를 맡아야 했다. 꽃 코너의 플뢰르는 치맛자락을 모으고 4층으로 올라가서 구두 코너에 있는 앙리의 뺨을 때리며 소리쳤다.

"이 헐떡거리는 짐승! 나는 유부녀야!"

꽃 코너 여자가 자기 자리로 돌아왔을 때는, 시장에서 막 배달된 그날 팔아야 할 싱싱한 빨간 장미가 모두 사라지고 없었다. 보조 점원들과 계산원들이 꽃 코너를 기습해서 꽃을 빼돌린 것이다. 화장품 코너에서는 향수와 포마드가 갑자기 다 팔렸다.

하지만 다른 코너의 매출은 줄어들었다. 손님을 맞을 사람이 없었기 때문이다. 보조 점원들은 자기 자리에서 벗어나 있었다. 마르세유 백화점의 자랑거리는 점잖고 고상하며 제대로 일할 줄 아는 점원들이었다. 하지만 그 점원들은 이제 놋쇠 원통 뚜껑을 열고 웃음가스를 맡은 것 같았다. 점심때가 되자, 광기는 더욱 거세졌다.

악기 코너의 축음기에서는 대개 월광곡이 계속 흐르며 지나가는 손님을 끌었다. 하지만 그날은 축음기가 어두운 지하 식당으로 옮겨졌고, 축음기에서는 펠릭스 마욜(20세기 초에 활약한 프랑스 가수 : 옮긴이)의 '사랑의 걸음'이 흘렀다. 불도 켜지 않은 플로어에서 쌍쌍이 춤을 추었다. 밀랍을 바른 기둥들에서 일어난 먼지는 쌍쌍의 마음에 흐르는 전류에 닿아 바지직거렸다.

수잔은 울었다. 수잔이 겁내던 일들이 모두 현실로 나타났다. 고기 써는 기계에 불구가 된 여자를 사랑할 사람이 어디 있을까. 수잔은 누구에게서도 쪽지를 받지 못했다.

페퍼는 수잔을 달래려 했다.

"우리 코너에는 계산용 관이 없잖아요! 있었으면, 수잔한테도 틀림없이 쪽지가 왔을 거예요!"

그러나 수잔은 다친 손을 가슴에 얹고 앉은 채, 잃어버린 기회들을 안타까워하면서 몸을 앞뒤로 흔들며 흐느끼기만 했다.

갑자기 베르트랑이 빛을 받으러 온 사람처럼 고급 식료품 코너로 왔다. 장식 없는 검은 가죽 모자를 써서, 쉰 살처럼 보였다. 베르트랑은 한 손에 여자 구두를 들고 있었다. 반짝이는 가죽 구두로, 구두 코너에서 '잠시 빌린' 것이었다. 다른 한 손에는 훔친 장미를 들었다. 베르트랑의 얼굴은 장미처럼 붉게 물들었다.

베르트랑이 용감하게 말했다.

"아래에 음악이 흘러요."

수잔은 음악에 몸이 솟구치는 양 일어서며 말했다.

"그래요?"

"네."

"멋지네요."

"그럼……."

"좋아요!"

수잔과 베르트랑은 페퍼도 아랑곳없고, 손님이 올 수도 있다는 사실이나 말을 완전하게 끝맺는 일도 아랑곳없이 사라졌다.

정육 코너에도 계산용 판이 없었지만, 소문은 거기까지 퍼졌다. 푸주한의 아내인 플뢰르가 구두 코너의 앙리에게 사랑 고백을 받았다는 소문이었다. 푸주한 크리스토프는 고기 써는 톱을 들고 앙리를 찾으러 갔다.

그래서 정육 코너를 지키는 사람이 아무도 없었다. 매주 근처 농장에서 배달되는 가금류를 받을 사람도 없었다. 결국 페퍼가 달려가서 그 일을 대신했다. 농장 청년은 페퍼의 발치에 사냥한 꿩 두 자루를 내려놓았다. 꿩들은 맥없이 늘어져서 부리를 딱딱거리며 겁먹은 눈으로 주위를 노려보고 있었다. 페퍼는 꿩들이 바닥에 내동댕이쳐지는 것을 보며 공포를 느꼈다. 눈이 유리알 같은 꿩 스무 마리가 발치에 쌓이는 것보다 더 나쁜 징조가 어디 있을까?

관리자가 냄새를 맡고 코를 킁킁거리며 다가왔다.
"푸주한 크리스토프는 어디 있어?"
페퍼가 윙크하듯 재빨리 대답했다.
"사슴 고기를 해체하러 갔어요."
"어, 저기, 그……, 손이 상한 여자는?"
"수잔요? 나이 든 손님의 짐을 전차까지 들어 드리러 갔어요."

거짓말 때문에 이마에 땀이 흐르고 입에서 비누 맛이 느껴졌다. 페퍼의 마지막 순간이 정말 다가왔고, 천사들이 성난 전차를 마르세유 백화점에 세워 두었다면, 거짓말하느라 바쁜 모습을 천사들에게 들키면 안 될 텐데……. 죽은 꿩들의 부드러운 살과 딱딱한 부리가 페퍼의 다리와 발을 눌렀다.

관리자가 말했다.

"지금 내 귀에 들리는 음악은 뭐지?"

"어느 손님이 축음기를 틀어 보겠다고 했습니다. 꿩이 한 마리 더 들어왔는데, 가져가세요."

페퍼는 관리자를 보낼 생각에 꿩을 흰 종이에 싸서 관리자에게 건넸다. 페퍼의 소매에는 깃털들이 남았다. 벌어진 작은 부리 사이로 튀어나온 자주색 혀의 기억, 그 눈에 담긴 경고도 머릿속에 맴돌았다.

'달아나! 도망쳐! 우리처럼 죽고 말걸! 다른 사람에게 아무 해도 끼치지 않고 온갖 행복을 누리고 있다고 생각했지? 하지만 소용없어. 어느 날 갑자기…….'

탁! 누가 페퍼의 등을 때렸다. 두려움과 죄책감이 총알처럼 온몸에 박혔다.

가죽 제품 코너의 베르트랑이 눈을 부라렸다.

"네가 내 여자의 자리를 빼앗았어."

베르트랑은 검은 가죽 모자로 페퍼를 또 때리며 덧붙였다.

"수잔이 말했어. 수잔이 병원에 있는 동안 네가 수잔 자리를 뺏었다며? 사실이야?"

"그건……."

"그럼, 이제 그 자리를 포기해!"

수잔이 뒤에서 제비꽃 다발을 들고 어슬렁어슬렁 다가왔다. 수잔은 입술을 깨물었지만, 웃음을 감추지 못했다. 수잔이 베르트랑에게 자기 자리를 찾아 달라고 부탁한 것은 아니었다. 그저 지나가는 말로 페퍼 일을 이야기했을 뿐이었다. 그래도 수잔은 베르트랑의 행동에 기뻐하지 않을 수 없었다.

'이렇게 남자답고, 이렇게 격정적이라니!'

베르트랑은 반짝이는 가죽 구두를 신은 기사가 되어 수잔의 자리를 빼앗은 사람을 몰아내고 있었으니, 수잔이 기뻐할 만했다.

구두 코너의 앙리는 크리스토프가 고기 써는 톱을 들고 쫓아오자, 자기는 죄가 없다고 주장하며 달아났다.

베르트랑이 또 모자로 페퍼를 때리며 물었다.

"갈 거야? 말 거야?"

"갈게요. 하지만 우선 크리스토프한테 설명해야 해요!"

수잔은 여전히 머릿속 음악에 맞춰 춤추느라 숨을 색색거리며 말했다.

"내가 할게!"

수잔이 뛰어가서 앞치마 옷걸이에 걸린 페퍼의 재킷을 낚아챘다. 수잔은 페퍼에게 유감이 전혀 없었다. 그저 베르트랑의 손아귀에서 벗어나게 해 주고 싶었을 뿐이었다.

"뭘 설명하지?"

"크리스토프의 부인과 앙리 일요. 사실이 아니에요! 제가 한 짓이에요! 플뢰르가 결혼한 줄 몰랐어요!"

푸주한 크리스토프는 바로 그때 앙리를 앞지르려고 과자 코너를 지나가다가, 페퍼의 말을 들었다. 푸주한은 페퍼의 말을 잘못 알아듣고 멈춰 섰다.

"네놈이 우리 집사람한테 연애편지를 썼어?"

크리스토프는 다짜고짜 페퍼에게 톱을 던졌다. 페퍼는 꿩들에 발이 묶여 꼼짝할 수 없었다.

페퍼는 날아오는 톱을 피해 바닥에 몸을 던졌다. 바둑판무늬 바닥에 얼굴이 미끄러졌다. 페퍼의 눈에는 꿩들의 부분 부분만 가득 찼다. 깃털, 힘줄, 발톱. 그리고 또 깃털, 부리, 눈. 크리스토프가 페퍼의 어깨를 붙잡고 커다란 은빛 고기 써는 기계로 끌어갔다.

"감히 내 플뢰르한테 침을 흘려?"

크리스토프가 둥근 기요틴 칼날을 작동시켰다. 페퍼는 양손으로 주머니를 마구 더듬거리며 과도를 찾았지만, 주머니 속에는 그날 아침에 빼낸 올리브씨들뿐이었다. 페퍼는 올리브씨들을 고급 식료품 코너 바닥에 던졌다. 바닥은 올리브씨들과 깨진 도자기 조각들로 어질러졌다. 크리스토프가 미끄러졌다.

카운터 너머에서 프루아사르 부인의 가늘고 높은 목소리가 들렸다.

"여보세요! 왜 아무도 안 나와요? 호두를 사러 왔어요!"

페퍼는 내달렸다. 구두 앞코로 발 디딜 곳을 이리저리 찾다가 자기가 던진 올리브씨들에 미끄러지기도 했다. 회전문을 빠져나가 밝은 거리로 나왔다. 전차가 지나갔다. 페퍼는 전차에 매달렸다. 롱브라쥬호의 뜨거운 굴뚝에 매달렸듯 전차의 철제 몸체에 얼굴을 딱 붙였다.

전차는 크림 전쟁 전사자를 기리기 위한 전쟁 기념관을 지나갔다. 기념관 위에서 청동 천사상이 날개를 펼치고 있었다. 페퍼는 이제 분노와 미움으로 천사를 올려다보았다.

한 달 동안 하루도 빼먹지 않고 날카로운 칼날과 철사와 기요틴을 다루며 일했잖아. 일부러 성자들에게 내 피를 거두어들일 기회를 주었잖아. 그런데 굳이 가죽 제품 코너의 베르트랑과 질투 많은 푸주한을 써서 나를 죽이려 하다니. 천사들은 꼭 그래야 했을까? 크리스토프는 그렇다 해도, 그 못난 가죽 모자를 쓴 베르트랑은? 성자들이 나를 죽일 뿐 아니라 망신까지 주려 한다면, 다음번에는 더 노력하고, 더 빨리 달려야 할걸.

전차는 시청 앞에서 왼쪽으로 꺾어졌다. 페퍼는 전차를 잡고 있던 손을 놓고 길바닥에 몸을 굴렸다. 소방대원이 호스로 물을 뿌리지 않을까 생각했다. 하지만 그날은 시위대가 없었다. 불만을 품은 시민도 없었다. 물에 젖은 플래카드 하나가 말구유에 기대어 있을 뿐이었다.

> **웅그리오플뢰비에
> 개정법 (제5조)
> 반대!**

페퍼는 해안 철도를 타고 아바롱으로 갔다. 고기 써는 둥근 톱보다 열두 배는 크고 무자비한 열차 바퀴들이 시간을 얇게 썰었다. 저민 시간 조각은 먼지 속에 떨어져 다시는 되돌아오지 않았다.

페퍼가 탄 화물칸은 더웠다. 페퍼는 재킷을 벗었고, 그제야 재킷 소매에 찢긴 자국을 발견했다. 톱이나 고기 써는 기계에 몸이 걸렸나 보다. 소매가 찢긴 자리의 팔에는 멍도 생겼다. 때가 왔다. 다시 삶을 바꿔야 할 때. 페퍼 살라미라는 존재를 빛이 비칠 만큼 얇게 저며야 할 때. 보이지 않게 스스로를 얇게 썰어야 할 때.

5장
신문

페퍼가 말했다.
"누가 죽었어요."
그 말을 꺼내자마자 기분이 좋아졌다.
에투알 쉬드 신문사 접수대 뒤에 있는 여자가 말했다.
"양식을 적으세요."

그렇게 페퍼는 자신의 죽음을 알렸다. 천사들이 택시 운전사들처럼 신문을 읽기 바라거나, 미레유 이모가 읽기를 바라서가 아니었다. '포브르'가 정말로 이 세상에서 죽었다고 스스로에게 확신을 주고 싶었기 때문이다. 이제 페퍼는 더는 폴 루가 아니며, 앞으로 다시는 폴 루가 되지도 않을 것이다.

페퍼는 혼자 생각했다.
'이제 아무도 나를 건드리지 않겠지.'

접수대 뒤의 여자는 페퍼가 양식의 칸을 모두 채우느라 낑 낑대는 모습을 보았다.

"돈을 내야 해요. 글을 싣는 값은 싸지 않아요."

"언론의 자유라는 말도 있지 않나요?"

페퍼는 '자유'라는 말을 '돈을 내지 않아도 된다'는 뜻으로 생각했다.

"세상에 공짜는 없어요. 창밖으로 고개를 내밀고 소리쳐 봐요. 그건 표현의 자유죠. 우리 신문사에는 돈을 내야 해요."

여자는 양식을 다시 홱 낚아채서 구겼다.

"한 줄에 2프랑이에요."

여자의 얼굴은 비틀어 짠 행주 같았다. 틀림없이 신문에 실린 슬픈 뉴스를 너무 많이 읽어서일 거라고 페퍼는 생각했다.

페퍼는 어쨌든 신문에 부고를 내려면 돈이 든다는 사실을 깨닫고, 양식을 새로 달라고 해서 가능한 한 짧게 다시 적은 뒤, 주머니에 든 지폐와 함께 건넸다.

> 부아수클로셰에 살던 폴 루
>
> 7월 11일, 모두의 슬픔을 안고 바다에 가라앉다.
>
> 이 생명을 바다에 보내나이다.

여자가 말했다.

"뒤를 '고이 잠드소서'로 바꾸면 돈이 덜 들어요."

그래서 페퍼는 말을 바꾸었지만, 죽지 않은 자신에게 고이 잠들기를 기도하려니 거짓말이 심해진 듯해 기분은 찜찜했다. '모두의 슬픔을 안고'라는 말도 지웠다. 그 말이 들어가면 더 큰 거짓말이 될 것 같았다. 게다가 로슈의 부고에도 돈을 내야 했다. 페퍼는 생각했다. 해운 회사는 배가 바다 밑바닥에 가라앉았다고 생각할 테니, 로슈의 급여를 미망인에게 보내지 않겠지. 그러니까 로슈가 살아 있는 척할 필요도 없어. 내가 용기를 못 내서 알리지 못했지만, 로슈 부인은 남편의 죽음을 알아야 해. 로슈 부인이 신문에서 남편의 죽음을 읽게 하는 것이 친절한 일일까? 게다가 로슈 부인이 어떤 신문을 읽는지도 모르잖아?

페퍼는 로슈가 배와 함께 사라졌다고 말할 수 없었다. 그러면 로슈 부인도 페퍼와 같은 꿈을 꿀지 모르기 때문이다. 끔찍하고, 끔찍한 꿈⋯⋯. 안 돼. 고인이 된 클로드 로슈는 천성이 돼지가 아니라, 성실한 클로드 로슈가 되어야 해.

페퍼가 말했다.

"죽은 사람이 또 있어요."

여자는 입술을 비죽거렸지만, 새 양식을 내밀었다.

페퍼는 로슈의 죽음을 적었다. 에그모르트 출신의 선원 클로드 로슈는 난파선에서 탈출하여 마르세유 동물원에 들렀다가, 영웅적으로 자신의 생명을 바쳤다. 로슈는 사자 우리로 떨어지는 어린아이를 보고 주저 없이 사자 우리에 뛰어들었고, 아이 대신 자기 몸을 사자에게 내던졌다. 로슈는 아이를 어깨에 올려 우리 너머 아이 어머니의 팔에 무사히 안긴 뒤, 사자의 공격을 받았다. 페퍼는 로슈의 부고에 '고이 잠드소서'를 넣었을 뿐 아니라, '모두의 슬픔을 안고'도 덧붙였다. 조금 돈이 들어도 기꺼이 내야지.

여자 뒤에서 문이 열리고, 인쇄기의 시끄러운 소리가 확 울렸다. 페퍼는 문 너머를 흘깃 보았다. 거대한 실린더, 커다란 신문 용지를 감는 봉. 셔츠 아래팔에 토시를 끼고 베레모를 쓴 남자가 나타났다. 접수대 뒤의 여자가 환하게 웃으며 수다스럽게 손짓하는 것을 보니, 그 남자는 편집장이었다.

에투알 쉬드 편집장은 다른 사람의 말을 잘 듣지도, 다른 사람을 똑바로 쳐다보지도 못했다. 하지만 글은 늘 잘 파악했다. 글값이 싸지 않다는 사실도 잘 알고 있었다. 그래서 돈이 되는 글을 계속 찾아다녔다. 편집장은 할인권, 공지, 상점 안내문, 성냥갑, 음식 포장, 달력 등등 돈이 되는 글이라면 마다하지 않고 삼켰다. 편집장은 그날 온 우편물을 획획 본 뒤에, 접수대를 눈으로 이리저리 훑어보며 광고와 공지 사항들을 살폈다.

당나귀 세 마리의 사지가 바람에도 안전하게⋯⋯.
고데 듀퐁이 3.2킬로그램의 아들을 순산⋯⋯.

레베크벨로가 블리딩하트 교회에서…….
리모주 알베르, 향년 89세로 집에서 별세. 고이 잠드소서.

만족하지 못한 편집장의 눈길은 방금 페퍼가 쓴 부고에 머물렀다. 편집장은 페퍼가 쓴 양식을 손에 쥐고 이리저리 돌리며, 칸이 모자라서 여백에까지 적은 내용을 읽었다.

로슈는 먹이를 찾아 날뛰는 맹수와 어린아이 사이를 가로막고…….

"우리가 이 사건을 기사로 다뤘나? 본 기억이 없는데? 이건 누가 썼어? 이 사람 친척이야? 경찰? 우리가 이 사건을 기사로 다뤘어?"

페퍼는 겁먹고 가만히 있었다. 하지만 접수대 뒤의 여자는 범인을 지목하듯 페퍼를 딱 가리켰다.

편집장이 따졌다.

"누구시죠? 친척?"

페퍼가 말했다.

"아뇨."

"기삿거리가 될 만한 사건이네요. 그렇죠? 좋은 얘깃거리예요."

페퍼가 말했다.

"아, 네. 그럴지도 모르죠."

페퍼는 남에게 실망을 주기 싫어하는 아이였다.

"어떻게 이 부고를 쓰게 됐죠?"

질문이 어찌나 날카롭고 공격적인지, 페퍼는 가슴을 손으로 떠밀리는 것 같았다. 페퍼는 뒷걸음쳤다. 점점 안절부절못했다. 에투알 쉬드 기자가 마르세유 동물원에 가서 사자 우리에 들어간 남자 이야기를 취재하면 어쩌지? 페퍼는 마르세유에 동물원이 있는지조차 몰랐다.

편집장은 수화기를 들고 소리쳤다.

"마르세유에 취재하러 갈 수 있는 사람 없어?"

페퍼가 불쑥 말했다.

"저요!"

편집장이 눈길도 주지 않자, 페퍼는 다시 말했다.

"제가 쓸게요!"

편집장은 전화 요금 고지서와 스테이플러 영수증 사이에 눈길을 두고 말했다.

"뭐?"

"제가 쓰면 안 될 이유가 있나요?"

페퍼는 이 대화에서 자신이 기자인지 여부가 중요하다는 사실을 그제야 깨달았다.

"기자인가?"

"기자도 아닌데 취재하러 가겠다고 말하겠어요?"

"전에 뭘 썼어?"

"안 쓴 게 뭐냐고 물어보시죠."

그렇게 말하고 보니 지나치게 거만해 보일 것 같아 재빨리 덧붙였다.

"옹그리오플뢰비에 개정법 사건 기억하세요? 제5조 때문에 생긴 스캔들요."

편집장은 헛기침을 뱉고 셔츠 칼라를 만지작거리며, 바닥에 버려진 버스 차표와 쇼핑 목록만 내려다보았다.

"그 사건을 취재했어?"

페퍼가 되물었다.

"이 신문사에서는 안 했나요?"

"프리랜서 기자인가?"

"그렇기도 하고, 아니기도 합니다."

페퍼는 프리랜서가 무슨 뜻인지 전혀 몰랐지만, '랜서'라는 말이 듣기 좋았다.

편집장은 페퍼의 재킷 안에 붙은 라벨을 보며 말했다.

"지금 어디서 일해?"

"이제 편집장님 밑에서 일하죠. 아닌가요?"

그리고 정말 페퍼의 말대로 됐다.

뭐, 누구나 자기가 바라는 것만 보지 않나? 또, 동료를 있는 그대로 보는 사람도 없다. 그래서 페퍼는 이곳, 글의 곡물

창고라 칭할 만한 '에투알 쉬드'에 들어갔다. 그리고 글이 곡물처럼 자신을 감싸서 세상눈에 띄지 않기를 바랐다.

페퍼는 자리도 받았다. 화제가 될 기사를 매주 60단씩 써야 한다는 말도 들었다. 다른 기자들은 짙은 담배 연기 사이로 실눈을 뜨고 페퍼를 노려보며 걱정했다. 신문사가 적자여서, 편집장이 급여로 나가는 돈을 줄이려고 더 어린 기자들을 데려오는 게 아닐까?

페퍼는 60단을 어찌 채워야 할지 깜깜했다. 마르세유 백화점 침대에서 촛불을 켜 놓고 읽던 신문 기사들처럼 우울한 기사는 쓰기 싫다는 생각만 떠오를 뿐이었다. 먼저, 클로드 로슈 이야기를 썼다. 전보다 훨씬 생생하고 영웅적으로 썼다. 유언도 더 자세히 지어냈다.

로슈가 사자에게 공격당하기 전, 로슈의 외침이 들렸다.
"아내에게 사랑한다고 전해 주세요!"

그다음에는 가구 코너에서 양가죽 담요에 웅크리고 신문을 읽으며 '이런 기사를 읽고 싶어!'라고 생각했던 기사를 지어냈다. 이를테면, 복권에 당첨되어 9천 프랑을 받아서, 어릴 때부터 사랑한 여자와 결혼하게 된 앙리 르클레르 이야기 같은 것이었다.

(4면에서 계속)

르클레르 씨는 파리에서 공수한 멋진 재킷의 어깨에서 쌀알을 떨며 말했다. "복권에 당첨되기 전에는 플뢰르의 집에 발도 못 들이고 쫓겨났죠. 그때는 지금의 장인 장모가 화분과 테니스 라켓을 던지며 소리쳤습니다. '꺼져! 넌 너무 가난해! 너 같은 가난뱅이한테 우리 딸을 줘? 어림없어!' 하고요. 심하게 다친 적도 한두 번이 아니었습니다."

신랑은 에투알 쉬드에 이렇게 밝혔다. "진심으로 사랑하면 반드시 저절로 길이 생깁니다. 저는 늘 그렇게 믿었어요. 저와 플뢰르는 백 년이라도 기꺼이 기다릴 각오가 되어 있었죠. 이제 그럴 필요가 없어져서 기쁩니다."

이 부부는 현재 일본으로 신혼여행 중이다.

글 : 페퍼 파피에 기자

비밀 항구에서 보물 발견
(마르세유발)

프로방스 근처 얕은 해변에서 휴가를 즐기던 사람들이 보물 상자를 발견했다. 해적이 숨긴 것으로 추정되는 이 보물은 그 값어치가 어마어마할 것으로 보인다. 이 보물 상자는 13세기 터키 화물선에서 떨어진 것으로 추정되며, 목격자의 증언에 따르면, 그 안에는 비둘기알만 한 보석과 금화 들이 들어 있다. 상자 안에서는 방부 처리된 앵무새도 발견됐다. 유클리드 발파라이소 교수는 "앵무새 창자에 금화가 가득하다. 어떻게 새에게 금화를 먹였는지에 대해서 지금 연구 중이다."라고 말했다.

발견된 돈과 보석은 연구를 마친 뒤 발견한 사람들에게 돌아갈 예정. 보물을 찾아 나서는 사람들로 북새통을 이루지 않도록, 발견된 장소는 비밀에 붙여졌다.

글 : 페퍼 파피에 기자

요즘 아이들은 더 순종적 (오슬로발)

어제 노르웨이 정부가 발표한 보고서에서, 요즘 아이들이 오십 년 전 아이들보다 더 착하고 순하다고 하여 충격을 주고 있다. 최근 조사 결과에 따르면, 요즘 아이들은 그 할아버지 세대보다 도둑질, 싸움, 말대답, 거짓말을 훨씬 덜 하는 것으로 밝혀졌다.

오슬로 대학교의 구스타프 구베르손 박사는 반대 의견에도 불구하고, 식생활이 개선되고 교회에 더 자주 가서 '어린이들이 착해졌다'고 주장했다. 존댓말도 평균 8만 배 더 잘 쓰는 것으로…….

(21면에 계속)

죽은 줄 알았던 남자가 전쟁터에서 돌아오다

지난 수요일, 쿠옹비에라는 작은 마을에서는 믿기 힘든 일이 벌어졌다. 전사한 것으로 간주되었던 병사가 살아 돌아온 것. 프랑코프러시아 전쟁에서 사망한 것으로 알려진 폴 블루아가 자전거를 타고 고향 마을로 돌아오자, 친구들과 친지들은 깜짝 놀랐다. 마농 발롱(41)은 "유령을 보는 줄 알았다. 하지만 폴이 파이프를 피우는 모습을 보고 유령이 아니라는 걸 알았다."라고 말했다.

폴의 어머니 에메 블루아(91)는 "조금 변했지만, 한눈에 우리 아들을 알아보았다. 틀림없는 내 아들이다. 나는 내 아들이 죽지 않았다고 늘 말했다. 내 아들이 죽었다면 내가 못 느낄 리 없으니까."라고 말했다. 폴의 약혼녀 미레유는 폴의 사망 통지서를 보고 그럴 리 없다고…….

(12면에 계속)

식자실 문 너머에서 식자공이 소리쳤다.

"쿠옹비에가 어디죠? 처음 듣는 곳인데."

페퍼가 금세 대답했다.

"집은 여덟 채뿐이에요. 거기에 창고 두 개랑 물레방아 하나뿐이에요."

페퍼가 금방 대답할 수 있었던 것은 머릿속으로 쿠옹비에에 다녀왔기 때문이다. (직접 다녀온 것은 아니었다.) 거기서 폴 블루아도, 폴 블루아의 늙은 어머니도, 활기찬 약혼녀도 인터뷰했기 때문이다. 엄밀히 말하자면 존재하지 않는 사람들이었지만, 페퍼는 그 사람들과 행복을 함께 나누었다.

그 모두는 페퍼가 지어낸 존재였다. 페퍼는 그 사람들의 이름과 나이도 지어냈다. 동네를 지어내기도 했다. 엄청난 행운, 자신을 희생

바다 괴물 멸종
(파리발)

한때 모든 선원에게 공포의 대상이었던 크라켄이 완전히 멸종했다는 사실이 공식 발표됐다. 파리에 위치한 '해양 생물 연구소'가 어제 발표한 바에 따르면, 최근 항해 선박의 증가로 거대 연체동물인 크라켄이 사라졌다고 한다.

해양 생물 연구소 대변인은 "인간에게 해를 끼쳐 온 이 위험하고 파괴적인 동물이 더는 보이지 않는다. 앞으로 크라켄이 배를 삼키는 일은 없을 것이다."라고 말했다.

글 : 페퍼 파피에

하는 용기, 선행, 멋진 모험 등등도 지어냈다. 페퍼의 기사들은 작은 불빛처럼 하나씩 빛을 발하며 에투알 쉬드를 읽는 독자들의 삶을 밝게 비췄다. 독자들은 페퍼의 기사를 읽고 생각했다. 우리는 겁내며 살지만, 알고 보면 세상은 그리 음울하고 외롭고 화나고 무섭고 힘든 곳이 아닐지도 몰라.

그리고 페퍼도 그렇게 생각했다.

페퍼는 기사를 마르세유 백화점의 놋쇠 원통처럼 허공으로 쏘았다. 머릿기름 광고와 기침을 가라앉히는 연고 광고 사이에, 전쟁 잔혹 행위 고발 기사와 살인 재판을 받은 죄수가 시골로 도망친 사건 기사 사이에, 페퍼의 기사가 인쇄되어 실렸다. 마치 기적 같았다. 교열 기자가 페퍼의 문장을 잘 다듬었다. (페퍼가 쓴 원문은 교열 기자도 읽을 수 없을 정도였다.) 그래서 페퍼는 신문에 실린 자기 기사를 보고도 새로운 글로 느꼈다. 그리고 자신이 지어낸 인물들의 행복을 모두와 나눌 수 있어서 뿌듯했다. 페퍼는 지어낸 이야기를 악몽을 내쫓는 작은 스탠드처럼 세워 놓았다. 페퍼는 독자들도 악몽에 시달릴 거라고 확신했다.

페퍼 자신이 악몽에 시달리듯.

페퍼는 악몽을 꿨다. 거대한 괴물 오징어가 롱브라쥬호를 꽉 움켜쥐는 꿈. 로슈가 깊은 물속에서 손짓하고 손짓하며 피투성이 입술로 페퍼에게 "줄을 던져! 나를 꺼내 줘!" 하고 외치는 꿈. 죄수 호송 차량에 실려 거대한 고기 자르는 기계 같은 기요틴으로 끌려가는 꿈. 물컹물컹하게 썩어 가는 꿩 시체들이 허리 높이까지 차 있고, 그곳을 헤치고 교수대로 가는 꿈. 교수대 아래 단에는 아버지가 페퍼의 죄를 적은 플래카드와 올가미를 들고 서 있었다. 아버지의 어깨 위에는 미레유 이모가 회중시계를 보며 서 있었다. 회중시계의 재깍재깍 소리가 어찌나 큰지, 페퍼의 변명은 시계 소리에 묻혀 들리지 않았다. 소방 호스에서 쏟아지는 물에 맞는 꿈도 꿨다. 아니, 소방 호스에서 쏟아진 것은 물이 아니라 잉크였다. 지워지지 않는 잉크. 그런데 그 검은 잉크는 꿩들처럼 빽빽이 떼를 지은 검은 까마귀들로 변했다. 까마귀들이 하늘을 가득 메워 해까지 가렸다. 까마귀들은 가끔씩 휙 내려와서 페퍼의 얼굴을 공격했다. 페퍼의 얼굴이 가면인 양 그 얼굴을 벗기려고, 그 가면 아래 누가 있는지 보려고…….

편집장이 말했다.
"파피에, 신기한 동물이 발견됐다는 기사 말인데……."
"털이 무지갯빛인 동물요?"
"털이 무지갯빛인 동물. 그 동물이 뭘 주로 먹는다고 했지?"
"까마귀요."
"그래, 까마귀."
"양초도 먹습니다."

"양초."

"쓰레기도 먹습니다."

편집장은 페퍼가 최근에 쓴 기사에서 눈길을 떼지 않으며 말했다.

"혹시 시각 자료도 있나?"

"시각 자료는 없습니다. 전혀요."

"파피에, 시각 자료가 있으면 좋겠어. 사진으로."

"디자이너한테 설명해서 그림을 그리면 어떨까요?"

"자네가 세세히 잘 설명할 수 있으면."

"그럴 수 있을 겁니다."

편집장의 눈이 휘둥그레지고, 낯빛이 어두워졌다.

편집장은 금방이라도 자기 말을 손수건에 뱉어 쓰레기통에 버릴 듯, 앞니를 입술 앞으로 확 내밀며 말했다.

"파피에, 대중은 '사실'을 원해. 사실적으로 정확한 실제 '사실'. 대중은 '허구'를 읽으려고 신문을 사는 게 아냐. 신문을 사는 대중은 '허구'를 싫어해."

이리저리 오가던 편집장의 눈길은 이제 책상 위에 멎어 있었다. 책상 위에는 서류, '아버지'를 그린 어린아이의 그림, 페퍼가 쓴 기사가 있었다 아비뇽에서 무지갯빛 여우원숭이들이 쓰레기통들을 습격했다는 기사였다. 편집장의 눈길은 신문 판매량을 표시한 서류로 향하다가 거기서 딱 멈췄다. 편집장은 깜짝 놀랐다. 에투알 쉬드의 판매량이 한 달 사이에

10퍼센트나 늘어났기 때문이다. 광고 수입은 18퍼센트나 올랐다. 에투알 쉬드는 지난 몇 년 동안 계속 내림세였기에, 이런 상승은 이해할 수 없는 일이었다. 편집장은 부르르 몸을 떨었다. 떡 벌어진 입을 다물고 책상을 탁 쳤다.

"파피에, 알찬 기사를 내놔. 묵직한 기사. 입증할 수 있는 기사. 이번 주말까지 내놔. 안 그러면, 미안하지만 자네를……."

편집장은 협박의 말을 끝맺지 않고 그저 페퍼의 상상에 맡겼다.

"객관적이고 확실한 사실을 내놔! 뉴스를 내놔! 여우원숭이 기사는 없던 것으로 하겠어."

편집장은 페퍼에게는 눈길 한 번 주지 않은 채 페퍼의 기사를 둥글게 구겨서 휴지통에 던졌다. 페퍼의 무지갯빛 여우원숭이들은 사라졌다. 살아 있는 동물이 그렇게 한순간 존재했다가 사라질 수 있다니!

페퍼는 두려웠다. 기자가 되어 좋았다. 밤에 연필로 그린 막대기 사람 그림처럼 팔다리를 벌리고, 신문 더미 위에서 자는 것도 좋았다. 신문에서 자기 이름을 (지어낸 이름이지만) 읽는 것도 좋았다. 맛을 따지지 않는다면, 동료 기자들이 점심때 남긴 파이도 좋았다. 무엇보다, 창틀에 떨어진 죽은 파리들처럼 빽빽하고 검은 글자들을 흰 종이에 적고, 그 글이 살아나는 모습을 보는 것이 좋았다. 사건! 인물! 장소! 살아서 숨 쉬는 뉴스…….

밖으로 나가서 '진짜' 뉴스, 실제로 벌어진 일을 취재하는 법은 페퍼로서는 알 길이 없었다. 신문사 문만 나가도, 그 밖에서 벌어지는 일은 무엇이든 잔인하고 위험하고 슬펐다. 신문만 봐도 알 수 있다. 살인. 싸움. 절도. 도주 중인 위험한 죄수들. 열차 충돌. 방화. 그래도…….

그래도 지금쯤 천사들이 주머니에 단검을 숨기고 옷깃을 세운 채 어느 모퉁이에 숨어 있을지 몰라. 성자들은 거리에서 지나가는 사내아이들을 세우고 신분증을 확인한 뒤, 검은 짐차나 불타는 마차 뒤에 아이들을 싣고 있을지 몰라. 하지만 페퍼가 사실을 써야 한다면, 페퍼가 알고 있는 진짜 뉴스거리가 딱 하나 있긴 했다. 그러나 그 뉴스거리는 손댈 수 없었다.

그 이야기, 그 비밀, 그 지식은 페퍼의 머리에 벌집처럼 붙어 있었다. 몇 주 동안 윙윙거리며 귀를 괴롭히고 눈 안쪽을 따갑게 찔렀다. 눈물이 흘렀다. 그 일을 글로 적으면, 밖으로 내놓으면, 악몽들과 함께 밖에 두면, 마음의 짐을 얼마나 크게 덜 수 있을까. 그래서 페퍼 파피에는 일자리와 잠자리, 신분과 안전을 잃을지 모른다는 두려움에 롱브라쥬호의 마지막 항해 이야기를 글로 적었다. 말머리를 어떻게 꺼내야 할지도 모른 채 쓰기 시작했다. 어떻게 끝맺어야 할지도 모른 채 끝냈다. 페퍼가 의자를 앞뒤로 흔들며 어찌나 열심히 적었는지, 다른 기자들과 편집자들은 타자를 멈추고 페퍼를 지켜보았다. 페퍼가 어찌나 펑펑 울면서 기사를 적었는지, 재킷 소맷부리가 젖고 종이가 시어서커(물결무늬가 있는 인도산 직물. 여성용이나 아동용 여름옷을 만드는 데에 씀 : 편집자)처럼 구깃구깃해졌다. 페퍼는 고개를 들었다. 자신을 쳐다보는 다른 기자들의 눈길에 페퍼는 얼굴을 붉혔다.

"여우원숭이 기사는 죽었어요. 편집장이 제 여우원숭이를 죽였어요."

페퍼는 '유령 배' 롱브라쥬호 이야기를 적은 종이를 구겼다. 물론 그 이야기를 신문에 실을 수는 없었다. 돌아올 대가는 지옥일 테니까. 지옥에 대해서는 미레유 이모한테서 실컷 듣지 않았나.

종이를 잡은 페퍼의 손을 다른 손이 붙잡았다. 페퍼의 손보다 두 배나 큰 손. 편집장이 뒤에서 페퍼의 어깨 너머로 글을 읽고 있었다. 이십오 년 동안 글쟁이로 지낸 편집장은 좋은 기사를 알아볼 줄 알았다.

사실, 편집장은 페퍼를 해고할 구실을 찾고 있었다. (편집장은 해고하기 좋아했다.) 하지만 편집장이 찾아낸 것은 특종이었다. 처음에는 단점을 찾으려고 단어 하나하나를 차가운 눈으로 보았다. (편집장은 해고하기 좋아하는 만큼, 단점을 찾기 좋아했다.) 페퍼가 쥔 종이를 잡아당겨 문장을 모두 꼼꼼히 읽으면서, '허구'의 증거, 지어낸 증거를 찾아보았다. 그러나 비록 철자법이 틀리고 연필로 쓴 글자라 읽기 어려웠지만, 내용은 놀랍고 간결했다. 선원 한 명과 선장, 선장의 집사를 안은 채 롱브라쥬호가 고의로 침몰된 바다의 좌표까지 기사에 들어 있었다. 마지막 문장은 이렇게 끝났다. '다른 사람들의 생사는 알려지지 않았다.'

그렇다. 편집장도 알아내지 못한 허구가 하나 있었다. 페퍼는 루 선장이 자기 죄를 후회하고 배와 함께 가라앉았다고 적었다. 페퍼 선장이 죽었다고 적었다. 이제 이 이야기가 신문에 실리면, 루 선장이 죽은 것은 사실이 될밖에.

편집장이 말했다.

"한 달도 더 지난 일이지만, 괜찮겠어. 그 선장이 살던 곳을 찾아내서 슬퍼하는 미망인의 입장을 담아 와."

여남은 기자들이 사실을 요구하고 알아내려고 페퍼 고향 집 문을 두드리는 광경이, 그 소리에 떼까마귀들이 깍깍거리며 하늘로 날아가는 광경이 페퍼의 머릿속에 떠올랐다.

페퍼가 말했다.

"선장은 결혼하지 않았습니다."

페퍼의 기사는 전국 신문에도 팔려서 프랑스 전역으로 퍼졌다. 페퍼는 '기사 재판매'가 뭔지 전혀 몰랐다. 재판매의

'재'를 '죄'로 들었다. 미레유 이모는 죄를 지으면 어떤 벌을 받는지 늘 말하지 않았나.

북해양 선박 회사 임원들은 사실을 묻는 사람들의 질문을 못 들은 체하고 얼른 변호사에게 전화했다.

경찰이 에투알 쉬드 신문사에 도착했다.

페퍼는 자신이 롱브라쥬호의 루 선장이라고 밝혀질지 모른다는 생각에 겁먹고 벌떡 일어났다. 달아날 생각이었다. 어디로 달아나지? 편집실에서 나가려면 입구 사무실을 지나가야 하고, 입구 사무실에는 경관들이 가득했다. 그래서 쇠사다리를 기어올랐다. 양철 지붕으로 이어진 사다리였다. 고기 파이처럼 느릿느릿 움직이는 살찌고 둔한 기자들이 입을 딱 벌리고 눈앞의 광경을 믿지 못하겠다는 표정으로 페퍼를 올려다보았다.

풀레가 소리쳤다.

"어디 가?"

될락이 소리쳤다.

"걱정 마! 편집장이 너를 경찰에게 넘기지는 않아!"

그러나 페퍼는 계속 올라갔다. 지붕 해치를 열고, 신선한 바깥공기로 나아갔다. 지붕 울타리에 줄지어 서 있던 비둘기들이 흩어졌다.

페퍼는 짙푸른 하늘에 잠시 머리가 핑 돌았다. 지난 한 달

동안, 저 아래 편집실에서 글자와 파이 부스러기와 커피에 기대 살며 동면하지 않았나. 마음으로는, 쿠옹비에와 마르세유 동물원, 보로쉬르메르(프랑스 남동부 해안 지방의 지명 : 옮긴이), 그랑프레, 블리딩하트 교회에 다녀오고, 사람들을 만나고, 기삿거리를 취재했다. 하지만 팔다리의 연약한 근육과 햇빛에 부셔 앞을 볼 수 없는 눈이 한 달 동안 페퍼가 어디에도 다녀오지 않았음을 증명했다. 가파르게 경사진 양철 지붕 위에서 무릎을 가슴까지 끌어당기고 앉아, 감옥에 갇히면 어떨지 생각했다.

비둘기들이 페퍼를 바라보며, 고개를 권총처럼 까딱였다. 양철 지붕은 배 굴뚝처럼 뜨거웠다. 페퍼를 둘러싼 하늘은 저녁 붉은빛으로 물들었다. 구름이 나뭇가지에 찔려서 구깃구깃한 셔츠에 피를 흘린 것 같았다. 페퍼는 이제 14년 7주를 살았다. 고해 성사를 하지 않은 지 오십 일이 지났다. 이제 행운이 다했나? 페퍼는 지붕 위를 걸어서 건물 끝까지 갔다. 하지만 그 건물과 옆 건물 사이는 뛰어넘기에 너무 넓었다.

그사이, 신문사 입구 사무실에서는 편집장이 경관들을 노려보고 있었다. 경관들은 롱브라쥬호 침몰에 대한 정보를 어디서 얻었는지 편집장에게 물었다. 편집장은 경관들에게 알릴 수 없다고 단호히 말했다. 정보원을 보호하는 것이 언론인의 본분이라고, 경찰의 총탄에 맞는다 해도 피를 다 흘릴

망정 정보원이 누구인지는 흘리지 않겠다고 말했다.

이런 일은 편집장이 평생을 바라던 것이었다. 경찰이 찾아와서 어디에서 누구에게 들었는지 말하라고 강요할 기사를 신문에 내는 것이 편집장의 평생 바람이었다. 이제 그 기회가 왔다. 편집장은 경찰에 정보원을 절대 이야기하지 않을 작정이었다.

경감은 둥글게 만 신문으로 손등을 탁탁 치며 물었다.

"이 기사를 누가 썼소?"

"그것도 말 못 해요! 기자도 정보원도 보호해야 해요! 언론인의 불문율입니다!"

편집장은 꼿꼿이 서서 눈도 깜짝이지 않았다. 속으로는 경찰이 그 기사를 쓴 사람으로 자신을 지목하기를 바랐다.

경관들은 고개를 갸웃거리고 발을 질질 끌며 떠났다. 북해양 선박 회사 임원들은 전날 체포되었다. 그리고 고의로 가라앉힌 배 일곱 척, 일곱 건의 보험 사기에 대해 조사를 받았다. 누가 그 사건을 신문사에 알렸는지, 누가 그 범죄를 신문에 실어서 모두가 읽게 했는지는 더는 문제가 아니었다.

뒬락이 양손을 둥글게 모아 입에 대고 소리쳤다.

"내려와도 돼. 경찰은 갔어."

페퍼는 성호를 긋고 성모 마리아에게 기도했다. 햇빛으로 뜨거워진 머릿속에 생각 하나가 떠올라 갈색으로 잘 익었다.

'경찰은 사실 변장한 천사들이야. 달아난 폴 루를 뒤쫓는 천사들이지. 그런데 내 흔적을 캐지 못하고, 나를 붙잡지 못하고, 날개를 펴고 지붕 위를 맴돌지도 못하고 그냥 돌아갔어!'

페퍼는 편집실로 내려갔다. 다리가 덜덜 떨렸다. 자리에 앉았다. 붙잡히지 않은 것을 자축할 생각으로, 바놀에서 닭이 하루에 알을 마흔세 개나 낳았다는 이야기를 지어냈다. 페퍼 옆에서 인쇄기가 풍차처럼 힘차게 돌아갔다. 거대한 롤러는 뉴스가 실린 아주 얇은 종이를 뱉어 내고 또 뱉어 냈다.

인쇄 기장이 말했다.

"들었어? 구독률이 30퍼센트 올랐대. 즐거워."

편집장이 손수건으로 이마의 땀을 훔치며 들어왔다. 그러고는 딸꾹질하듯 웃음을 터뜨렸다.

"포도주를 마셔야지. 안 그래? 파피에, 가서 붉은 포도주를 사 와. 여섯 병."

편집장이 지갑을 꺼냈다.

낮의 열기는 식고 있었다. 페퍼는 재킷을 입고 술 가게로 갔다. 페퍼의 머릿속에는 새 이야깃거리가 가득했다. 말레이시아 말을 프랑스 말로 옮길 줄 아는 앵무새, 마멀레이드로 대머리를 치료하는 법, 어떤 소년이 열네 번째 생일에 정체 모를 편지 봉투를 받았는데 그 안에는 성으로 들어가는 화려한 철제 열쇠와 함께 '부디 이 열쇠를 받고…….'로 시작하는 쪽지가 들어 있고…….

이야기 생각에 페퍼는 발소리도 못 들었다. 페퍼 뒤에서 페퍼의 걸음과 맞추어 울리는 발소리가 있었다. 술 가게에 거의 다 와서야 페퍼는 그 발소리를 알아챘다. 페퍼는 고개를 돌렸다. 페퍼의 눈길을 받자, 남자는 갑자기 딱 걸음을 멈추고 손가락으로 페퍼를 가리켰다. 페퍼는 등골이 서늘했다. 자신이 지어낸 이야기 속 철제 열쇠가 등을 훑고 내려가는 것 같았다. 일단 술 가게로 들어가자, 밝은 불빛에 마음이 놓였다. 쭉 늘어선 붉은빛, 분홍빛, 초록빛, 황금빛의 포도주병들은 번들번들 화려한 팔레트 같았다. 페퍼는 이런 술 가게에 처음 와 보았다. 포도주를 사 본 적이 없었다. 성찬식에서 마신 것을 빼면 포도주를 마신 적도 없었다. 성당 안의 동상들처럼 늘어선 포도주병들은 감탄스러웠다. 병 라벨에는 백합, 성, 성 입구의 창살문, 독수리, 돼지, 말, 왕관 등등이 그려져 있었다. 은빛 철사로 된 작은 헬멧을 쓴 병도 있고, 명상하는 수도승처럼 삼베를 두른 병도 있었다.

"붉은 포도주 여섯 병 주세요."

페퍼의 말에 주인은 껄껄 웃으며 팔을 내둘렀다. 원하는 포도주를 고르라는 몸짓이었다.

밖에서 누가 창에 얼굴을 딱 댔다. 유리 너머를 잘 보려고 손을 차양처럼 눈 위에 대고 있었다. 유리에 김이 서려서 그 사람의 얼굴은 흐릿했다. 이마에서 꼼지락거리는 손과 머리 형태만 보일 뿐이었다.

페퍼는 쥐고 있던 돈을 카운터에 내려놓았다.

"저, 정말 죄송한데요. 이 돈을 에투알 쉬드 편집장한테 돌려주시겠어요? 파피에는 어쩔 수 없이 떠났다는 말도 전해주세요."

페퍼는 포도주병들로 빽빽한 선반들 사이의 좁은 틈을 획 지나갔다. 포도주병들이 흔들리며 쟁강거렸다. 뒷문을 열고 골목으로 나갔다. 막다른 골목의 입구는 큰길로 이어졌다. 페퍼는 가로등 불빛 속을 성큼성큼 걸었다. 페퍼를 쫓던 남자도 골목 입구로 나왔다. 가로등 불빛에 남자의 윤곽이 드러났다. 가스등 불빛이 후광처럼 남자가 쓴 모자 주위를 둘러쌌다.

"루!"

페퍼는 몸을 돌려 내달렸다. 막다른 골목 끝까지 달렸다. 담을 넘으려 했다. 시멘트 담에 발끝으로 홈을 파서 발을 디디며 담을 올라갔다. 무릎이 까졌다. 담 맨 위에는 철조망이 있었다. 담 너머는 어느 집 마당이었다. 마당에 매단 빨랫줄에 목이 걸렸다. 페퍼는 뒤로 나자빠졌다. 그래도 담장 세 개를 넘을 때까지 아무 아픔도 느끼지 못했다. 그저 두려움만 느꼈다.

6장
고해 성사

 죽임을 당하기 가장 좋은 때? 고해 성사를 마친 직후다.
 오래전, 미레유 이모가 설명했다. 고해 성사를 놓쳐서 용서받지 못한 죄가 (이를테면, 더러운 손수건, 반이나 틀린 수학 시험, 저녁 식탁에서 두 번 덜어 먹은 음식 등) 있으면, 죽어서 그 죄를 다 안고 지옥으로 가게 되며, 지옥에서 그 죗값을 다 받은 뒤에야 비로소 천국에 갈 수 있다. 포크를 쓰지 않고 손가락으로 케이크를 먹은 죄를 저지르지 않았다고 천국에 들어갈 수 있다는 보장은 없다. 하지만 고해 성사를 하지 않은 죄를 안고 있으면, 천국에 들어갈 엄두도 낼 수 없다.
 이모는 돼지 다리를 불에 구우며 그런 말을 했다. 페퍼와 이모는 나란히 손잡고 서서, 익어 가는 돼지 다리를 보고 있었다. 기름이 흘러 불에 떨어지자 불꽃이 확 일었다. 이모가 페퍼의 손을 어찌나 꽉 잡았는지, 이모의 주먹 안에 든 페퍼의 손마디에서 딱딱 소리가 날 지경이었다.

이모가 속삭였다.

"날마다 이그나티우스 신부님을 찾아가지 않으면, 너도 저렇게 불타게 돼."

그때 페퍼는 여섯 살이었고, 이모의 말은 페퍼의 머리에 깊이 박혔다.

두려움과 달리기 덕분에 몸이 따뜻해졌다. 하지만 밤공기 때문에 페퍼의 옷 아래로 흐른 땀은 개울물처럼 차갑게 식었다. 페퍼는 어느 성당에 몸을 숨겼다. 긴 의자에 몸을 웅크린 채 선반에 널어 말리고 있는 정어리처럼 잠을 잤다. 실수로 바닥에 떨어져 잠에서 깬 페퍼는 긴 의자 앞에 달린 작은 쿠션들을 발견하고, 그 쿠션들을 쭉 늘어놓아 침대를 만들었다.

아침 첫 햇빛이 스테인드글라스 창을 밀고 들어왔다. 페퍼는 눈을 살짝 뜨고 신음했다. 사방 어둠 속에서 성자들이 모습을 드러냈다. 한밤중에는 보이지 않던 성자들이 여남은 명이나 서 있었다. 성자들은 자신들이 찾아다니던 폴 루를 눈앞에서 마주하자 놀라 가만히 서 있는 것 같았다. 위패, 천사 석고상, 촛대, 꽃병, 반짝이는 놋쇠 들 등 눈에 익은 물건들도 서서히 어둠에서 벗어나 모습을 드러냈다. 페퍼도 두려움을 가슴에 묻고 잠에서 서서히 깨어났다. 그러다가 동네 아주머니들이 글자를 수놓은 현수막을 보게 됐다.

성 콩스탕스 교회 어머니 연합

페퍼는 난생처음 욕을 했다.
"젠장, 젠장, 젠장."
이런 기묘한 우연들을 어린 소년이 어찌 이길까? 그 많은 성당들 가운데 하필 성 콩스탕스를 모시는 성당을 고르다니! 미레유 이모를 통해 페퍼의 운명을 알린 바로 그 성 콩스탕스가 아닌가.

페퍼는 우연을 믿지 않았다. 성 콩스탕스를 모시는 성당이 프랑스를 체스 말처럼 돌아다니다가, 페퍼에게 '달아나도 부질없고, 희망은 환상이다.'라고 알리는 게 아닐까.

그럼, 어느 석고상이 성 콩스탕스일까?

페퍼는 미레유 이모와 가장 비슷하게 생긴 석고상을 골라서 그 앞에 꿇어앉았다.

"아, 잠시만 실례하겠습니다."

페퍼는 무릎에 댈 방석을 가져왔다. 페퍼가 다니던 고향 성당에는 이런 작은 쿠션이 없었다. (있어도, 미레유 이모가 쿠션을 쓰지 못하게 막았겠지만.) 하지만 페퍼는 석고상 발치에 쿠션을 하나 놓아, 돌바닥으로부터 불쌍한 무릎을 보호하고 싶은 마음을 누를 수 없었다.

"제발 저를······."

아니, 아니야. 페퍼는 성당에서 지켜야 할 예의를 잊고 있었다. 먼저 정중한 말을 올바르게 말한 뒤에 부탁하는 것이 예의였다.

"성 콩스탕스여, 축복을 받으소서. 성자님의 안녕을 기원합니다. 성자님께 전할 글이 있습니다. 이모의 글입니다."

페퍼는 기도문 뭉치를 꺼냈다. 몇 달 동안 가지고 다녀서 종이는 구겨지고, 군데군데 찢어지고, 귀퉁이 곳곳이 접혀 있었다. 페퍼는 뭉치를 뒤적이며 성 콩스탕스에게 드리는 기도문을 찾았다.

"죄송합니다. 제가 직접 드려야 하는데······. 천국에서 제가 직접. 하지만 혹시나 해서 아직······, 잠시······."

페퍼는 석고상에 종이를 꽂을 곳을 찾아보았다. 하지만 석고상은 커다란 하나의 덩어리일 뿐이었다. 누가 석고상에 주머니를 만들겠나. 페퍼는 주위를 둘러보았다. 독수리상이 눈에 띄었다. 성경을 떠받친 독수리상이 날카로운 유리알 눈으로 페퍼를 내려다보고 있었다. 마치 페퍼를 작고 먹기 좋은 토끼로 여기는 것 같았다.

페퍼는 얼른 촛불을 켰다. 뒤셰스를 위해 하나, 로슈를 위해 하나. 두 번째 초를 멀리 옮겼다. 뒤셰스는 돼지 같은 로슈와 나란히 있는 것을 싫어할 테니까. 두 개의 초 사이에 초 하나를 더 켰다. 아버지를 위한 초였다. (페퍼의 신문 기사 때문에 아버지가 감옥에 갇혔을지도 모르니까.) 어머니를 위한 초에도 불을 붙였다. 그리고 이모를 위한 초도 켰다. 미레유 이모는 페퍼가 성당에서 초를 켜는 예의를 잊을 때면, 페퍼의 손을 촛불 위에 대곤 했다. 페퍼의 손바닥이 불에 덴 듯 따가웠다. 하지만 덴 것이 아니라, 철조망에 찔린 상처가 덧나고 있었다. 페퍼는 스스로를 위한 초도 켰다. 10프랑짜리 지폐를 반으로 접어서 모금함에 넣었다. 그보다 작은 돈은 없었다.

성 콩스탕스는 물감으로 칠한 멍한 눈으로 아무 느낌 없이 페퍼를 내려다보았다. 성 콩스탕스의 뺨과 물감으로 칠한 머리카락은 갈라져 있었다. 축복을 받은 성자들은 수백 년을 살아도 그저 색만 바랠 뿐, 머리카락이 하얗게 세지도, 얼굴에 주름살이 생기지도 않나 보다. 페퍼는 조금만 더 늦게 데려가라고, 한두 해쯤 더 살게 해 달라고 부탁할 생각이었다. 하느님의 눈에는 천 년이 하루에 불과하지 않나. 페퍼는 겸손하게, 아주 정중하고 정중하게 부탁할 생각이었고…….

그런데 페퍼 속에 숨어 있던 마르세유 시위대의 태도가 갑자기 솟구쳤다. 마르세유 백화점에서 당한 억울한 대접 때문에 페퍼는 화내고 미워하는 법을 배웠다. 그리고 기자로 일하며 머릿속에 질문을 채우게 됐다.

페퍼는 버럭 소리쳤다.

"왜 제가 열네 살에 죽어야 하나요? 대체 누구 생각이죠?

성 콩스탕스께서 그렇게 생각하셨나요?"

 성 콩스탕스는 멍한 눈길로 페퍼의 눈을 피했다. 붉은 입술은 갈라지고 일어나서 빵 부스러기가 묻은 것 같았다. 뒤셰스라면 입술을 잘 닦았을 텐데. 뒤셰스라면 페퍼에게 기운을 북돋울 말을 건넸을 텐데.

 "성 콩스탕스께서 그렇게 생각하셨나요? 뭣 때문이죠? 왜 열네 살이죠?"

 페퍼는 자기도 모르게 일어서서 머리를 이리저리 흔들며 성 콩스탕스와 눈을 맞추려 했다. 하지만 성 콩스탕스는 페퍼가 앞에 없는 양 그 너머만 보고 있었다. 페퍼는 짜증에 복받쳐 양손으로 성 콩스탕스를 떠밀려다가……, 문득 생각했다. 내가 이제 세상에 존재하지 않아서 성 콩스탕스의 눈에 내 모습이 안 보이는 것은 아닐까?

 문이 열렸다. 찬 바람에 촛불들이 꺼졌다. 하나, 둘, 셋, 넷……. 페퍼 자신을 위해 켠 촛불만 심지에서 바르르 떨고 있었다. 페퍼는 흥분한 채 긴 의자 뒤로 꼬물꼬물 숨었다.

 신부가 예배당으로 들어오며 바로 뒤에 있는 사람에게 말했다.

 "말씀하신 인상착의를 한 사람은 못 봤습니다. 걱정이군요. 제가 모르는 사람은 없었어요. 의심스러운 사람도 없었습니다. 언제 풀려났죠? 뻥 뚫린 곳으로 갔겠죠. 죄수들이 도망치면 바다로 가게 마련이잖아요. 아니면 해변으로 가거나. 요즘 해변에는 낯선 사람들과 범죄자들뿐입니다."

신부와 남자가 긴 의자 사이로 걸어왔다. 돌바닥에 발을 끄는 발소리가 들렸다. 페퍼는 도망자의 행방을 쫓는 그 남자가 누구인지 궁금했다. 경찰? 해군? 불타는 전차를 근처에 세워 둔, 베레모와 후광을 쓴 성자? 고개를 들어서 쳐다볼 엄두는 나지 않았다. 신부와 남자는 촛대 앞에서 잠시 멈춘 뒤, 제단으로 갔다가 다시 반대쪽으로 갔다. 종이 울렸다. 성 콩스탕스가 자기 발치에 불쌍한 아이가 숨어 있다는 걸 알리려고 종소리를 냈나?

차가운 바람이 또 한 번 불었다. 형사는 떠났다. 도망자는 못 잡았지만, 위험한 도망자가 있으니 조심하라는 말을 이 교구에서 저 교구로 퍼뜨릴 수 있었고…….

페퍼는 성자상을 흘깃 올려다보았다. 성 콩스탕스의 눈은 아직도 멍하고 맥없었다. 페퍼는 그제야 깨달았다. 종소리를 울린 것은 성 콩스탕스가 아니었다. 신부였다. 고해실 문이 끼익 열렸다가 쿵 닫혔다. 영업을 시작하려고 준비 중인 카페처럼 고해실은 죄를 고백하러 온 손님을 기다리고 있었다.

페퍼는 몇 주 동안 고해 성사를 하지 않았다. 전에는 이틀에 한 번씩 하지 않았나. 페퍼에게 고해 성사를 하는 습관은 이를 닦거나 속옷을 갈아입는 것과 마찬가지였다. 이틀에 한 번씩 머리를 감던 소년은 일주일 동안 머리를 못 감으면 지저분하다고 느끼게 된다. 그렇듯 페퍼는 이미 영혼이 더러워진 기분이었다. 영혼이라는 머리카락에 죄라는 이가 들끓는 기분이었다. 페퍼는 그때껏 지킨 습관에 저절로 끌려갔다. 굳은살 박인 무릎으로 통로를 기어서 장의사 뒷방에 놓인 관들처럼 나란히 서 있는 두 개의 고해실로 저도 모르게 몸이 움직였다. 성경대에 있는 독수리상을 흘깃 돌아보았다. 독수리상은 발톱을 쫙 벌리고 있었다. 둥글게 휜 날카로운 나무 부리는 페퍼의 얼굴을 머리에서 뜯어낼 것 같았다. 운명의 시간이 가까워졌다면, 천국에 가기 전에 영혼을 씻고 가다듬어야 했다.

 그뿐만이 아니다. 페퍼는 용서의 말을, 위로의 말을 듣고 싶었다.

 고해실 왼쪽 문으로 신부가 들어왔다. 페퍼는 오른쪽 문으로 달려가서 안으로 들어간 뒤, 문을 쾅 닫았다. 신부가 깜짝 놀라서 딸꾹질을 했다. 그러다가 진정하고, 도서관에서 빌린 책을 옆으로 치웠다.

"신부님, 죄를 지었습니다."

"마지막으로 고해 성사를 한 것은 언제죠?"

페퍼는 열네 살의 깊고 걸걸한 목소리로 말했다.

"열세 살 때입니다."

 예전 부아수클로셰에서, 이그나티우스 신부는 지루한 어린 루의 지루하고 작은 죄들을 들으며, 너무 지루한 나머지 자기 방으로 돌아가고 싶어 안달했다. 그래서 최소한 페퍼에게 요점을 빨리 말하게 했다.

이그나티우스 신부는 실제로 페퍼에게 말했다.

"애야, 네가 내 시간을 빼앗지 않으면, 나도 네 시간을 빼앗지 않으마."

그래서 시간이 흐르면서 페퍼는 세세한 인사와 달콤한 말들, 느린 서두 등을 건너뛰는 법을 배우게 됐다.

이제 페퍼는 철망에 입을 대고 말했다.

"신부님, 저는 사람을 죽였습니다."

고해실 반대쪽에서 날카로운 숨소리가 들렸다. 신부가 틀니 사이로 숨을 갑자기 확 들이쉬었기 때문이다.

"클로드 로슈를 죽였어요. 뒤셰스도 제가 죽였는지 몰라요. 제가 배에서 내리지 않아서 뒤셰스가 남아 있었으니까요. 깨어 보니 뒤셰스는 없었어요. 그러니까 뒤셰스도 죽었겠죠. 달아나면 안 되는 것도 알아요. 하느님께서 곧 저를 붙잡아서 어디로 데려가실 것도 알아요. 제가 조용히 따라가지 않아서 성자들과 천사들은 정말 화났겠죠. 하지만 제 생일에 저를 잡을 생각이었다면, 도르래로 저를 더 잘 겨냥했어야 하지 않을까요? 저 대신 로슈를 데려가지는 말았어야죠. 로슈는 개똥이고 돼지지만, 그래도 로슈에게는 부인도 있으니까요. 성자들과 천사들이 저한테 뭘 바랐을까요? 가만히 있기를 바랐을까요? 누가 그런 상황에서 가만히 있어요? 어림없죠! 제 말은, 갈매기가 날아오면, 당연히 몸을 피하지 않나요? 풀쩍 뛰게 되지 않나요? 그 뒤로도 저는 성자들과 천사들한테 기회를 많이 줬어요. 폴 루가 죽어서 사라진들, 제가 무슨 해를 입겠어요?"

찰칵찰칵 소리가 빠르게 들리고, 불빛이 깜박였다. 터키담배 냄새가 철망으로 들어왔다. 불지옥이 연기를 먼저 피운 것 같았다.

"폴이라는 사람도 죽였나요?"

페퍼는 들떠서 발그레한 얼굴로 아니라고 대답하려 했다. 그러나 페퍼는 주먹으로 입을 막았다. 신문에는 거짓말했지만, 고해 성사 때 신부에게 거짓말하는 것은 또 다른 문제였다. 고해실에서 오가는 말은 성자들과 천사들의 귀에 곧바로 들어가지 않나?

"네, 신부님! 제가 폴 루도 죽였습니다! 죽인 것이나 다름없습니다. 죽였기를 바랍니다. 이모도요."

이그나티우스 신부라면 벌써 하품을 했을 것이다. 페퍼는 맞은편 신부가 하품을 하지 않아서 당황했다.

"이모도 죽였다고요?"

"아뇨, 이모가 바랄 거라는……."

"이모의 이름이 '바랄거'라고요?"

일일이 설명하기에는 너무 복잡했다. 그래서 페퍼는 설명하지 않았다.

"고이 잠드소서. 신문에 그렇게 냈어요. 아니, 그건 로슈한테 썼나…….."

페퍼 스스로도 설명을 제대로 못 하고 있다고 느꼈다. 종이와 타자기가 있으면 더 잘 설명할 수 있을 텐데. 에투알 쉬드에 몸담은 뒤로 페퍼는 꽤 말이 많아졌다. 하지만 여기에는 페퍼의 횡설수설을 정리할 교열 기자가 없었다.

페퍼는 자기 연민에 빠져서 말했다.

"파피에는 죽었어요. 여우원숭이도요."

신부가 조심스레 말했다.

"경찰이 가까이 있어요. 자수하세요. 진정으로 뉘우치면 길이 보일 겁니다."

페퍼는 회개의 동작을 시작하려다가 멈췄다.

"신부님, 그렇지만 저는 미안하지 않습니다! 도망친 것에 대해서는 미안하지 않아요. 제가 달리 어쩔 수 있었나요? 제 말은, 토끼한테 총질하면, 토끼는 도망가잖아요."

"토끼요?"

"토끼요. 그게 자연이에요. 자살은 올바른 일이 아니잖아요. 그렇죠? 제 말이 맞지 않나요?"

신부가 가늘고 높은 목소리로 빽빽거렸다.

"당연하죠! 자살은 죄입니다."

"하지만 토끼가 일부러 굴에서 나와서 엽총 총구에 머리를 내밀면, 그건 자살이나 다름없지 않……."

벽으로 나뉜 두 방에 각기 앉은 페퍼와 신부는 동시에 토끼의 모습을 머릿속에 그렸다. 총구에 머리를 내민 토끼. 페퍼는 토끼의 귀를 어떻게 상상해야 할지 고민했다. 피곤한 나머지 생각이 흐려졌다.

신부가 천천히 신중하게 물었다.

"아직도 엽총을 갖고 있습니까?"

신부의 목소리가 떨렸다.

"저요? 아뇨. 집에는 권총이 있었어요."

페퍼는 대화가 이상하게 흘러가서 놀랐다. 이그나티우스 신부라면 총 이야기를 꺼내지도 않을 텐데.

"회개하지 않으면 죄를 씻어 줄 수 없어!"

신부가 어찌나 격하게 큰소리쳤는지, 담배까지 입에서 떨어졌다. 신부는 담배를 찾으려고 허리를 숙이다가 머리를 벽에 부딪혔다.

페퍼가 말했다.

"신부님, 괜찮으세요?"

"적어도 살인을 저지른 것은 회개해!"

페퍼는 다시 생각했다. 로슈와 뒤셰스가 죽어서 정말 미안했다. 푸주한 크리스토프가 자기 아내와 앙리 사이를 오해하게 한 것도 미안했다. 배가 침몰한 것도 미안했다. 로슈가 사자들한테 잡아먹혔다고 거짓말한 것도 미안했다. 아마 감옥에서 썩고 있을 아버지에게도 미안했다. 그 기사가 신문에 실려서 어머니는 몹시 부끄러워했을 것이고, 그래서 미안했다.

페퍼는 이 모든 일을 신부가 알아듣게 말하고 싶었지만, 말은 뒤죽박죽됐다. 페퍼는 맥이 풀렸다. 슬펐다. 몸도 떨렸다. 철망 너머에서 얼른 회개하라고 보채는 목소리에 페퍼는 성당 규칙에 맞춘 회개의 말을 꺼내기 시작했다.

그런데 신부는 아직 페퍼에게 용서의 말을 꺼내지 않고 경찰에 자수하라는 말만 했다!

이그나티우스 신부는 점수를 매기기 싫은 숙제를 채점하는 교사처럼 늘 쉽게 건성건성 용서의 말을 했다.

"내가 늘 말하지만, 하늘에 계신 아버지와 성모 마리아께서 말씀하시기를, 이제 일주일 동안 고해 성사를 하지 않아도 돼."

그러나 이 신부는 이그나티우스 신부와 달랐다.

페퍼는 터키담배 연기와 위로를 주지 않는 신부 때문에 속이 조금 울렁거렸다. 고해실에서 나와서, 구겨지고 찢긴 옷에 붙은 먼지를 털었다.

페퍼는 자수하지 않을 터였다. 경찰에서는 분명 페퍼의 이름을 물을 테고, 신부와 달리 페퍼의 말이 거짓이 아닌지 확인하겠지. 그리고 페퍼를 고향 집으로 돌려보내겠지. 모두가 페퍼를 이전 삶으로 떠밀겠지. 장의사의 손님이 될 시기를 넘긴 폴 루로 되돌리겠지. 미레유 이모는 천사들과 성자들에게 페퍼를 일러바치고 곧장 무릎을 꿇겠지. 미레유 이모는 늘 성자들에게 페퍼의 소식을 전했으니까.

'이 불쌍한 것. 네가 얼마나 못된 아이인지 성자들께 고해야 하니, 나도 참 불쌍하지.'

페퍼는 고해실에서도 용서의 말을 듣지 못했다. 부아수클로셰에서는 더 순결하고 안전해져서, '운명의 시간'을 맞을 마음을 더 잘 갖춰서 성당을 나왔다. 그런데 지금 페퍼는 더 더러워진 기분이었다. 죄책감도 더 느꼈다. 여전히 도망자고, 다시는 집에 돌아가지 못할 것 같았다.

성 콩스탕스 석고상은 페퍼가 나가는 모습을 보려고 고개를 돌리지 않았다. 갈라진 입술을 닦을 수도, 구겨진 이모의 기도문을 잘 잡고 있을 수도 없었다. 페퍼가 태어날 때에는 그렇게 큰 관심을 보인 성 콩스탕스가 이제 호기심을 다 잃었나.

신부는 최소한 페퍼의 비밀을 지키겠지. 신부는 고해 성사에서 들은 바를 다른 사람에게 옮기면 안 된다. 그것은 신부가 지켜야 하는 규칙이다. 페퍼는 규칙을 잘 지키는 아이였다. 그래서 다른 사람도 자기처럼 규칙을 잘 지키리라 굳게 믿었다.

하지만 이번 경우에는 크게 잘못 믿었다.

앙드레 신부는 기다렸다. 연쇄 살인범이 성당에서 확실히 나가기를 기다렸다가, 마음을 가다듬어 용기를 내고, 옷도 가다듬었다. 자전거를 탈 때 발목에 매는 밴드를 차고, 자전거에 올라 아까 교회에 들렀던 형사를 찾아갔다. (앙드레 신부는 숨도 못 쉬고 말을 내쏟았다.) 얼굴을 못 봐서 범인의 인상착의를 설명할 수 없지만……, 꼭 신고해야 할 것 같아서……, 살인범이 이 동네를 돌아다니고 있는데……, 권총도 지니고 있고……, (여우원숭이를 빼고도) 최소한 다섯 명은 죽였고……, 희생자들 중에는 가족도 있고……, 시체 하나는 마르세유 동물원 사자 우리에 버린 것 같고…….

형사는 신부복을 아래위로 훑으며 계속 시선을 맞추고, 고개를 끄덕이며 신부의 말을 적었지만, 자기 의견은 거의 말하지 않았다. 중간에 빙긋 웃기도 하고, 신부의 말을 다 들은 뒤에는 얼른 수사하겠다고 약속했다. 형사의 수첩에는 구깃구깃한 기도문과 10프랑짜리 지폐가 껴 있었다. 형사가 교회 바닥에서 주운 것들이었다. 증거물이었다.

정오 무렵, 페퍼는 성당에서 10킬로미터를 벗어나 계속 걷고 있었다. 닭 모이를 실은 마차의 마부가 지나가다가 페퍼에게 태워 줄까 물었다.

마부가 물었다.

"손은 왜 그랬어?"

페퍼는 손을 내려다보았다. 손바닥에, 재킷에, 바지 허벅지 부분에 찢기고 구멍 난 상처가 있었다. 페퍼는 왜 상처가 났는지 몰랐다.

내가 잠자는 동안 나무 독수리가 나를 공격했나? 나쁜 징조의 새들은 모습을 드러내지 않고도 아이의 살점을 쪼아서 뼈가 드러나게 하나? 어디로 숨어야 하지? 저 독수리 같은 천사들이 하늘에서 내려다볼 수 없는 곳으로 숨어야 해. 하지만 이제 경찰도 쫓아오잖아?

마부가 주변을 손바닥으로 가리키며 말했다.

"여기서는 자기 몸을 스스로 지켜야 해. 모기들은 상처 난 살을 좋아하거든."

소금이 거품처럼 하얗게 쌓인 해변 습지. 거꾸로 엎은 거대한 파란색 그릇처럼 그 위를 덮은 하늘. 페퍼의 어머니는 정원에 거북이 있는 것을 싫어했지만, 무서워서 거북을 손으로 잡지 못했다. 그래서 잔디밭에 거북이 보이면 뒤집은 그릇으로 덮어서 가두고, 나중에 정원사가 처리하게 했다. 엎어진 도자기 두둑들이 가끔 덜컹거리고 흔들댔다. 안에 든 불쌍한 거북들이 겁먹어 펄쩍 뛰고 제풀에 쓰러졌기 때문이다.

마부가 툴툴거렸다.

"모기보다 더 나쁜 것도 있지. 여기로 와서 멋대로 구는 쓰레기들."

"집에서 버리는 쓰레기 말씀이세요?"

마부가 애처롭게 말했다.

"아니, 인간쓰레기 말이야. 도망자. 탈옥수. 집시. 버림받은 사람. 한심한 사람."

마부는 말하고자 하는 요점을 제대로 못 짚은 양 잠시 생각하다가 덧붙였다.

"유령."

"유령요?"

페퍼는 '유령'에 죽은 영혼도 포함되는지 묻고 싶었다. 페퍼는 유령을 딱히 두려워하지 않았지만, 죽은 영혼을 떠올리자 머릿속이 하프의 현처럼 팽팽해졌다.

마부는 자기 이야기에 점점 빠져들었다.

"괴물. 온갖 귀신. 불량 청소년들. 신문에 났는데, 지금도 한 명 있대, 달아난 탈옥수 놈이."

마부는 과장되게 주위를 둘러보다가 다시 페퍼를 아래위로 훑어보았다.

페퍼가 우물쭈물 말했다.

"네? 저요? 저는 아니에요. 저는 일자리를 얻어서 거기 가고 있어요. 근처예요. 여기서 그냥 내려 주셔도……, 농장에 가요. 밀을 추수하러. 그게 다예요."

마부는 다시 주위를 둘러보았다. 그 주변의 산물은 쌀과 소금이 전부였다.

마부가 고삐를 당기며 말했다.

"그럼, 손을 잘 치료하도록 해."

페퍼는 길가에 서서 마차가 사라질 때까지 지켜보았다. 어디를 보아도 농장커녕 집 한 채 보이지 않았다. 페퍼는 자신이 저지른 죄들을 담은 머릿속 목록에 방금 뱉은 거짓말도 새로 보탰다. 배낭에 돌멩이를 하나씩 보태는 등산가가 된 기분이었다. 마차가 사라지자, 페퍼는 걷기 시작했다. 머잖아 농장이 나타나겠지. 혹은, 표지판대로라면 생보나르들라메르에 다다르겠지. 거기서 누구를, 무엇을 발견하겠지.

페퍼는 불안한 눈으로 하늘을 보았다.

훤히 드러난 곳에 있으면 당하기 쉬워. 온통 흰 소금밭과 색 바랜 풀만 펼쳐진 풍경 속에서는 흰 다마스크 식탁보를 기어가는 딱정벌레처럼 눈에 잘 띌 테니까.

페퍼는 자신이 죽었다고, 죽은 것이나 다름없다고, 죽은 것이 낫다고, 스스로를 타일렀다. 다행히 떼까마귀는 한 마리도 보이지 않았다.

하지만 천사들은 있었다.

불안하고 배고픈 페퍼 앞에 천사 수백 명이 턱 나타났다. 천사들은 호수에서 물장구치고 있었다. 누구의 눈에도 쉬 뜨일 모습이었다. 불타는 빨간색 옷을 높이 쳐들고 물렛가락 같은 다리를 드러냈다. 석양빛으로 이루어진 몸들이 물을 헤치고 지나가자, 분홍빛 물그림자가 일었다. 아주 아름다웠다. 딴 세상에서 온 모습이었다. 페퍼 손에 난 상처들은 덧나서 곪고 있었다. 게다가 페퍼는 갈 곳도 몰랐고, 외롭고 두려웠다. 달아난들 무슨 소용이람? 아니, 오히려 이 천상의 구름에서 달아나고 싶지 않았다. 그저 그 안에 묻히고 싶었다.

페퍼는 피곤에 지친 나머지, 그 자리에서 항복하기로 마음먹었다. 천사의 군대는 분노의 색이 아니라 다정한 색이었다. 페퍼는 천사들에게 다가갔다. 파리들이 얼굴에 윙윙대고, 모기들이 손바닥에 달려들었다.

가깝게 보이던 호수는 8백 미터나 떨어져 있었다. 그래도 페퍼는 염전 소금 더미와 살을 베는 풀밭들을 지나서 호숫가까지 갔다.

페퍼가 소리쳤다.

"왔어요! 보세요! 저예요!"

페퍼는 허공에 양팔을 쭉 뻗었다.

붉은 형태 수백 개가 하나의 덩어리를 이루며 하늘로 날아올랐다.

페퍼는 다시 소리쳤다.

"보세요, 제가 왔어요!"

하지만 천사들은 날아갔다. 대열을 이루며 날아갔다. 천사들이 하늘에서 서로 부딪쳐 떨어질 듯 날아다녔다. 또 한 번, 페퍼는 너무 늦게 도착했다. 또 한 번, 때를 놓쳤다.

7장
종마

페퍼는 다시 길로 돌아가려 했지만, 길을 찾을 수 없었다. 길을 잃고, 배를 곯고, 공포에 사로잡히기 시작했다. 그때, 종마 농장 주인을 만났다. 페퍼는 정말이지 무척 반가웠다.

종마 농장 주인이 밖으로 나와서, 페퍼에게 남의 땅에 왜 들어왔느냐고 물었다.

페퍼가 대답했다.

"말을 좋아해요. 이 말들은 이름이 뭐예요?"

농장 주인이 말했다.

"이름? 말한테 왜 이름이 필요해?"

농장의 말들은 갈색과 검은색이었다. 하지만 갈기는 색이 훨씬 옅었고, 코끝은 흰색에 가까웠다. 우윳빛 코, 텁수룩한

옅은 색 갈기. 그것이 종마의 특징인가? 파리 떼가 허공에 앵앵거렸다.

페퍼가 물었다.

"휘파람을 불면, 말들이 다가오나요?"

"나는 이가 하나도 없어."

농장 주인은 자기 말을 증명하듯 입을 벌렸다.

페퍼가 휘파람을 불었다. 말들은 휘파람 소리에 귀를 쫑긋거렸지만, 다가오지는 않았다.

페퍼가 물었다.

"말을 타세요?"

"아니. 내장이 탈장됐어."

"제가 타도 되나요?"

농장 주인이 코웃음을 쳤다.

"탈 수 있으면, 어디 한번 타 봐."

페퍼의 집에는 말이 세 마리 있었다. 하지만 페퍼의 어머니는 말에서 떨어져 목이 부러질까 걱정한 나머지, 페퍼에게 말을 못 타게 했다. 게다가 이 농장에는 철조망이 쳐져 있었고, 페퍼는 철조망 사이를 어떻게 지나가야 할지도 몰랐다.

농장 주인이 무뚝뚝하게 물었다.

"말을 잘 다루나?"

페퍼는 '말을 좋아한다'는 말이 '말을 잘 다룬다'는 뜻으로 들리길 바라며 대답했다.

"말을 좋아해요. 일손이 필요하세요?"

농장 주인은 잠시 이는 물론 귀도 잃은 것 같았다. 농장 주인이 페퍼의 질문에는 대답도 않고, 그저 페퍼를 아래위로 훑어보더니 집 안으로 들어갔기 때문이다.

농장 주인은 고개도 돌리지 않은 채 소리쳤다.

"네 정체를 알아. 신문에서 네 기사를 읽었어."

페퍼가 공포에 사로잡혀 주먹을 꽉 쥐었다. 주먹 안에서 모기 세 마리가 죽었다.

농장 주인이 말했다.

"여기서 지내려면 일을 해. 하지만 너 같은 악당한테 품삯은 못 줘. 알았어?"

페퍼는 일주일이 지난 뒤에, 한 번 더 농장 울타리에 올라섰다.

"내 말이 있으면 얼마나 좋을까."

여남은 갈색 말들이 꼬리로 파리를 쫓으며 페퍼를 돌아보았다.

발이 북슬북슬하고 키가 큰 말이 말했다.

'**별로 권하고 싶지 않네.**'

새벽 5시에 일을 시작하고, 자기 몸만큼 무거운 건초 더미들을 끌어야 했지만, 페퍼는 농장 일이 좋았다. 말들도 금세 페퍼를 좋아했다. 이제 말들은 페퍼를 보자마자 고개를 들고 힝힝거렸다.

 농장 한가운데에 주인의 집이 있고, 그 집을 중심으로 동서남북, 네 곳으로 쳐진 울타리가 농장을 나누었다. 엄밀히 말하면 집은 아니었다. 낡은 광고판으로 만든 헛간 같은 건물이었다. 엄밀히 말하면 농장도 아니었다. 그저 철조망을 두른 작은 황무지였다. 그렇지만 농장 주인은 '마장 마술 경기에 내보내는 일류 종마를 키워서 판다'고 말했다. 그래서 페퍼는 어쩌다 화려한 승마의 세계에 들어오게 됐다고 생각했다.

 페퍼는 농장 주인인 자크가 신문에서 뭘 읽었는지 전혀 알 수 없었다. 페퍼의 부고? 페퍼가 쓴 기사들? 롱브라쥬호 침몰 기사? 그런데 어떻게 자크가 페퍼의 이름도 듣지 않고 모습만 딱 보고 신문에 났는지 알았을까? 사실, 자크는 페퍼의 이름을 묻지도, 부르지도 않았다. 그저 '쥐새끼, 멍청이, 골칫거리, 바퀴벌레, 얼간이'라고 불렀다. 엄격한 가정에서 자란 소년의 귀에는 몹쓸 말로 들렸지만, 페퍼는 뱃사람으로 살며 낯선 말들에 익숙해졌고, 그래서 마음 쓰지 않으려 했다.

 자크는 말을 거의 하지 않았다. 하지만 말을 할 때는, 가만히 서서 퉤 하고 침을 뱉듯 말을 뱉었다. 그런 자크의 말이 어찌나 딱딱하던지, 페퍼는 자크의 말을 삽으로 퍼서 양동이에 담을 수 있을 것 같았다. 자크는 그런 면에서 종마들과 아주 비슷했다.

 때로 야생마들이 바람에 마구 흔들리는 가시덤불 사이로

떠들썩하게 나타나곤 했다. 야생마들은 멀찌감치 서서 철조망에 갇힌 말들을 바라보았다. 텁수룩한 우윳빛 털 때문에 야생마들의 윤곽은 하늘과 뒤섞여 물보라처럼 흩어졌다.

유령을 믿지 않는 페퍼는 생각했다.

'그 마부가 야생마들을 보고 유령으로 착각했나 봐. 그럴 만하네.'

페퍼는 야생마들을 휘파람으로 불렀지만, 야생마들은 절대 다가오지 않았다.

페퍼가 키 큰 말에게 말했다.

"저 말들이 너를 만나고 싶은데, 너무 수줍어서 가까이 못 오나 봐."

말이 꼬리를 흔들며 말했다.

'실망하지 않을게.'

페퍼는 발이 북슬북슬하고 키가 큰, 짙은 갈색 말을 유난히 가깝게 여겼다. 그 말은 가끔 앞다리 무릎을 꿇으며 쓰러졌고, 그래서 앞다리 무릎 주위에 둥근 흉터가 생겼다. 독실한 가톨릭 신자여서 열심히 꿇어앉아 기도한 자국 같았다.

페퍼가 말에게 물었다.

"마지막으로 고해 성사를 한 게 언제야?"

'요즘은 죄를 지을 일이 거의 없어.'

"나쁜 생각을 품은 적도 없어?"

페퍼는 이그나티우스 신부에게 고해할 죄가 없을 때 종종

'나쁜 생각'을 품었다고 거짓으로 고하곤 했다.

'생각? 나는 주로 건초를 생각해. '영원'도 가끔 생각하지. 너도 입에서 비누 맛이 느껴져? 아니면 나만 그런가?'

야생마들은 자기들의 호기심을 채운 뒤에는 갑자기 마구 내달려서 지평선 너머로 사라지곤 했다. 야생마들의 행동은 늘 갑작스러웠다. 농장에 있는 혈통 좋은 말들은 모두 고개를 돌려서 야생마들이 사라진 자리를 보다가 고개를 숙였다.

딱 한 번, 페퍼는 농장 주인에게 물었다.

"말들이 달릴 수 있게 밖으로 내보내야 하지 않아요?"

농장 주인은 말들을 내보냈다가는 페퍼의 머리를 총으로 쏘겠다고 대답했다. 그리고 자기 말을 증명하듯, 페퍼에게 엽총을 내보였다. 페퍼는 두 번 다시 묻지 않았다.

카마르그는 해변 지방으로, 소년이 오를 만한 높은 지대는 전혀 없었다. 그래서 페퍼는 지평선만 바라보았다. 말총 같은 구름이 끝없이 부는 뜨거운 바람에 밀려갔다.

페퍼는 스스로를 안심시켰다.

'지금쯤 미레유 이모는 내 영혼의 안식을 위해 미사를 많이 드렸겠지.'

(페퍼는 궁금했다. '그 많은 사람들이 성당에서 미사를 드리면, 하느님에게는 무슨 도움이 될까? 미사 연기가 하느님에게는 그물 다리가 되나? 아니면 그 연기 덕분에 천국에 좋은 냄새가 퍼지나?')

페퍼는 발이 북슬북슬하고 키가 큰 말에게 물었다.
"말들도 천국에 가?"
'당연하지. 불타는 마차들은 누가 끌겠어?'

농장 주변에는 색도 없었다. 하얗게 탈색된 땅 사이사이로 갈대들이 웃자랐다. 땅덩이가 천 조각이고, 그 조각들을 갈대 실로 바느질한 것 같았다. 파리와 피에 굶주린 모기들로 허공에서는 늘 윙윙 소리가 났다. 강한 햇빛에 페퍼의 선장 재킷도 색이 바랬다. 페퍼는 기뻤다. 이제 성자들과 천사들은 페퍼를 찾아내는 데 더 애를 먹겠지.

페퍼는 품삯을 못 받아도 전혀 신경 쓰지 않았다. 페퍼는 품삯커녕 용돈도 받은 적 없었다. 모름지기 사람은 한 번도 가져 보지 못한 것을 아쉬워할 수 없다. 어쨌든 페퍼는 일이 좋았다. 기본적으로, 살아 있는 것이 좋았다.

농장 주인의 집은 카드로 지은 집 같았다. 집이 위로 높이 또 높이 뻗었다면, 글자로 빼곡한 바벨탑이 되었을지 모른다.

모네 코냑
잔에 담긴 햇살!

루아도르
여왕도 즐기는 부드러운 푸아그라

요리에는 베제탈린이 최고!

페퍼는 바닥과 광고 사이에 샌드위치가 되어 갔다.

사보야르 비누로
더 보드라운 피부를

페퍼가 누우면 보게 되는 천장은 열심히 입대를 권했다.

남자가 돼라,
해외 파병 군인 모집

그래서 아주 이상한 꿈도 꿨다. 오른쪽을 보고 자느냐, 왼쪽을 보고 자느냐에 따라서 깨어나는 것도 달랐다. 무시무시한 빨간색 액체가 든 병을 휘두르는 녹색 괴물을 보며 깨어나거나, 담요를 뒤집어쓰고 흥분한 채 "나는 널 담배 종이로 만 담배만 피워!" 하고 소리치는 코끼리를 보며 깨어났다. (코끼리한테 담배를 주면 코끼리 몸속으로 들어갈 수 있었으니, 이상하지만 그리 무서운 꿈은 아니라고 페퍼는 생각했다.) 페퍼가 잠자는 곳은 양쪽이 트여 있었다. 밤에는 찬 바람이, 낮에는 벌레들이 들어왔다. 옆에 '레벨 우산' 광고판이 있었지만, 다행히 그동안 비는 한 번도 내리지 않았다.

레벨 우산

건물 한가운데는 자크의 방이었다. 합판으로 된 지그재그 복잡하게 이어진 통로로 둘러싸여 찾아가기 힘들었다. 밤이면, 자크는 자기 방으로 사라졌다. 코를 고는 소리나 칼날을 가는 소리만 났다. 자크는 자기 칼을 끝없이 갈았다.

여자가 사흘마다 자크를 찾아왔다. 페퍼와 달리, 그 여자는 카드로 지은 집 한가운데로 들어갈 수 있었다. 잔느는 낡은 오토바이를 타고 왔다. 오토바이에 달린 바구니에는 빵과 네덜란드 치즈, 싸구려 와인이 가득 실려 있었다. 잔느는 타이어 고무를 덧댄 외투를 입었는데, 그 모습이 마치 아르마딜로 같았다.

잔느는 오두막으로 들어가다가 페퍼와 마주쳤다.

잔느가 자크에게 물었다.

"얘는 누구야?"

자크가 말했다.

"탈옥수야. 여기서 말을 돌보고 있어. 신경 쓰지 마."

자크와 잔느는 한바탕 먹고 말싸움했다. 그리고 자크는 광고판들 사이에서 자기 오토바이를 끌어냈다. 자크와 잔느는 둘 다 오토바이를 타고 울퉁불퉁한 땅을 시끄럽게 돌아다녔다. 오토바이 타이어는 미끌미끌한 습지 진흙과 흰 소금밭에 끽 소리를 내며 미끄러졌다. 잔느의 팔꿈치에서는 갈색 고무가 양동이처럼 덜렁거렸다. 페퍼는 궁금했다. 저 둘도 고해 성사를 할까? 성당에서 결혼 서약서를 소리 내서 읽게 될까? 페퍼는 천성이 낭만적이었고, 아직 그 성격을 잃지 않았다.

그러던 어느 날, 오토바이들은 사람이 걷는 속도로 기우뚱 기우뚱 돌아왔다. 뒤에는 긴 밧줄에 매인 말 한 필이 있었다. 젖은 갈색 털의 새 종마. 페퍼는 철조망을 옆으로 밀어서 북쪽 울타리에 새 말을 넣어야 했다.

일주일 뒤, 잔느와 자크가 평소보다 크게 싸웠다. 카드로 지은 집의 벽 몇 곳이 흔들거렸다. 해외 파병 군인 모집 광고가 페퍼의 잠자리 위로 쓰러졌다. 잔느가 물건들을 던졌다. 소리로 미루어, 칼들 같았다. 자크가 잔느를 때려눕히고 햇빛 아래로 빠져나왔다.

자크는 방을 손보는 페퍼를 보고 화풀이했다.

자크가 똘똘 감은 밧줄로 페퍼를 때리며 말했다.

"이 쓸모없는 놈, 그딴 짓 그만두고 나를 도와!"

자크는 오토바이를 끌어내서 페퍼에게 뒤에 타라고 했다. 페퍼는 자크의 굽은 등에 붙어서 가기는 몹시 싫었다. 그래서 뒷자리에 매달려 눈을 감았다. 이가 덜덜 떨리지 않도록 이를 꽉 물었다.

다시 눈을 뜨자, 협곡에 와 있었다. 한쪽 끝에 개울이 흐르는 좁은 협곡이었다. 밧줄로 막대들을 이은 울타리가 있었다.

울타리 안에는……, 흰 야생마 두 마리가 있었다. 오토바이 소리에 놀란 야생마들은 울타리 끝에서 밖으로 빠져나가려고 애썼다.

자크가 무뚝뚝하게 말했다.

"구석에 몰아넣는 함정이야. 물 먹으러 가는 길을 막아서 다시 못 빠져나오게 가두지. 자, 이제 밧줄로 놈들을 잡아, 이 바보야."

페퍼가 망설였다. 야생마에게 밧줄을 던지는 법은 전혀 몰랐다.

자크가 다그쳤다.

"왜 우물쭈물해? 저 더러운 짐승들을 좋아했잖아?"

페퍼는 좁은 입구를 막고 있는 가슴 높이의 막대를 밀었다. 막대는 쉽게 휘었다가 다시 제자리로 돌아왔다. 안에서 밖으로 열리지는 않았다. 야생마들은 흰자위를 드러내며 페퍼를 보았다. 발을 껑충거렸다. 페퍼를 더 잘 보려고 고개를 옆으로 살짝 갸웃했다. 페퍼는 야생마들에게 말을 걸었지만, 대답을 들으리라는 확신은 별로 없었다. 목장에서 키우는 말이 아니라 야생마였기 때문이다. 야생마들은 페퍼가 모르는 바스크 어나 집시 어, 에스파냐 어로 말할지도 모른다.

"안녕, 말들아. 멋진 말들아."

야생마들은 발굽을 페퍼의 얼굴 높이까지 쳐들었다.

페퍼는 움직이지 않았다. 위만 올려다보았다. 머리 위 하늘은 새 한 마리 없이 텅 비어 푸른빛으로 환히 빛났다.

"내 뜻은 아니야."

페퍼의 말에 야생마들이 즉시 가만히 섰다. 야생마들도 페퍼의 말을 진심으로 듣나 보다. 자크는 없는 이를 갑자기 찾았는지 휘파람을 불었다. '저 멍청이가 정말 말을 다룰 줄 아는군.' 하는 질투 어린 감탄의 휘파람이었다.

함정은 물가로 가는 통로처럼 생겼다. 하지만 개울에 못 미쳐서 울타리가 막혔다. 울타리에 갇힌 야생마들은 물을 마실 수 없었다. 막대 사이가 좁아서 목을 뺄 수도 없었다. 두 말은 벌써 꼬박 이틀을 거기 갇혀 있었던 모양이었다. 물 흐르는 소리가 졸졸 약을 올려도 갈증을 채울 수 없었다. 페퍼는 함정 끝으로 가서, 막대 밑을 기어 개울로 간 다음, 양손에 물을 담아 울타리 너머로 내밀었다.

"이 천치야, 뭐 하고 있어? 밧줄로 놈들을 묶어!"

자크가 오토바이에 시동을 걸었다.

두 야생마들은 서로 물을 마시려고 머리를 부딪었다. 페퍼의 손을 쳐서 물도 엎질렀다. 철사처럼 날카로운 야생마의 수염이 페퍼의 손에 닿았다. 누렇게 빛나는 야생마의 이빨도 눈에 보였다. 페퍼는 물을 더 떠 왔다. 야생마가 뿜는 부드러운 콧김을 손목에 느낄 수 있으면, 쫑긋거리는 야생마의 귀를 볼 수 있으면, 풍성한 속눈썹과 커다란 청갈색 구슬 같은 눈동자를 가까이에서 볼 수 있으면, 페퍼는 쉰 번이라도 개울을 오갈 수 있었다. 거품 이는 바다의 살갗 아래에 파도가 숨어 움직이듯, 야생마들의 우윳빛 살 아래에도 공기 정화 장치처럼 에너지가 끝없이 넘실거렸다. 마치 해변에 두 물결이 부딪쳐 튀어서 두 야생마의 형상을 이룬 듯했다. 야생마들은 꼬리를 머리 위로 높이 흔들었다. 말총의 감촉은 따뜻한 소나기처럼 부드러웠다. 행복처럼 강렬했다. 페퍼는 경외감과 경이감에 꼼짝할 수 없었다. 페퍼는 살아 있었다. 페퍼는 야생 소년이었다. 야생 소년에게 이름이 무슨 소용인가?

페퍼가 야생마들의 주의를 끄는 동안, 자크는 쉽게 야생마들의 목에 올가미를 씌우고 목을 당겼다. 물론 야생마들은 조금 저항했다. 겁먹은 페퍼가 몸을 숙였고, 야생마들의 발길에 등을 한두 번 차였다. 하지만 자크는 즐거워하며 울타리 막대를 이은 밧줄을 풀었다. 자크는 야생마들이 제풀에 지치게 두었다. 그리고 야생마의 부드러운 말굽을 칼로 그었다.

자크가 페퍼에게 설명했다.

"이래야 더 얌전하게 걸어."

오토바이는 느린 속도로 가느라 비틀거리고 흔들거렸다. 하지만 그래야 다리를 절룩이는 야생마들이 오토바이를 따라갈 수 있었다. 칼에 말굽을 다치지 않았다면, 야생마들은 확 내달려서 오토바이를 질질 끌어갈 수도 있었을 것이다. 하지만 이제 야생마들은 다리를 제대로 펴지 못하고, 몸 옆의

털로 바닥을 쓸며 끌려갈 뿐이었다.

자크가 말했다.

"일주일만 지나면 다 나아. 내 말 믿어."

페퍼는 자크의 말을 믿는 것 말고 달리 할 수 있는 것이 없었다.

종마 농장으로 돌아와서, 자크가 페퍼에게 말했다.

"말에 묻은 흙을 떨어."

자크는 검고 끈적끈적한 액체가 담긴 통과 말빗을 꺼냈다.

"이를 없애는 약이야. 이놈들은 이투성이야."

페퍼는 빗에 검고 끈적한 액체를 묻혀서 두 야생마의 털을 빗겼다. 야생마들은 흰색에서 진흙 묻은 부츠 색깔로 변했다. 페퍼는 빗질하면서 말들이 변하는 것을 눈으로 목격했다. 흰 야생마들은 농장의 다른 종마들처럼 변했다. 털이 텁수룩하고, 땅딸하고, 다리가 두껍고, 맥없는 황갈색 종마. 발에 난 상처에 파리들이 꼬였다. 다른 말들은 불안에 떨며 발을 땅에 구르고, 머리를 아래위로 흔들고 또 흔들었다. 더러워진 페퍼의 손에서는 지독한 냄새가 났다. 그 약 때문에 페퍼의 입에서는 소독용 비누 맛이 났다. 페퍼는 요즘 무엇에서도 비누 맛을 느꼈다. 페퍼가 야생마들에게 물을 더 가져다주었다. 말들이 물을 마시자, 코 주위에 묻은 약이 씻겨서 농장의 다른 말들처럼 코와 주둥이만 확연히 하얗게 변했다.

좋은 의도로 말을 갈색으로 칠할 사람은 없다. 하지만 페퍼는 그것이 어떤 법을 어기는 일인지 전혀 몰랐다. 인간은 오소리와 쥐, 달팽이와 토끼도 덫에 가두지 않나. 야생마인들 가두지 않겠나.

자크의 농장에 있는 말은 열일곱 필이 됐다.
잔느가 말했다.
"충분해. 가자."
자크가 말했다.
"바퀴벌레, 철조망을 밀어."
페퍼가 어쩔 수 없이 커다란 철조망 더미를 옆으로 끌었다. 네 울타리 안에 있던 말들이 한데 모였다. 자크는 말을 네 마리씩 세우고, 광고판에서 나온 널빤지 하나를 네 마리 말의 입에 재갈처럼 물렸다. 말들이 각기 다른 방향으로 가지 못하게, 말굽이 나아도 내달리지 못하게 한 것이다. 페퍼는 말들을 보며 플래카드 하나에 뭉쳐 있던 마르세유의 시위대를 떠올렸다.
페퍼는 생각했다.
'말들이 시위할 수 있다면, 말들은 뭘 시위할까?'
"어디로 가요? 말 시장인가요?"
"맞아. 단란한 집이면 어디든 좋지. 긴 안장을 가진 숙녀들. 승마 바지를 입은 아이들. 외양간이 있는 큰 집. 편한 길. 바닷바람. 재미."

자크가 내뱉은 말들은 철퍼덕철퍼덕 바닥에 떨어져서 햇빛에 뒹굴었다. 그 자리에 파리들이 꼬였다.

잔느가 고무로 된 오토바이용 장갑으로 페퍼를 겁주며 말했다.

"여기 있는 말들은 좋은 종마들이야. 알아들었어? 아주 비싼 값에 사들여서 더할 수 없이 좋은 상태로 키운 종마들이라고! 알아들었지?"

말들은 썰매를 끌어야 하는 시베리아허스키인 양 밧줄에 묶였다. 하지만 말들은 냄새 고약한 오토바이들 뒤에서 불쌍한 몸을 끌며, 50킬로미터가 넘는 길을 가야 할 뿐이다. 페퍼는 발이 북슬북슬하고 키가 큰 말을 탔다.

페퍼는 생각했다.

'말들이 마음만 먹으면 쉽게 달아날 수 있을 텐데……'

하지만 페퍼는 말들이 도망치지 않을 것을 알고 있었다. 어쩌면 말들은 말 시장 생활이 지금껏 지낸 농장 생활보다 낫겠다고 생각한 게 아닐까.

페퍼는 타고 있는 말에게 말했다.

"생각해 봐. 언젠가 나 같은 주인을 만나게 될 거야."

갈색 말이 구슬프게 말했다.

'너도 비누를 먹고 살아?'

해변에 있는 생보나르들라메르가 보이기 시작했다. 예배

당 첨탑이 하나님을 모시는 것이 무엇보다 자랑스럽다는 듯 가장 먼저 나타났다. 이어서 공장들이 부를 뽐내듯 모습을 드러냈다. 공장들은 바다 관광객들을 위해 아껴 둔 둥근 미소를 짓고 있었다. 하지만 뒤에서 보는 공장들은 언덕 위에 선 호텔과 별장이 부끄러워하지 않도록 납작 엎드린 초라한 건물들일 뿐이었다. 정오의 햇빛이 호수에 내려앉았다. 바닷물로 이루어진 호수가 햇빛을 받아 번들거렸다. 마치 낮은 산처럼 쌓인 염전 소금 더미들을 지켜보는 거대한 젖은 눈동자 같았다. 생보나르들라메르는 소금으로 부자가 된 도시였다.

앨버트로스처럼 생긴 구름이 머리 위에 떴다. 조류가 바뀌고 있었다. 고운 물보라가 먼지 앉은 말들 위로 내려앉기 시작했다. 말들의 털이 젖었다.

자크는 지저분한 농담을 시작하려는 듯 멍청한 웃음을 짓다가 페퍼에게 말했다.

"이 나쁜 놈, 너는 저놈들을 다 놓아주고 싶지?"

페퍼는 깜짝 놀랐다.

"제가 왜 그런 생각을 하겠어요?"

자크는 코웃음을 쳤다. 자크도 말을 오래 알고 지내면서 알게 된 것이 있나?

잔느도 자크의 말에 맞장구쳤다.

"도망 중이잖아. 다 알아. 자크가 신문에서 기사를 봤어. 도망친 탈옥수. 그게 너잖아."

"탈옥……."

페퍼가 어찌나 크게 웃었는지 말들이 마구 몸부림쳤다. 페퍼는 자크를 손가락으로 가리켰다.

"저는 저 사람이라고 생각했어요! 저 사람이 탈옥수라고 생각했어요!"

잔느도 웃었다. 그리고……, 자크가 일어나 페퍼를 밀어서 땅에 떨어뜨렸다.

페퍼는 일어서서 대들었다.

"저는 죄수가 아니에요! 결백해요!"

하지만 자크와 잔느는 오토바이를 몰았다. 밧줄이 휙 당겨졌다. 어느 말은 고개가 빠질 뻔하고, 두 마리는 쓰러져 뒹굴 뻔했다. 흙먼지가 날아와서 잠처럼 페퍼를 덮었다. 오토바이가 멀어지자 정적도 페퍼를 덮었다. 페퍼는 오토바이 자국을 따라 걷기 시작했다. 마치 자기 목도 밧줄에 매인 양 쉬지 않고 걸었다. 페퍼는 자기가 불쌍한 말들을 돌보지 않으면, 자크와 잔느 말대로 '도망친' 꼴밖에 되지 않는다고 생각했다.

"결백해요."

페퍼는 생각했다. 내가 결백하다고 말했나? 그 말에 입에서 비누 맛이 느껴졌다.

이제는 까마득한 옛날로만 느껴지는 어린 시절, 페퍼는 이모에게서 거짓말을 하면 안 된다고 배웠다.

다섯 살짜리 아이가 으레 그렇듯, 페퍼도 말했다.
"봐, 나는 해적이야!"
"오늘 아침에 풀숲에서 호랑이를 잡았어."
"내 침대 밑에 괴물이 있어."
"아버지처럼 언젠가 선장이 될 테야!"

그러면 이모는 소독용 비누를 갈아서 그 가루를 우유에 탄 뒤, 페퍼가 자기 전에 먹였다.

이모가 으르렁거렸다.

"거짓말! 이 조그만 거짓말쟁이! 거짓말하는 네 입에서 죄를 씻어야 해!"

그래서 페퍼는 거짓말이 비누 맛임을 배웠다. 냄새는 머릿속에 그림도 떠오르게 한다. 페퍼는 거짓말을 하거나 들을 때마다 입에서 비누 맛을 느꼈다.

말 열일곱 필의 흔적을 뒤쫓기는 어렵지 않았다. 멀리까지 갈 필요도 없었다. 도시를 계획한 사람들은 도살장을 시내에 짓지 않고 변두리에, 최소한의 사람들만 악취를 맡을 곳에 지었다. 곧, 더운 바람에 어찌나 지독한 냄새가 날아왔는지 페퍼는 숨을 캑캑거렸다.

생아드리앙 도살장에서 염소와 양, 소, 말 등 갖가지 동물이 마지막을 맞았다. 돼지와 닭은 마을 사람들이 각자 직접 도살했다. 카마르그의 자랑거리인 유명한 흰 야생마를 도살하는 일은 법으로 금지되었다. 그러나 당시에는 사업가들이나 잔느와 자크 같은 악덕 업주들에게 법은 아무 소용 없었다. 도살장 지배인과 자크와 잔느는 서로에게 유리한 비밀 협약을 맺고 있었다. 자크는 가져오는 말들을 낮은 값에 팔고, 도살장 지배인은 그 말들이 어디에서 오는지 전혀 묻지 않는 협약이었다. 어쨌든 고기는 다 똑같아 보인다. 그 고기를 사서 먹는 사람들은 너무 바빠서 그 고기에게 한때 이름이 있었는지, 그 고기가 한때 법으로 보호받던 동물인지를 걱정할 틈이 없었다.

사실, 야생마는 먹기 힘들다. 풀밭 방목지에서 살을 찌운 농장 말보다 고기가 질기다. 그러나 도살장에 팔리는 경주마는 문턱도 넘지 못할 만큼 늙고 병든 말이게 마련이지만, 야생마는 고기가 탱탱해서 솜씨 좋은 푸주한이라면 잘 도축할 수 있었다.

페퍼는 도살장 대문 밖에 서 있었다. 아침도 먹지 않은 빈속이었지만, 토하지 않으려고 손가락으로 코를 쥐고, 손바닥으로 입을 막았다. 미레유 이모에게서 지옥 그림을 많이 보았기에, 도살장 문 안의 광경을 쉽게 상상할 수 있었다. 고기를 거는 갈고리, 지렛대, 톱, 불……. 문밖에서도 좁은 마당에서 빙빙 도는 말들의 발소리가 들렸다. 페퍼가 돌보아야 했던 말들, 페퍼의 친구였던 말들. 말들의 힝힝 소리, 콧소리, 쉭쉭 소리. 페퍼에게는 그 모두가 자신을 부르는 소리로 들렸다.

"말 돌보던 페퍼는 어디 있지?"

"우리한테 좋은 집을 얻어 준다고 약속했는데……."

"승마를 즐기는 여자들……."

"승마 바지를 입은 아이들……."

"꽃이 핀 초원……."

"사과를 주는 손……."

"사랑이 피어나는 곳……."

"페퍼 파피에가 신문에 우리 이야기를 써서 만사를 바로잡아야 해!"

"말 돌보던 페퍼가 우리한테 자유를 줄 거야. 믿자!"

"오늘 밤에 태양이 뜰 만큼 확실한 일이야."

문은 안쪽에서 잠겨 있고, 아주 높았다. 페퍼는 네 살 때부터 온갖 것들을 올라탔지만, 지금은 손바닥을 다친 상태였고, 문에는 발 디딜 곳이 전혀 없었다.

페퍼가 지나가는 사람을 세우고 말했다.

"말들이 있어요! 흰 야생마들이에요! 야생마들을 도살장에 팔아넘기려 해요! 야생마들을 잡아서 고기로 쓰려 해요!"

아무도 듣지 않았다. 한 달 동안 비누 광고판 아래에서 잠을 잔 페퍼의 옷은 지저분하기 짝이 없었다. 철조망과 말굽의 흔적이 페퍼의 옷에 남았다. 카마르그의 먼지를 뒤집어써서 페퍼의 모습은 보잘것없었다. 생보나르들라메르의 고상한 사람들은 페퍼를 지나치거나, 못 본 체하거나, 흘깃 보기만 하고 언덕을 서둘러 내려갔다.

페퍼는 스스로를 타일렀다.

'페퍼, 머리를 써. 페퍼, 잘 생각해. 페퍼, 문에 대해서 아는 바를 다 끄집어내. 문을 어떻게 열지?'

머릿속으로 아버지의 서재에 있는 책들을 떠올렸다. 성문을 부수는 폭탄! 큰 통나무! 불타는 돌을 날리는 투석기! 폭탄이나 무기만 있다면…….

롱브라쥬호 해치 뚜껑이 도르래와 밧줄로 열리지 않았나. 도르래와 밧줄만 있다면…….

언론의 힘을 생각했다. 페퍼 파피에가 기사를 써서 프랑스 전체가 노발대발하고 경찰이 달려오게 할 수도 있을 텐데. 48시간과 연필만 있다면…….

하늘에 기도해서 거래를, 교환을 제안할 생각도 했다.

'말 대신 저를 데려가세요!'

천국까지 기도를 보낼 관만 놓여 있다면……. 하지만 천사들이 불타는 전차를 끌 말들의 영혼을 원하면, 페퍼의 기도를 무시하겠지.

문틈으로 소리쳐서 시위 구호를 외칠까 생각했다.

'사기꾼! 사기꾼!'

그러나 페퍼 선장조차 그런 소리를 듣고도 선장실 문을 열지 않았는데, 과연 여기서 그 소리가 먹힐까? 그럼, 어떻게 해야 저 사람들이 문을 열까?

페퍼는 어느 집 문간에 선 여자에게 소리쳤다.

"염소 파세요! 염소 파세요!"

여자가 주저주저 문을 닫았다.

페퍼는 이리저리 달리며, 주위 집들의 대문 앞에서 껑충껑충 뛰어 대문 안을 살폈다. 조바심으로 머리가 어지럽고 숨이 턱까지 찼다. 다급한 마음에 페퍼는 동물처럼 변했고, 그런 모습을 페퍼 스스로도 잘 알고 있었다. 동물은 논리적인 생각을 못한다.

페퍼는 또 다른 집 정원에 서 있는 여자에게 능글능글 미소를 보내며 말했다.

"실례합니다만, 정말로 양을 사고 싶어요. 옷이 이래서 죄송해요. 산사태가 나서 갇혀 있었어요."

여자가 말했다.

"차 드실래요?"

"고맙습니다만, 양만 사면 됩니다. 값은 잘 쳐 드릴게요."

"압생트 한잔 드릴까요? 너무 흥분하신 것 같아요."

"정말 친절하시네요. 양이 정확히 얼마죠? 양이 아주 좋아 보입니다."

"젖이 아주 많이 나와요. 좋은 양젖 치즈를 만들 수 있죠."

페퍼는 주머니에 든 것들을 꺼내서 양손에 쥐고 흔들며 치즈 맛을 음미하듯 말했다.

"치즈도요? 으음."

여자는 페퍼가 쥔 것들 중에서 돈만 챙기고, 기도문이 적힌 연보랏빛 종이들은 남겨 두었다.

페퍼는 생아드리앙 도살장 옆문을 두드렸다. 양 한 마리가 페퍼의 무릎 높이에서 악마 같은 노란색 눈으로 페퍼를 올려다보았다. 도살장 옆문 너머에서 무슨 소리가 들렸다.

페퍼가 소리쳤다.

"도살할 양이 있어요!"

도살장 옆문이 열렸다. 하지만 아주 조금만 열렸다.

"나중에 다시 와요. 지금은 도살할 놈들이 꽉 찼어요."

"토막만 내면 돼요. 오늘 파티에서 먹을 겁니다."

그러자 옆문이 조금 더 열렸다.

"지금은 할 일이 너무 많다니까요. 내일 와요."

페퍼의 목소리에 말들이 흥분했다. 말들은 제각기 고개를 까딱이고 발을 쿵쾅거리다가 하나로 움직였고, 하수구로 내려가는 물처럼 마당을 빙빙 돌기 시작했다. 페퍼의 다리에 닿은 양털은 따뜻하고 끈끈했다. 양은 죽음의 냄새에 겁먹고 페퍼의 발에 오줌을 지렸다. 도살장에 있는 남자는 날뛰는 말들을 돌아보며, 마당의 소동을 가라앉혀야 한다는 생각에 얼굴을 찌푸렸다. 페퍼는 기회를 잡았다. 양을 뒤로 내차고, 도살장 안으로 달려들었다. 그리고 정문으로 곧장 향했다. 하지만 정문까지 가려면 겁먹은 말 열일곱 필을 지나가야 했다.

페퍼는 말들의 다리 사이로 지나갔다. 황무지 같은 마당에는 온통 맹그로브가 자라 있었고, 페퍼는 몸을 숙이고 걷거나 기며, 움직이는 말굽과 말 무릎, 똥과 먼지를 지나가야 했다. 방향을 잃고, 정문의 위치를 다시 확인하느라 껑충 뛰어오르고, 땀에 젖고, 갈색으로 색이 변한 말 열일곱 필의 몸에 떠밀리고 부딪었다. 드디어 정문에 쿵 부딪혔다. 다친 손으로 빗장을 벗겼다. 휘고 갈라지고 칠이 벗겨진 널빤지들로 이루어진 정문을 밀었다. 온몸의 체중을 다 실어서 밀었다.

문이 열리면서, 페퍼의 몸이 길바닥에 내동댕이쳐졌다. 지나가던 행인이 어쩔 수 없이 페퍼의 몸을 밟고 갔다. 자전거를 탄 우체부가 페퍼를 피하려고 브레이크를 잡았다. 그러나 마당에 있던 말들은 얼어붙은 듯 밖을 바라보고만 있었다. 정문을 통해서 본 말들의 모습은 액자에 든 말 그림 같았다.

도살장 일꾼들도 얼어붙었다. 일꾼들은 정문이 어쩌다 저절로 열렸다고 생각하고, 놀란 말들이 꼼짝하지 않아서 다행이라고 여겼다. 말들이 가만히 있기만 하면 상황을 수습할 수 있으니까.

길바닥에 쓰러졌던 페퍼가 일어섰다. 양팔을 쫙 벌리고, 손가락을 두세 번 튕겼다. 말들이 일제히 귀를 쫑긋 세우고 고개를 돌려 길에 선 소년을 보았다.

어떤 일이 벌어질지 알아챈 우체부가 페달에 발을 대고 쏜살같이 언덕 아래로 내달렸다. 그러다가 양을 칠 뻔했다.

우체부가 중얼거렸다.

"아니, 도대체 이게 무슨······."

옆문을 열었던 도살장 일꾼이 그제야 페퍼를 발견하고 소리쳤다.

"저 XXX 놈! 말들을 놔줬어!"

그 소리에 말들은 감전된 듯 깜짝 놀랐다. 말들은 다리를 필사적으로 절뚝거렸다. 말들의 눈은 성가신 파리들 때문에 젖어 있었다. 갇혀 있다가 갑자기 탁 트인 야생의 빛나는 영광 속으로 풀려나게 되자, 온몸에 힘줄이 다 드러났다. 도시 변두리여서 정원 한두 곳만 넘으면 카마르그의 풍경은 평평했다. 마지막으로 덫에 잡힌 야생마 두 마리가 먼저 움직이기 시작했다. 두 야생마는 앞발을 최대한 높이 들어 올렸다. 그 뒤로, 자크와 잔느가 고기로 팔려고 키운 지저분하고 초라한 말들이 흰 유령 같은 카마르그를 향해 몸을 돌렸다.

나중에 목격자들은 말했다. 말들 앞에 있던 소년이 조금도 움직이지 않았다고. 하지만 사실, 페퍼는 움직였다.

페퍼는 고개를 뒤로 젖히고 하늘을 보았다.

주황색과 분홍색으로 반짝이는 하늘을 보고, 바람에 퍼덕이는 현수막처럼 V자를 이루며 동쪽으로 날아가는 새들을 바라보았다. 분홍빛 가득한 장관이었다. 카마르그에서 몇 주

일한 뒤, 그 분홍빛의 정체가 천사들이 아니라 플라밍고라는 걸 알게 됐다. 이제 페퍼는 그 새들을 보아도 나쁜 징조로 여기지 않았다. 페퍼는 플라밍고의 특이한 아름다움을 그저 즐기고 싶었다. 카마르그에서 몇 주 지낸 뒤, 페퍼는 플라밍고에 대해, 종마에 대해, 사람에 대해 모든 면에서 더욱 현명해졌다.

그래도 페퍼는 말들을 100퍼센트 신뢰했다.

이 상황에서는 그래야 했다.

목격자들은 나중에 말했다. 말들이 부서진 댐에서 쏟아지는 물처럼 휘몰아치며 열린 정문으로 쏟아졌다고. 말들이 가만히 서 있다가 확 내달리느라 힘을 써서, 눈동자를 굴리고 이를 악물고 목을 쭉 뻗었다고. 도로를 말굽으로 채웠다고. 말들 앞에 있던 소년은 범람하는 강물 위의 버들강아지처럼 아주 작았다고. 그리고 소년의 모습은 말들 속으로 사라졌다고. 달리는 말들의 젖은 갈기에서 떨어진 물방울들이 성난 파도처럼 하얗게 일렁였다고.

소년은 사라졌다. 남은 것은 낡은 오토바이 두 대의 부서진 잔해뿐이었다. 오토바이들은 길 위에 피처럼 기름을 흘리고 있었다. 그 오토바이들은 그 지역에서 '나쁜 놈들'로 더없이 잘 알려진 못된 부랑자들의 것으로 밝혀졌다.

사람들은 부서진 오토바이들의 고철을 집으며 말했다.

"이런 놈들은 핏줄이 그래."

8장
수영장

페퍼는 해변 위에 있는 수영장으로 갔다. 탁 트인 곳에 있는 것보다 사람들 틈에 있는 것이 오히려 들키지 않을 수 있었다.

자크와 잔느가 돌멩이를 던지듯 욕을 퍼부으며 언덕 아래까지 페퍼를 쫓아왔다. 자크가 엽총을 가져왔다면, 방아쇠를 당겨서 천사들이 해야 할 일을 대신했을 것이다. 장이 탈장되고, 아르마딜로 외투를 입은 두 사람을 따돌리기는 어렵지 않았다. 양이 살던 집으로 돌아갔을 무렵, 페퍼는 해변 산책로를 내달려서 수영장으로 들어갔다. 거기라면 들킬 염려가 없을 것 같았다.

큰 콘크리트 수영장이었다. 직사각 수영장에 바닷물이 담겨 있었다. 갈매기 배설물과 관광객들이 버린 쓰레기로 온통

어질러져 있었다. 수영장 벽에 붙은 수초 때문에 물이 녹색으로 보였다. 페퍼는 가만히 앉아서 숨을 골랐다. 페퍼의 머릿속에는 고향에서 강둑으로 소풍을 갔던 날이 떠올랐다. 페퍼는 자신의 장례식에 어떤 찬송가가 적당할지 의논하는 두 여자 사이에 앉아서, 다른 아이들이 물에서 노는 모습을 지켜보기만 했다.

여기, 에메랄드그린 수영장에도 아이들이 놀고 있었다. 물에 뛰어들고, 다이빙하고, 물을 튀기고, 떠다녔다. 페퍼보다 훨씬 어린 아이들이었다. 페퍼는 후회했다. 어머니한테 반항할걸. 위험을 무릅쓰고 물에 뛰어들걸. 저 아이들 중 하나가 되면 얼마나 좋을까. 다섯, 일곱, 아홉 살의 아이들. 저 아이들 중 하나의 삶을 빌려 수영할 수 있다면, 다시 어려질 수 있다면, 온통 어지럽게 복잡하고 불친절하기만 한 어른의 삶을 더는 살지 않아도 된다면 얼마나 좋을까.

페퍼는 수영장 가장자리를 걸으며 여기저기에 쌓인 옷 더미를 보았다. 저 멜빵바지, 저 짧은 재킷을 입고 저 작은 신을 신으면, 나도 다시 어려질까? 작은 아이들 틈에서 페퍼는 거대해 보였다. 신데렐라의 작은 구두에 커다란 발을 넣으려면 어떡해야 하나 고민하는 못생긴 언니 같았다.

수영장에 있는 아이들은 몸을 부르르 떨고, 팔다리를 흔들고, 보글보글 거품을 내고, 웃고, 물에 젖어 반짝이는 팔을 쭉 뻗었다. 하지만 페퍼는 다시 어려질 수 없는, 열네 살이라는 외로운 섬에 혼자 갇혀 있었다. 이제 페퍼는 어른이 될 수밖에 없었다. 눈물이 고여 흘렀다. 어른이 되어야 하다니, 끔찍했다. 생일을 맞지 않을 수 없었을까? 그러면 집에서 어머니, 아버지, 이모와 함께 살며 열세 살에 멈춰서, 영원히 열세 살로 살 수 있지 않았을까?

페퍼는 갈라진 콘크리트 테라스에 누웠다. 재킷을 말아서 베개처럼 머리 밑에 받쳤다.

반바지와 러닝셔츠 차림의 아이가 옆에 앉으며 페퍼에게 말했다.

"안에 들어가. 들어가야 해."

얼굴이 거무스름하고 깡마른 아이로, 키는 페퍼보다 크지 않았다. 하지만 콧수염이 거뭇거뭇한 것으로 미루어 나이는 페퍼보다 많아 보였다. 아이의 이마는 햇빛에 타서 껍질이 일어났다. 그 모습이 꼭 모자를 쓴 갓난아이 같았다.

"저 물은 몸에 좋아. 갖가지 병이 다 치료돼."

페퍼는 물 위에 뜬 담배꽁초들과 죽은 말벌들을 미심쩍게 바라보며 물었다.

"정말? 성경에 나오는 베데스다처럼?"

"베데스다? 젠장, 거기에는 아이스크림이랑 기념품 가게밖에 없어. 이 수영장이랑 아무 상관 없는 곳이야(성경에 나오는 지명과 실제 지명을 혼돈해서 한 말 : 옮긴이)."

페퍼는 그 말에 놀랐다. 베데스다에 아이스크림과 기념품 가게들이 있을 줄 몰랐다. 하긴 페퍼가 모르는 것이 어디 한 둘인가.

"안에 들어가. 들어가야 해."

아이가 계속 보챘다. 햇빛에 타고 근육만 남은 마른 팔 위에는 머리가 두 개인 독수리 문신이 있었다.

"수영할 줄 몰라."

아이는 눈도 깜작이지 않았다.

"저 물에서는 누구나 할 수 있어. 너도 할 수 있어. 짠물이야. 몸이 떠. 내 말만 믿어. 수영을 잘할 것처럼 보이는걸. 네 물건은 내가 봐줄게."

그래서 페퍼는 셔츠와 바지와 구두와 양말을 벗고, 미적미적 흐느적흐느적, 수영장 사다리를 내려갔다. 사다리 가로대는 해초로 미끄러웠다. 손에 난 상처들에 짠물이 닿아 따가웠다. 깊은 물을 내려다보자, 일순간 물속에서 로슈가 손짓하는 것 같았다. 하지만 한 달 전에 수영장 물에 가라앉은 접의자의 천이 짙푸른 물속에서 흔들거리는 것이었다.

뜨겁고 흰 햇빛 아래 있다가 녹색 물에 들어오니, 물이 아주 차가웠다. 하지만 페퍼는 씻고 싶다는 생각에 사다리를 내려갔다. 발을 뻗었지만 바닥에 닿지 않았다. 수영장이 깊었다. 그즈음 이미 페퍼는 남의 말을 다 믿어서는 안 된다는 사실을 깨달았고, 그래서 사다리 난간을 놓지 않았다. 하지만 두려움을 극복하게 되어 마음은 들떴다.

페퍼는 생각했다.

'자, 덤벼. 나를 가라앉힐 테면 가라앉혀 봐.'

그리고 사다리를 잡은 손을 놓았다.

바위처럼 가라앉았다. 다행히 사다리를 다시 잡고 물 위로 올라와서, 캑캑거리고 헐떡댔다.

페퍼가 수영장에 들어가자마자, 사람들이 모두 수영장을 나가기 시작했다. 페퍼는 자기 몸 주위로 더러운 막이 오로라처럼 퍼지기 때문일 거라고 생각했지만, 사실 그저 날씨 때문이었다. 마을 사람들은 날씨가 나빠질 징후를 알고 있었다. 먹구름이 몰려와 해를 가리고, 세찬 바람에 물 표면이 출렁였다. 접의자도 이리저리 펄럭였다. 페퍼가 한 손가락만으로 사다리를 잡고 물에 떠서 물장구를 치고 손을 바꾸며 즐기기 시작할 즈음, 긴 녹색 수영장에는 아무도 남아 있지 않았다. 페퍼는 연못 속에 남은 한 마리 도롱뇽 같았다.

투덜거리던 바닷소리는 어느새 고함으로 변했다. 비가 내리기 시작하자, 페퍼는 수영장 밖으로 나왔다. 위로 나오기가 아까보다 더더욱 힘들었다. 그날 아무것도 못 먹었기 때문이다. 페퍼는 따뜻한 옷을 찾아서 달려갔다.

그런데 옷이 없었다.

독수리 문신을 새긴 아이도 없었다.

페퍼는 이리저리 고개를 돌리며 옷이 안전하게 놓여 있을 만한 곳을 찾아보았다. 아무것도 안 보였다. 벽을 타고 올라가서 해변을 둘러보며 아이를 찾아보았다. 그러는 동안, 페퍼의 목에서 나는 가르랑 소리가 점점 낄낄거리는 소리로, 그리고 깔깔대는 웃음으로, 나중에는 주체할 수 없이 큰 웃음으로 변했다. 페퍼는 손으로 무릎을 짚은 채, 웃고 또 웃고 또 웃었다. 누가 옷을 훔쳐 갔어! 몇 주 동안 껍질을 벗고 달아나려 했는데, 기껏 낯선 사람에게 옷을 빼앗기다니!

비가 내렸다. 빗줄기가 어찌나 세찬지 살갗에 멍이 들 정도였다. 추위에 몸이 벌벌 떨렸다. 사람은 아무도 안 보였다. 생보나르들라메르 사람 모두가 설탕으로 만들어져서 비에 녹아 사라진 것 같았다.

마당 빨랫줄에 걸린 셔츠와 바지가 비에 몹시 젖어서 빗물 무게 때문에 끝단이 바닥에 끌렸다. 페퍼는 새 신분을 몸에 꿰었다. 아이 옷이 하나도 없어서 어른 옷을 입었다.

차갑게 젖은 팔을 차갑게 젖은 소매에 끼우고, 차갑게 젖은 발을 차갑게 젖은 바지에 넣기는 놀랍도록 힘들었다. 바짓단이 발밑으로 길게 늘어져서, 신발이 없어도 별 상관 없었다. 걷기 시작했다. 주머니를 다 뒤지며 새로운 신분의 이름이나 직업에 대한 단서를 찾아보았지만, 달리 아무 단서도 없었다.

페퍼의 근육이 절로 움직이기 시작했다. 움츠러들고 뭉치고 굳었다. 고개가 절로 푹 숙여졌다. 등도 굽었다. 남아도는 옷자락을 접을 수도 없었다. 소맷자락 안으로 숨은 손가락이 추위에 딱딱하게 굳었기 때문이다.

이상하게도, 해가 지고 나니 더 따뜻해졌다. 뭐, 맑은 날 파도에 계속 부딪을 때처럼 따뜻한 것과 추운 것의 중간이랄까. 그러다가 사하라 사막과 러시아 스텝 지역을 번갈아 오가듯, 더위와 추위가 번갈아 찾아왔다. 비가 멎은 뒤, 발 주위만 빼고 옷은 다 말랐다. 바짓단을 질질 끌며 진흙과 자갈 위를 걷다 보니, 양쪽 바짓단들이 퍼덕이며 서로 엉켰다. 페퍼는 계속 바짓단에 걸려서 넘어지고 또 넘어졌다. 그러면서 상점들과 창고들과 집들과 병원을 지나갔다. 맞은편에서 누가 다가오면, 왼쪽 혹은 오른쪽으로 몸을 돌려서 피했다. 도시가 어찌나 큰지, 몇 시간 동안 걷고 또 걸어도 끝이 보이지 않았다. 페퍼의 시야 구석에서 골목을 빠져나오는 말들이 보였다. 가로등마다 빛무리가 걸렸다. 가로등 가스 불꽃이 씩 비웃는 얼굴로 페퍼를 지켜보고 있었다. 지하실로 내려가는 계단 아래에, 포장도로에 난 하수구 해치 아래에 성자들이 숨어 있었다. 발밑 포장도로가 위로 솟구치며, 흔들리는 양탄자처럼 일렁였다.

도시는 무시무시한 밤의 비밀을 하나씩 드러냈다. 페퍼는 엎드려서 하수구 뚜껑 철망 아래를 내려다보았다. 분명 거기에 수갑을 찬 죄수들이 있는 것 같았다. 생보나르들라메르의 고양이들은 털이 긴 어둠의 덩어리였다. 고양이들은 지붕 위를 어슬렁거렸다. 마치 소년을 발견하면 재빨리 내려와서 소년이 내젓는 차가운 손을 긴 이빨로 물려는 것 같았다. 조각상들은 페퍼를 '바퀴벌레', '멍청이', '골칫거리'라 부르며 페퍼의 이야기를 수군거렸다.

경관이 페퍼의 얼굴을 들여다보고 이름과 주소를 물었다. 페퍼가 대답하기에는 너무 어려운 질문이었다. 경관의 질문에 가슴이 뜨끔했다. 다행히 옆 골목에서 소동이 벌어져서 경관은 떠났다. 페퍼는 그제야 마음을 놓고 상점 쇼윈도 앞에 앉았다. 쇼윈도 너머는 또 유리였다. 수족관인 듯한 유리 안으로 보이는 장면은 더없이 끔찍했다. 물에 빠진 천사가 흐릿한 형태로 물속에 잠겨 있었다. 천사의 흰 가운은 넓게 펼쳐졌고, 머리 위에는 구름같이 하얀빛이 떠 있었다. 천사의 눈은 페퍼에게 딱 고정되어 있었다.

페퍼는 몸을 공처럼 말고 옆으로 누웠다. 아주 작게 웅크렸다. 하수구로 내려가는 빗물에도 페퍼의 몸이 쉬 휩쓸릴 것 같았다.

원들이 행성만큼 커졌다가 다시 점만큼 줄어들었다. 그 점들을 까고 나온 물고기들이 자라고 또 자라서 입으로 거품을 뿜었다. 그 거품들에서 더 많은 물고기들이 나왔다. 더 많고, 더 많고, 더 많은 물고기들. 저 물고기들을 일렬로 정리해야 하는데, 페퍼는 수천 킬로미터 멀리 떨어져 있고 양팔만 수천 킬로미터 길이로 길게 늘어났다. 어둠 속을 빙빙 도는 페퍼는 혼자고, 외롭고, 정처 없고, 메스껍고……

병원에서 깨어나서 좋았다. 침대 시트가 어찌나 부드러운지, 페퍼는 자기 몸이 없어진 줄 알았다. 베개가 어찌나 푹신한지, 페퍼는 자기 몸이 허공에 떠 있는 줄 알았다. 냄새와 소리가 어찌나 뜻밖이고 낯선지, 페퍼는 자기와 아무 상관 없는 냄새와 소리라 여겼다.

이제 나랑 상관없는 일이겠지.

다시는 상관없는 일이겠지.

마침내 내 육신을 벗어났어.

왜? 페퍼가 옆 침대를 보았기 때문이다. 옆 침대에 페퍼 자신의 모습이 보였다! 옆 침대 커튼 봉에 페퍼의 옷이 교수대에 매달린 사람처럼 걸려 있었다. 금술이 빠지고 색이 바랜 선장 재킷, 해어지고 찢어진 바지. 봉긋 솟은 담요 밑에는 페퍼의 몸이 있겠지. 페퍼는 실눈을 뜨고 아래를 보았다. 그렇다. 구두도 있었다. 벗겨지고, 색도 다 바래고, 양 오줌에 얼룩진 구두. 페퍼가 누운 침대에는 아무 옷도 걸려 있지 않았다. 아, 그렇지. 유령에게는 옷이 필요 없지.

하지만 유령도 기침을 하나? 집을 폭삭 무너뜨릴 가스 폭발처럼 기침이 터졌다. 사람들이 고개를 들어서 페퍼를 보았다. 사람들의 얼굴은 이상하게도 기뻐하는 표정이었다.

노인이 소리쳤다.

"간호사, 애가 정신을 차렸어!"

옆 침대에 있는 페퍼 루마저 윗몸을 일으켜 앉아서, 퉁퉁

부은 검은 두 눈을 할 수 있는 한 크게 뜨고 옆을 보았다.

다만 옆 침대에 누운 아이는 페퍼 자신이 아니라 수영장에서 만난 낯선 아이였다. 페퍼의 옷을 훔친 아이.

도둑은 페퍼에게 축구 경기 점수를 귀띔하는 양 말했다.

"너, 처음 여기 들어올 때 반쯤 죽은 몸이더라. 비 오는 날에 밖에서 자면 안 돼. 무슨 술을 마셨어?"

페퍼는 굳이 대답하려 애쓰지 않았다. 말을 하려면, 몸속 깊은 곳에서 단어들을 끌어내야 했다. 페퍼는 석탄 덩어리들처럼 가슴에 찬 단어들을 느낄 수 있었다. 하지만 그 단어들을 밖으로 끌어낼 기운은 짜낼 수 없었다. 엄청난 노력으로, 페퍼는 한 손을 들어서 도둑을 향해 손을 흔들었다.

"나? 나한테 무슨 일이 있었느냐고? 아하! 맞지? 나한테 무슨 일이 있었느냐고? 뭐, 흔한 공격을 받았지. 심하게 맞았어! 내가 뭘 어쨌다고? 아무 짓 안 했어! 내가 누구를 해코지 했나? 전혀! 그런데 그 여자가 먼저 다가왔어. 그 여자는 순식간에 나를 껴안더군. 나는 생각했지. '우리가 아는 사이인가? 나한테서 떨어져. 나도 눈이 있어.' 바로 그 순간에 여자가 나를 쳤어. 눈에 별이 보일 정도였어! 그래서 어떻게 됐는지 알아? (당연히 너는 알 리 없지.) 여자는 나한테 훔친 것도 없어. 뭐, 내가 가진 게 없었지. 어쨌든 그 여자는 나한테 훔칠 게 없는지 몰랐겠지. 모를밖에. 안 그래? 여자는 멍청해. 그렇지? 여자는 멍청해. 내 생각은 그래. 내가 너무 둔했어.

지금 돌아보니 그래. 나는 여자랑 얽히면 너무 둔해져. 그러다가 퍽! 그 여자가 나를 죽이려 했어! 하지만 정의는 살아 있지, 암. 그런 여자가 누구를 죽이려 들 줄 상상이나 하겠어? 아, 물론 여자는 다 똑같고, 여자도 사람을 죽일 수 있지. 하지만 그런 여자는 다르잖아. 수녀는 다르잖아!"

도둑의 말은 병실에 다 들렸다. 다른 환자들은 벌써 몇 번이나 그 이야기를 들은 터라, 고개를 절레절레하거나, 혀를 쯧쯧 차거나, 신문을 읽는 척했다. 페퍼의 머릿속에서 단어들이 수백 개의 편자들처럼 달그락거렸다. 너무 휘고, 너무 딱딱하고, 너무 날카로워서 쓸모없는 편자들이었다. 그래서 페퍼는 꿈꿨다. 말들이 페퍼를 둘러싸고 이리저리 힘차게 뛰면서 페퍼를 아프지 않게 낙엽 더미에 넣는 꿈. 말들 덕분에 높고 부드러운 낙엽 더미에 숨어서, 까마귀처럼 검은 옷을 입고 오토바이를 탄 수녀들의 눈을 피하는 꿈.

처음에는 페퍼도 도둑이 왜 사과하지 않는지, 아니, 왜 수영장과 훔친 옷을 아예 이야기하지도 않는지 이해할 수 없었다. 하지만 사실, 몸을 씻고, 머리를 빗고, 쉬고, 안정을 취하고, 손에 붕대를 감고, 병원 침대에 누워 있는 페퍼는 바닷가에 있던 잘 속는 아이, 낯선 사람에게 옷을 맡길 만큼 남의 말에 잘 넘어갈 아이로는 전혀 보이지 않았다. 콩스탕탱 크루페는 그저 페퍼를 알아보지 못했을 뿐이다. 게다가 크루페는 남의 물건을 훔치는 데 중독되어, 다른 사람의 얼굴이 아니라 주머니만 보았다.

콩스탕탱은 밤에 침대에서 살그머니 빠져나와 병동 끝에 있는 약장에서 약을 훔쳤다. 통증을 줄이거나, 몸을 낫게 하거나, 뇌파를 바꾸려고 훔친 것은 아니었다. 그저 물건을 훔칠 수 있는 자기 능력을 증명하려고 훔쳤다. 약장은 잠겨 있었지만, 콩스탕탱은 다른 환자들에게 금세 약장 문을 열 수 있다고 큰소리쳤다. 거짓말이 아니었다. 콩스탕탱은 금세 열 수 있었다. 알약, 물약, 가루약, 캡슐. 콩스탕탱은 갖가지 약을 다 훔쳤다.

페퍼는 회복되기 시작했다. 하루에 세 끼를 정확히 먹으니, 몸이 놀랍도록 빨리 회복됐다. 페퍼는 콩스탕탱이 다른 환자의 담배를 피우고, 소독용 그릇에 담긴 에틸알코올을 마시고, 구석에 놓인 실린더에서 산소를 들이쉬는 모습을 약간은 감탄하며 지켜보았다.

콩스탕탱은 그저 남의 것을 공짜로 얻을 수 있다는 이유로, 그 모두를 몰래 훔쳤다. 굳이 필요하기 때문이 아니었다. 콩스탕탱은 난폭한 수녀에게 폭행을 당한 일 때문에 남자의 자존심에 상처를 입었고, 자신이 강한 남자이며, 비록 도둑질이라도 자기가 그 일에 정말 뛰어나다는 걸 내보이지 않을 수 없었다.

깊고 어두운 밤, 페퍼는 호기심을 누를 수 없어서 콩스탕탱에게 물었다.

"탈옥한 죄수가 너야?"

그때, 콩스탕탱은 페퍼 옆에서 페퍼 침대의 커튼을 훔치려고 봉에서 커튼을 빼고 있었다. 콩스탕탱이 매섭게 페퍼를 내려다보았다.

페퍼가 말했다.

"내가 있던 신문사에서 네 기사를 실었어."

"거짓말! 네가 기사를 썼다고?"

콩스탕탱은 자기 이름이 신문에 실렸다는 생각에 환하게 웃으며 덧붙였다.

"어디서 한마디만 하면, 죽을 줄 알아."

페퍼는 고개를 끄덕인 뒤, 또 물었다.

"여기 있는 게 안전할까?"

페퍼는 할 수 있는 한 오래 병원에 머물고 싶었다.

"여기 음식이 좋아."

콩스탕탱이 코를 씰룩이자, 듬성듬성한 콧수염 아래로 쥐 같은 앞니가 보였다.

"아니. 나는 내일 여기서 나가. 오토바이를 구해야지. 병원 건물에는 오토바이 주차장이 있거든. 오토바이를 타고 니스나 칸으로 가야지. 백만장자를 유괴해서 몸값을 두둑히 받아 내야지. 그사이에 좋은 일도 생기겠지. 사탕 먹을래? 빨간색 알이 맛있더라."

콩스탕탱이 약장에서 훔친 알약을 한 움큼 내밀었다. 페퍼가 정중히 거절하자, 콩스탕탱은 한 움큼을 모조리 자기 입에 털어 넣었다.

 이튿날, 경찰이 콩스탕탱을 잡으러 왔다. 하지만 콩스탕탱은 벌써 영원히 달아난 뒤였다. 훔친 재킷과 바지는 아직 콩스탕탱의 침대 끝에 걸려 있었다. 하지만 콩스탕탱은 경찰을 영리하게 따돌렸다. 침대 시트가 콩스탕탱의 얼굴을 완전히 덮었다. 부드러운 흰 시트는 죽은 콩스탕탱의 딱딱한 몸을 둥글게 가렸다.
 간호사는 페퍼의 깜짝 놀란 얼굴을 보고 말했다.
 "돌연사야. 이런 일도 있게 마련이지. 원인도 없어. 잘 회복되는 것 같던 환자가 갑자기……."
 간호사가 손가락을 튕기며 말을 마쳤다.
 "가는 거지."
 페퍼는 그 말을 믿지 않았다. 간호사가 손을 떨며 안절부절못하고 입술을 깨무는 모습을 페퍼가 놓칠 리 없었다. 페퍼는 간호사에게 무슨 일이 있었는지 설명하고, 간호사가 모르는 바를 일깨우고 싶기도 했다. 페퍼는 콩스탕탱 크루페가 왜 죽었는지 아주 잘 알고 있었기 때문이다. 페퍼의 옷 때문에 콩스탕탱이 대신 당한 것이다.
 거리에서 콩스탕탱을 공격한 잔인한 수녀. 그 수녀는 성 콩스탕스였을 것이다. 분명 성 콩스탕스는 달아난 열네 살짜리 소년을 찾아 거리를 뒤지다가 페퍼의 옷을 알아보고 콩스탕탱을 페퍼로 착각했겠지. 그래서 페퍼를 천국으로 데려가려고 공격했겠지. 그러다가 성 콩스탕스는 구급차, 의사, 간호사 때문에 콩스탕탱을 해치우지 못하고, 천사들을 자객으로 병원에 보냈겠지. 그 천사들도 페퍼의 옷을 보고 같은 실수를 저질렀겠지. 천사들은 페퍼 대신 다른 사람의 콧구멍에서 숨을 빨아들이고, 다른 사람의 영혼을 낚아챘겠지.

잡힐 뻔했어! 거의 잡힐 뻔했어!

페퍼는 다 나은 손으로 베개를 꽉 쥐었다. 어찌나 꽉 쥐었는지, 부드러운 흰색 면 베갯잇이 찢어졌다.

수간호사, 의사, 경관 들이 복도에서 수군거렸다. 다른 사람도 있었다. 유리문 너머로 흐릿하고 허옇게 어른거리는 조각상 같은 형태가 병실로 들어오려고 했다. 하지만 크루페를 잡아서 우쭐한 경찰은 병실이 자기들 영역인 양 아무도 들어가지 못하게 했다. 그 흰 형태는 그저 의사였는지도 모른다. 하지만 페퍼는 빛만 깜박이면, 흰색만 보이면 천사를 보았다. 페퍼는 침대에서 빠져나왔다. 친숙한 옷이 걸린 옷걸이를 내렸다. 꾀죄죄한 셔츠와 재킷, 바지를 입고, 신발을 신었다. 재킷 주머니 속에는 기도문이 적힌 연보랏빛 종이 뭉치가 그대로 있었다. 페퍼는 멈춰 서서 기도문 하나를 적기까지 했다.

고이 잠드소서.

그 종이를 콩스탕탱의 가슴 위에 올려놓았다.

하느님의 뜻은 신비롭다는 말이 있다. 하지만 하느님의 성자와 천사는 놀이동산 사격장에서 오리를 쏘아도 전혀 못 맞힐 거라고, 페퍼는 생각했다. 이번에도 페퍼를 겨누었다가 놓치고, 다른 오리만 쓰러뜨리지 않았나. 페퍼는 성자와 천사에게 들켜서 표적이 되지 않겠다고 마음먹었다.

9장
좋은 소식만 전하는 소년

 병원 건물에는 자전거 주차장이 있게 마련이다. 페퍼는 가장 작은 자전거를 골라 타고 떠났다. 이틀 동안 자전거를 몰았다. 접시만 하게 커다란 해바라기가 길가에 자라고 있어서, 페퍼는 그 씨를 먹었다. 페퍼보다 머리 하나만큼 키가 큰 해바라기들은 멍하게 페퍼를 돌아보았다. 해바라기들은 잘 익어 바싹 마른 얼굴을 슬픈 듯 부끄러운 듯 아래로 숙였다. 해바라기씨는 썩 배부른 음식이 아니어서, 페퍼에게 더 좋은 것을 주지 못해 부끄러워하는지도 몰랐다.
 페퍼는 그리 부끄럽지 않았다. 배를 훔친 뒤로는, 해바라기씨를 그냥 먹는 것쯤은 범죄도 아닌 것 같았다. 자전거를 훔치는 것도 범죄 같지 않았다. 자전거를 가지면 유용한 사람이 된다. 이를테면, 전보 배달부가 될 수도 있다. 페퍼의 머릿속에도 계획이 떠올랐다. 적당한 도시까지 자전거를 타고 가서 전보 배달부가 돼야지.

전보 배달은 어른이 하지 않는다. 아이만 한다. 자전거를 타는 동안 나이도 서서히 줄어드는 것 같았다. 페퍼는 다시 열세 살이 되어, 저주의 짐에서 벗어나고, 다정한 사람들에게 좋은 소식을 전달하는 사람이 된 기분이었다. 그동안 페퍼에게는 이름이 너무 많았다. 그래서 지금 자신의 이름이 무엇인지 잊지 않도록 셔츠 소맷자락에 'KK(콩스탕탱 크루페의 머리글자 : 옮긴이)'라고 적어야 했다.

페퍼는 에그모르트에 도착하자마자, 우체국을 찾아가서 일하게 해 달라고 말했다.

전보 책임자가 물었다.

"이름은?"

"콩스탕탱 크루페입니다."

"크루페, 이 지역을 잘 아나? 이 일을 하려면 이곳 거리를 샅샅이 알고 있어야 해."

페퍼는 자기 계획에 생각지도 못한 큰 걸림돌이 놓여 있음을 깨닫고 소리쳤다.

"그렇죠!"

다행히 전보 책임자는 '그렇죠!'를 '그 지역을 잘 알고 있다'는 뜻으로 들었다. 페퍼는 자전거 안장의 주름보다도 그 도시를 몰랐다.

전보 책임자가 둥근 모자와 완장을 페퍼에게 건네고, 바깥쪽 사무실에 있는 스툴에 앉아 있으라고 말했다.

"급여는 없어. 손님한테 받는 팁이 수입이야. 알았지?"

페퍼는 선선히 대답했다.

"네."

다른 소년 두 명이 이미 스툴에 앉아서 무릎에 놓인 모자를 꽉 쥐고 있었다. 페퍼는 다른 아이들이 있어서 기뻤다.

페퍼는 생각했다.

'우체국에 일손이 많으면 나한테 일거리가 돌아오지 않겠지. 다행이야. 아직 생각할 시간이 필요하니까.'

한 아이가 페퍼를 보며 말했다.

"너는 '제트'라고 불릴 거야."

페퍼가 말했다.

"그래."

페퍼는 가명을 좋아했다.

"나는 엑스야. 쟤는 와이."

엑스는 전보 사무실 쪽을 턱으로 가리키며 덧붙였다.

"카이저는 알파벳에 맞춰서 일해. 카이저는 남의 이름을 못 외워. 네 진짜 이름은 뭐야?"

"콩스탕탱 크루페."

와이가 말했다.

"그럼, 제트가 낫겠다."

"내 뒤로 들어오는 아이는 어떡해?"

제트는 알파벳의 마지막 글자였다.

와이가 고개를 갸웃했다.

"글쎄, 다시 처음으로 돌아가지 않을까?"

엑스가 팔꿈치로 페퍼를 쿡 찔렀다.

"아니면 네 뒤로 아무도 오지 않거나."

엑스와 와이가 깔깔 웃었다. 악의 없는 웃음이었다.

5분 뒤, 엑스는 아망디에르가로 갔다. 10분 뒤, 와이는 생조르쥬 호텔로 갔다. 페퍼는 창밖을 내다보았다. 페퍼가 마지막으로 본 뒤로, 그 도시는 엄청나게 커졌다. 구역마다 거미줄처럼 뻗은 거리들, 거리마다 늘어선 건물들, 건물마다 수많은 사람들. 이 도시 밖에서 온 소년이 과연 전보를……

전보 책임자가 소리쳤다.

"제트, 분실물 센터로 갈 전보가 있어!"

페퍼는 환호했다. 분실물 센터는 기차역에 있겠지! 기차역까지 가는 길은 표지판이 잘 보이겠지! 거기서 팁을 받으면, 그 돈으로 지도를 사서 밤새 공부하고, 내일이면 에그모르트를 쏜살같이 누비며 좋은 소식을 전할 수 있어! 페퍼는 눈을 감고 모자를 썼다. 귀를 접으려다가 이제 그럴 필요가 없음을 깨달았다. 모자는 머리에 딱 맞았다. 성경에도 있지 않나. '그가 내 영광을 나타내리니, 내 것을 가지고 너희에게 알리겠음이니라.' 페퍼는 프랑스 남부 최고의 전보 배달부가 되리라 마음먹었다.

　표지판을 길잡이 삼아 기차역을 찾으며 처음으로 시내 중심가에 갔다. 도시는 굉장히 아름답고, 놀랍도록 유서 깊었다. 페퍼는 주위를 두리번거리느라 여남은 번이나 길을 잃었다. 페퍼의 발에 밟힌 자갈들이 아프다고 아우성치고, 거대한 담이 길을 막아서서, 페퍼는 온 길을 몇 번이나 되돌아가야 했다. 마침내 기차역을 찾았다. 분실물 센터에 있는 남자는 철로 위에서 자전거 타는 법을 강의하듯 페퍼에게 설명했다.

　페퍼는 가만히 서서 팁을 기다렸다. 조심성 없는 승객들이 놓고 내린 보물들을 둘러보았다. 바구니, 외투, 책, 꾸러미, 우산 등은 당연히 있을 만했다. 거기에 박제한 새와 아코디언도 있었다. 동화 속 '곰 세 마리'의 것인 양 크기가 다른 가방도 세 개 있었다. 세 가방은 아빠 곰, 엄마 곰, 아기 곰처럼 높은 선반에 놓여 있었고, 그 갈색 몸통마다 이름의 머리글자가 수놓아져 있었다. AAB, GGB, EPB. 페퍼는 생각했다. 곰 가족이 어디로 갔을까? 어떻게 가족 모두가 가방을 잃어버릴 수 있지? 곰들은 가방에 뭘 넣었을까?

　분실물 중에는 자동차 타이어와 목발도 있었다. 엽총, 손수레, 물파이프도 있었다. 누가 저런 물건을 갖고 있었을까? 잃어버린 뒤에는 기분이 어떨까? 저런 물건을 가지고 있다가, 어느 날 다 놓고 기차에서 빈손으로 내리면 그 기분은 과연……?

분실물 센터 남자가 딱딱거렸다.

"팁은 없다니까!"

남자는 페퍼에게 손을 휘저었다. 나가라는 손짓이었다.

팁이 없어?

팁이 없으면 지도도 없는데?

페퍼는 자전거에 앉아서 고개를 숙이고 모자를 벗었다. 페퍼는 이 도시를 전혀 몰랐다. 미로 같은 거리, 담, 탑. 모두 하나도 몰랐다. 우체국에 돌아가기에도 너무 늦었다. 게다가 지도가 없으면 일할 수도 없었다. 전보 배달부로는 끝이었다. 창가에 있던 여자들이 커튼을 드리웠다. 골목에는 어둠이 내려앉았다. 지나가는 사람들은 담배에 불을 붙였고, 담뱃불에 얼굴이 환히 빛났다. 오래된 두려움이 모두 모여들었다. 보이지 않을 뿐, 어둠 속에서 그물을 짜서, 손마다 그 그물을 쥐고 페퍼에게 던질 준비를 하고…….

거리 맞은편, 가르 호텔의 문이 금빛으로 빛났다. 금빛 창살을 단 창문들이 하늘로 솟아 있었다. 페퍼는 아주 어릴 때부터 느끼던 충동에 사로잡혔다. 높은 곳에 올라가서 위험을 감시하고 싶었다. 호텔로 들어갔다. 곧장 승강기로 가서 꼭대기로 올라갔다.

페퍼는 옥상 난간에서 도시를 내려다보았다. 고정된 빛, 움직이는 빛, 반사된 빛, 깜박거리는 빛. 빛들이 페퍼에게 인사했다. 어디서 구급차 사이렌 소리가 들렸다. 멀리 떨어진 고속 도로에서 차 몇 대가 움직였다. 이제 유적이 된 옛 도시의 성벽은 조명 없이 검게 웅크렸다. 그 끝에는 바다가 있었다.

페퍼는 하늘을 올려다보며 불타는 전차가 있는지 살폈다. 별들이 전차로 느껴졌다. 거리를 내려다보며 순찰하는 성자가 없는지 살폈다. 담뱃불을 깜박이는 사람, 전조등 불빛을 뿜는 사람, 그런 사람은 누구라도 페퍼를 찾는 성자일 수 있고…….

페퍼는 궁금했다. 외로워서 죽을 수도 있을까? 하느님은 그래서 성부, 성자, 성령으로 스스로를 나누지 않았을까? 함께 있을 존재가 필요해서.

페퍼는 호텔을 나가다가, 승강기와 회전문 사이에 있는 진열대 앞을 지나게 됐다. 진열대에는 리플릿과 지도가 꽂혀 있었다. 상세한 지도에는 에그모르트의 거리가 빠짐없이 표시되어 있었다.

페퍼가 호텔 직원에게 물었다.

"가져가도 되나요?"

호텔 직원은 고개도 들지 않고 대답했다.

"얼마든지 가져가세요. 누구나 가져가니까요."

밤마다 페퍼는 지도를 공부했다. 거리 이름, 명소, 지름길들을 외웠다. 새벽이면 밤새 외운 거리를 2시간 내내 돌아다녔다. 막다른 길, 자전거 타기 힘든 언덕, 지나가기 몹시 힘든 자갈길 들을 머릿속에 잘 새겼다. 전보 배달부가 알아야 할 것들을 다 익혔다. 그런 다음, 우체국으로 출근해서 바깥쪽 사무실에 놓인 스툴에 엑스와 와이와 나란히 앉았다. 엑스와 와이는 페퍼에게 말을 붙였다. 둘은 페퍼를 좋아했다. 그러나 문제는 개였으니…….

 전보를 배달해야 하는 곳에 가서 페퍼가 문을 두드리면, 개가 흥분해 짖어 댔다. 거의 어디서나 그랬다. 돈이 있다면 페퍼도 개를 키웠을 것이다. 페퍼는 개를 좋아했다. 개의 모든 면을 좋아했다. 개들도 페퍼에게는 오래 짖지 않았다. 아마도 페퍼가 자기들을 좋아하는 것을 알았나 보다. 물론 비스킷 때문이기도 했다. 그 비스킷 때문에 페퍼는 여전히 돈이 없었다. 페퍼는 팁으로 받은 돈을 비스킷을 사는 데 썼다. 개들이 꼬리를 흔들 때까지 개들에게 비스킷을 주었다.

 엑스와 와이는 개를 싫어했다. 전보를 배달하며 늘 개에게 물리거나 쫓겼다. 페퍼는 엑스와 와이에게도 비스킷을 사 주고, 비스킷과 꼬리 흔들기의 상관관계를 설명했다. 엑스와 와이는 페퍼에게 몹시 고마워하며, 자기들 집에서 자도 좋다고 말했다. 포스트가에 있는 다락방이었다. 환기구보다 크지 않은 작은 창 너머에 저녁마다 찌르레기들이 모여들었다. 하수구로 흘러드는 물처럼 수없이 모여들었다. 찌르레기들이 작은 발톱으로 지붕을 내달리는 소리는 교회 종소리보다 요란

했다.

페퍼가 새로운 보금자리를 기쁜 눈으로 둘러보며 말했다.
"개를 사서 키우자!"
엑스와 와이는 그다지 반기지 않았다.
"돈이 없어."
페퍼는 세 사람이 쓸 개 비스킷을 사느라 더더욱 돈이 없었다.

그래도 즐거웠다. 축하 전보를 배달하러 간 결혼 피로연에서 함께 춤추고 축하 케이크도 먹었다. 입사 통보도 전하고, 합격 통지서도 전했다.
카르푸르가에 사는 여자는 손녀가 생겼다고 기뻐하며 페퍼에게 입을 맞추고, 진저에일을 내주었다. 유산으로 1만 프랑을 받게 된 남자는 페퍼에게 10프랑을 주며 도박으로 날리지 말라고 말했다.
정기적으로 전보를 받는 '미엘 로세트'라는 사람도 있었다. 미엘 로세트는 마랭이라는 동네에 특이한 하숙집 같은 곳을 운영했다. 미엘 로세트는 페퍼에게서 전보를 받고는, 흘깃 보지도 않고 가슴에 넣었다. 그러면서 다른 한 손으로는 페퍼의 넥타이를 조금 느슨하게 풀거나, 페퍼의 머리를 쓰다듬었다. 셔츠 소매에 적힌 'KK'를 본 미엘이 무엇의 머리글자인지 물었다.

제트의 머리글자라고 할 수는 없어서, 페퍼는 솔직히 대답했다.

"콩스탕탱 크루페의 머리글자입니다."

"어머, 꼬마한테는 꽤 거한 이름이네."

미엘이 까르르 웃으며, 들고 있던 작은 향수를 페퍼의 귀에 살짝 뿌렸다. 미엘은 가운만 입은 채 문을 열기도 했다. 또 한 번은 아예 알몸으로 문을 연 적도 있었다. 전에 페퍼는 '추잡한 생각'이 뭔지도 모르면서 '추잡한 생각을 했다'고 고해 성사를 했었다. 이제 페퍼는 추잡한 생각을 품었다고 정말로 말할 수 있었다. 미엘 로세트가 속옷만 입은 모습을 몇 번 본 것만으로도 추잡한 생각을 품기에 충분했다.

멀리 스위스 요양원에서 지내던 아내가 세상을 떠났다는 전보를 노인에게 전해야 할 때도 있었다.

노인이 페퍼에게 말했다.

"아내의 얼굴이 생각 안 나. 혹시 자네는 아나?"

페퍼는 노인을 도와서 책상을 뒤졌다.

노인은 아내 사진을 찾을 때까지 계속 물었다.

"나의 르네가 어떻게 생겼는지 기억하나?"

비명을 지른 여자도 있었으니…….

페퍼가 팁을 손에 쥔 채 아파트 계단을 다 내려왔을 때, 비명이 들렸다. 페퍼는 위를 올려다보았다. 창문이 깨지고, 여자의 손이 유리창을 뚫고 나왔다. 산산이 부서진 사금파리들이 무지갯빛으로 반짝였다. 페퍼가 우체국에 돌아가자, 와이는 페퍼의 어깨에 떨어진 유리 조각 두 개를 가리켰다.

와이가 아는 체했다.

"아프리카 전쟁에서 사랑하는 사람을 잃었을걸. 요즘 거기서 죽는 사람이 많아. 나도 오늘 아침에 두 건이나 전했어. 그런 전보는 전하기 싫어."

엑스가 울적하게 고개를 끄덕였다.

"우리 잘못인 양 우리한테 화내는 사람도 있어. 전쟁이 벌어진 나라로 가는 군대에 왜 들어가는 거지?"

와이가 말했다.

"도대체 군대에 왜 가는 걸까?"

페퍼는 자기 손바닥을 내려다보았다. 주먹을 어찌나 꽉 쥐었던지, 팁으로 받은 1프랑짜리 동전 모양대로 둥글고 검은 멍이 생겼다. 꼭 총알구멍 같았다.

그 뒤로, 페퍼, 아니, 모자 쓴 배달부들이 부르는 이름으로 '제트'는 배달할 곳에 다다르기 전에 전보를 열어 보았다. 노란 봉투에 풀칠이 단단히 되어 있으면, 물을 조금 적셨다. 그러면 쉽게 열렸다. 아이가 태어나거나 결혼식이 열리거나 친구가 놀러 오는 등 좋은 소식이면, 미소를 지으며 인사하고 전보를 건넸다. 이런 전보에는 팁도 따르게 마련이다. 전보가 사망 통지나 실형 선고나 파산 통보이면, 제트는……, 음, 제트는 '양심'을 따랐다.

부푼 가슴, 텅 빈 속으로 자전거를 타고 해바라기들 사이를 지날 때, 페퍼는 비극을 꿈꾸지 않았다. 페퍼는 사람들에게 행복을 전하는 일을 사명으로 여겼다. 탈옥수 크루페가 밤에 페퍼의 재킷을 입어서 재킷에 땀과 피와 때가 더 묻게 됐는지도 모른다. '원하는 것은 다 훔쳐.' 그것이 콩스탕탱 크루페의 신조였다. 이제 페퍼도 원하는 것을 갖고 싶은 섣부른 욕구에 사로잡혔다. 페퍼는 사람들이 행복하기를 원했다.

페퍼가 팔코니에 부인에게 말했다.
"자전거가 미끄러져서 개울에 빠졌어요!"
팔코니에 부인이 말했다.
"불쌍하게도! 앉아. 젖은 옷도 벗고. 그러다가 병나."
페퍼는 다친 곳은 없지만 전보를 잃어버렸다고, 몹시 미안한 목소리로 설명했다.
"젖은 빵처럼……, 퉁퉁 불어서 찢어졌어요. 아무것도 안 남았어요. 그래도 조금 남은 글자들을 읽기는 했는데……, 부디 제 잘못을 용서하세요."
부인은 덜덜 떨리는 손을 진정시키려고, 자리에 앉아 무릎에 손을 얹었다.
한참 뒤에야, 비로소 부인이 입을 열었다.
"끔찍한 일이 벌어졌지? 그렇지? 우리 아들. 우리 마리우스. 걔한테 나쁜 일이 생겼지?"

페퍼는 얼른 대답했다.

"아녜요! 전혀 아녜요!"

부인의 아들 마리우스는 해외 파병 부대에서 제대했다. 눈이 나빠져서 사격 연습 때 표적을 맞히지 못하게 됐기 때문이다. (마리우스는 무공을 세워 장교로 승진한 터였기에, 그런 일로 제대하는 게 부끄러웠다.) 마리우스는 브라질 소문을 듣고, 친구들과 금을 캐서 아르헨티나나 파타고니아에 목장을 사기로 마음먹었다. 오래 집을 비울 것 같다. 십 년쯤. 아니, 어쩌면 더 오래. 마리우스는 어디서 로스트비프를 배불리 먹으며 아름다운 말을 타고 팜파스를 달릴 테니, 어머니는 마음 푹 놓고 편히 지내시면 된다. 이 아들도 밤마다 잠들기 전에 어머니를 위해 기도한다.

페퍼는 잃어버린 전보에 달린 추신인 양 덧붙였다.

"브라질에도 똑같은 성자들이 계실 거예요. 일요일에 부인과 아드님 사이에 오가는 기도를 성자들이 전하겠죠."

덧붙이고 싶은 세세한 이야기가 많았지만, 더는 덧붙이지 않는 게 좋겠다고 생각했다. 어쨌든 전보에는 그렇게 많은 내용이 들어가지 않으니까. 그 빈틈은 읽는 사람의 바람으로 채우게 마련이다. 마리우스의 어머니는 달을 올려다보며 '저 달이 멀리 떨어져 지내는 사랑스러운 아들도 비추고 있겠지.' 하고 생각할 것이다. 마리우스의 어머니는 모험가 아들이 언젠가 가죽 바지와 은목걸이 차림에 금박차를 단 파타고니아

신사가 되어서 고향으로 돌아오리라 기대할 것이다.
페퍼의 주머니 깊은 곳, 연보랏빛 기도문 사이에는, 다른 사람의 눈물이 아닌 페퍼의 눈물로 얼룩진 전보가 들어 있었다. 우편물을 가로채는 것은 나쁜 범죄다. 하지만 페퍼는 어머니에게 그 아들이 탈영병으로 총살되어 사막에 묻혔다는 전보를 전하는 것보다, 전보를 가로채는 것이 덜 나쁘다고 생각했다. 페퍼는 거푸집에 끓는 납을 붓듯 이야기를 지어냈다.

와이가 소리쳤다.
"미쳤어? 그건 조작이야! 붙잡힐 수도 있어!"
페퍼는 고개만 갸웃했다. 페퍼가 겪은 무서운 적들에 비하면, 프랑스 우체국은 별것 아니었다. 페퍼는 우체국 제복 차림의 성자들에게 쫓기는 꿈을 꿨다. 성자들은 당장 지옥으로 오라고 말했다. 페퍼는 달아나려 했다. 하지만 주머니가 거짓말로 가득 차서 달릴 수 없었다. 성자들은 페퍼의 얼굴을 두건으로 덮고 벽에 세운 뒤, 페퍼의 심장을 겨누고…….

그래도 낮이면 페퍼는 행복을 배달했다. 훔친 자전거로 갈 수 있는 한 멀리 또 널리, 좋은 소식을, 오직 좋은 소식만 퍼뜨렸다.
변심한 애인의 전보는 전하지 않았다.

다른 사람이 생겼어.

당신을 이제 사랑하지 않아.

나를 놓아줘.

대신 그 약혼자가 해외 파병 부대에 들어가 아프리카에서 죽었으며, 죽는 그 순간에도 애인의 이름을 불렀다고 전했다.

오늘부로 해고되었음을 알림.

이 전보는 '옹그리오플뢰비에 개정법 때문에 어쩔 수 없이 회사가 문을 닫게 되었지만, 지금껏 열심히 일해 주어 고맙고, 앞으로 더 좋은 직장을 구하기 바란다'고 바꾸어 전했다.
    샹탈이라는 젊은 가수는 파리 음악원에서 오페라를 공부하기를 바랐다.

입학 자격 미달.

샹탈의 희망을 꺾을 차가운 전보 대신, 페퍼는 '교수가 샹탈의 오디션을 보다가 샹탈을 사랑하게 되었고, 유부남이자 독실한 가톨릭 신자인 교수는 감히 샹탈을 매일 옆에 두고 볼 자신이 없어서, 샹탈의 입학을 받아들일 수 없게 되었다'고 전했다.

샹탈이 놀라 소리쳤다.

"그 교수는 쉰 살인데! 산송장이나 다름없어!"

페퍼가 나무라듯 말했다.

"나이 든 사람도 사랑은 느껴요."

아파트를 구했지만 집주인이 개를 못 키우게 하니, 베오울프를 버리고 이사해야 한다는 전보도 있었다. 남편이 아내에게 보내는 그 전보를 페퍼는 아예 전하지 않았다. 그저 그 집 정원에 있는 개를 몰래 데려와서, 포스트가에 있는 엑스와 와이의 다락방에 두었다.

페퍼는 엑스와 와이에게 말했다.

"잠시만이야."

그러고는 울프하운드종의 개에게 비스킷을 하나 더 주며 말했다.

"곧 원래 주인한테 돌려줄게."

그 말도 페퍼의 다른 말들처럼 거짓말이었다.

전보를 배달하는 일 덕분에, 페퍼는 다른 사람의 삶에 발을 들이지 않고도 그 삶의 정원을 엿볼 수 있었다. 뜰에서 노는 아이들을 보고, 음식 냄새를 맡고, 열린 창 너머로 말다툼 소리를 들었다. 쇼핑백들을 들고 현관으로 들어가는 여자, 아이에게 점심 도시락을 주고 뽀뽀하면서 아이를 학교에 보내는 여자, 퇴근해서 집으로 돌아와 "여보, 나 왔어! 애들은 별일 없지?" 하며 열쇠 꾸러미를 꺼내는 남자.

　페퍼의 마음은 목줄을 맨 개처럼 이런 집들에 끌렸다. 페퍼는 자기 마음을 끌어당기고, 야단치고, 달랜 뒤에야, 자전거 페달에 다시 발을 얹고 기쁜 소식을 더 퍼뜨릴 준비를 갖출 수 있었다.

　어쨌든 이제 페퍼에게도 집이 있지 않나. 지붕들과 바다가 내다보이는, 높고 전망 좋은 집. 페퍼는 배달하지 않은 전보 종이를 찢어서 우편 행낭을 채운 뒤, 그 행낭을 침대로 썼다. 저녁마다 에그모르트 곳곳에서 찌르레기가 울었다. 천장으로 찌르레기 소리가 선명하게 들리고, 작은 창 너머로 처마에 모여든 찌르레기들의 모습도 보였다. 바다에 비친 햇빛이 희미해지면, 지저귀는 새소리들은 하나로 합쳐져서 날카로운 호루라기 소리가 되었다. 도시에 귀가 시간을 알리며 조명을 밝히라고 경고하는 사이렌 소리였다. 해가 지고 30분도 지나지 않아, 뾰족한 지붕들의 윤곽이 둥글어졌다. 밤을 보낼 자리를 찾아 지붕으로 날아든 수백만 마리의 새들이 파닥거리며 움직였기 때문이다.

　페퍼는 생각했다. 천사들도 이렇게 셀 수 없이 많을까? 천사들도 저 새들처럼 자그마할까? 페퍼의 상상 속에서 천사들은 늘 앨버트로스나 황금 독수리만큼 컸다. 사실, 천사들은 찌르레기처럼 작을지도 몰라. 아니, 어쩌면 찌르레기보다 작아서, 찌르레기 몸에 올라타고 어두워지는 거리를 돌아다니며 놓친 인간을 찾아다닐지도 모르지.

　다락방 창에서 보면, 도시에서 가장 높은 건물인 콩스탕스 탑이 잘 보였다. 탑의 둥근 지붕이 하늘로 치솟아 있었다. 저녁마다 떼로 모이는 찌르레기들 때문에 도시가 파괴되지는 않았지만, 새 배설물은 많이 남았다. 새 배설물이 기념물과 창틀에 케이크 아이싱처럼 붙어 있었다. 콩스탕스 탑이 가장 흉하게 피해를 입어, 이제 탑에 비계를 세우고, 배설물을 탑에서 벗겨 내는 중이었다. 탑 위에 세워진 여자 조각상이 흉한 비계 위로 모습을 드러내고 있었다. 여자 조각상은 도시 모두를 내려다볼 수 있는 더할 수 없이 좋은 자리에 서 있었다. 그래서 페퍼는 찌르레기들을 지켜볼 때도 창가에 오래 서 있지 않았다.

　페퍼가 엑스와 와이에게 말했다.
　"누가 물어도, 내가 여기 산다는 말은 절대 하지 마."
　엑스와 와이는 어리둥절해서 서로를 쳐다보기만 했다.

　어느 날, 페퍼는 전보를 배달하러 메죄네가로 갔다. 페퍼는 의아했다. 메죄네라는 이름이 왜 친숙하게 느껴질까? 밤에 지도를 공부하면서 그 이름을 외워서일까? 하지만 자전거로 그 동네를 지나간 적은 분명 없었는데…….

　문들은 도로와 마주해 있었다. 한때 화려했을 철문과 나무 문 뒤로 숨은 마당에는 쓰레기가 어지러이 널렸다. 마당을 둘러싸고 건물 세 채가 높이 솟아 있었다. 초라한 아파트 건물들이었다. 잠깐씩 칭얼대던 아기 소리가 끝없는 울음소리로 변했다. 멀리서 우는 늑대 소리 같았다. 하수구 냄새, 비둘기 냄새, 슬픔의 냄새가 났다. 초인종 손잡이는 떨어져 나가고, 녹슨 철사만 남았다. 문에는 방 번호도 없었다. 우체부에게 가장 나쁜 곳이다. 결국 19호가 어디인지 사람들에게 물어야 했다.

마당에는 검게 변한 분수대가 있었다. 분수대 안에는 물을 뿜는 아기 동상도 있었다. 페퍼는 분수대에 자전거를 기대어 두었지만, 곧 자전거가 쓰러졌다. 지저분한 아이들이 자전거 옆에 쪼그려 앉아서 바퀴를 빙빙 돌렸다.

페퍼가 말했다.

"손가락 다치지 않게 조심해."

높이 친 빨랫줄에 널린 빨래들에서 물방울이 떨어졌다. 페퍼의 얼굴로 떨어진 물방울이 꼭 눈물 같았다. 페퍼는 전보를 꺼내 이름을 확인했다.

갑자기 페퍼를 둘러싼 건물들이 자전거 바퀴처럼 빙빙 돌기 시작했다. 먼지를 마신 양 입이 바싹 말랐다. 다리에 힘이 다 풀렸다. 분수대 물을 마시려고 허리를 굽혔다. 분수대 울타리 너머로 고개를 숙인 뒤에야, 페퍼는 분수 안에서 죽은 참새를 발견했다. 굽은 발톱들을 꽉 오므린 채 물에 잠긴 작은 몸.

바닷속 5천 미터 아래로 가라앉은 로슈였다.

페퍼는 얼굴을 홱 돌리다가 이마를 긁혔다. 손가락을 물에 적셔서 전보 봉투를 열었다.

'유감스럽게도……, 익사한 것으로 보이……, 침몰한 롱브라쥬호를 발견했…….'

페퍼는 전보 종이를 돌돌 뭉쳤다. 노란색 작은 덩어리를 주머니 깊이 넣고, 고개가 홱 젖혀질 만큼 빨리 자전거를 몰아 집으로 돌아갔다.

문지방을 넘기도 전에, 페퍼는 엑스와 와이에게 옷깃을 잡혔다.

엑스와 와이는 페퍼를 계단으로 다시 밀었다.

"가! 얼른 나가!"

페퍼는 엑스와 와이의 굳센 팔에 붙들린 채 버둥거렸다. 안에서 베오울프가 짖기 시작했다. 작은 창 너머에 앉은 찌르레기들이 부리로 유리창을 쪼며, 호기심 어린 눈으로 안을 지켜보고 있었다. 문빗장이 떨어지고, 그 주위 나무가 쪼개져 있었다.

와이가 여전히 두려움에 떠는 얼굴로 말했다.

"누가 찾아왔어!"

엑스가 말했다.

"신부였어."

와이가 말했다.

"이상한 신부야! 변장한 형사 같았어!"

엑스와 와이가 일을 마치고 집으로 돌아오자마자, 문을 두드리는 소리가 났다. 월세가 일주일 밀리고 개를 몰래 키우고 있어서, 엑스와 와이는 아무 기척도 하지 않았다. 엑스가 갈라진 문틈으로 밖을 엿보았다. 베오울프가 컹컹거리고 낑낑거렸다. 하지만 밖에 있는 신부의 목소리가 더 컸다.

"페퍼? 페퍼, 거기 있니?"

신부가 소리치며 부츠로 문을 쾅 걷어찼다. 빗장이 부서졌다. 신부가 안으로 들어왔다. 욕실, 벽감, 상자 등을 뒤지고, 개를 찬장에 가두고, 침대를 뒤엎었다.

엑스와 와이가 계단으로 도망치자, 신부가 뒤쫓으며 소리쳤다.

"페퍼 어디 있어?"

와이가 설명을 마친 뒤, 페퍼에게 말했다.

"신부가 가고 나서야, 다시 집에 들어왔어. 자, 봐!"

와이는 몹시 화내며, 억지로 페퍼에게 엉망이 된 방을 보게 했다.

페퍼가 말했다.

"페퍼라고 했어? 정말?"

와이가 대답했다.

"페퍼라고 했어. 그거 마약이지? 악당들이 마약을 페퍼라고 부르지? 왜, 코로 빨아들이는 마약 있잖아. 신부한테 여기에는 우리 둘만 산다고 했어."

하지만 엑스와 와이는 더는 알은체하지 않으려고 제트와 거리를 두었다. 제트가 신부에게 죽임을 당하거나, 경찰에 체포되기를 바라는 건 아니었다. 하지만 제트가 암흑세계에 깊이 발을 들인 한, 제트와 친구로 지내기 싫었다.

엑스와 와이가 계단참에서 소리쳤다.

"우리더러 네가 여기 산다고 말하지 말라더니. 흥, 그럴 만했군!"

그 목소리에는 실망과 상처가 가득 담겨 있었다.

엑스가 다락방으로 들어가며 말했다.

"미쳤어. 내가 전에 말했잖아, 미친 아이라고."

와이도 맞장구쳤다.

"미쳤어……. 근데 걔는 우리가 계속 키울 수 있을까?"

페퍼는 메죄네가의 마당에서 아이들에게 물었다.

"19호가 어디지?"

하지만 아이들은 너무 어려서 숫자를 몰랐다.

페퍼는 열린 창에 대고 소리쳤다.

"19호가 어디죠?"

남자가 창밖으로 몸을 내밀고 손가락으로 가리켰다. 금이 가고 더러운 돌계단은 난간이 없어진 지 오래였다. 하지만 페퍼는 자전거를 들고 계단을 올라가고 있어서, 난간이 없는 것이 오히려 다행이었다. 칠이 벗겨져 우툴두툴한 문을 두드렸다. 한참이 지나서야, 여자가 문을 열었다. 쇠사슬 잠금장치를 벗기지 않은 채 조금만 열었다.

이베트 로슈의 얼굴빛은 젖은 소금 같았다. 부스스하고 푸석푸석한 갈색 머리카락에도 소금이 내려앉아 있었다. 입술은 핏기가 없었다. 멍하고 어두운 두 눈 사이에 까마귀 모양의 주름이 잡혀 있었다. 코뼈가 오래전에 부러진 것 같았다.

여자와 소년. 두 사람은 한참 서로를 바라보았다. 여자는 소년의 모자와 완장을 보고 무뚝뚝하게 쇠사슬 잠금장치를 풀었다. 페퍼는 주머니 깊은 곳에서 조그맣게 돌돌 만 전보를 만지작거렸다. 페퍼는 여자 앞을 지나서 거실로 들어갔다. 모자를 벗어 옷걸이에 걸었다.

페퍼가 말했다.

"여보, 나 왔어. 애들은 별일 없지?"

10장
에그모르트의 착한 남편

 다행히 애들은 없었다. 페퍼는 마음의 짐을 조금 덜었다. 페퍼도 아이를 좋아했지만, 아이보다는 개가 좋았다.
 누구나 자신이 기대하는 것만 보나? 아니면, 누구나 자기가 바라는 것만 보나? 이베트 로슈는 갑자기 돌아온 남편에게 아무 말도 하지 않았다. 왜 이리 달라졌느냐고 묻지도 않았다. 이베트 로슈는 원래 말이 없었다. 입을 열지 않았다. 페퍼가 재킷을 걸고, 설거지하고, 물을 따라 마시고, 먹을 것을 찾아서 찬장을 살피는 동안, 이베트의 눈길은 페퍼를 뒤따랐다. 이베트의 눈은 멍든 것 같은 색이었다. 페퍼가 커다란 쓰레기봉투 두 개를 들고 마당에 있는 쓰레기통으로 내려가도, 이베트는 문을 잠그지 않았다.
 사실 이베트가 치즈 가루를 뿌린 스크램블드에그를 얼른

내놓거나, 럼주를 따라 줄 만큼 싹싹한 아내는 아니었다. 하지만 그렇게 하려고 해도, 집에 먹을 것도 마실 것도 아무것도 없었다. 페퍼는 개 비스킷을 그만 사고, 음식을 살 때라는 것을 알았다.

거기 머물면 폐가 될지도, 방해가 될지도 몰랐다. (미레유 이모는 남자가 집에 있으면 정말 성가시다고 늘 말했다.) 하지만 페퍼는 돈을 벌어서 먹을 것을 구해야 한다는 책임을 느꼈다. 이제 페퍼는 클로드 로슈였다.

우체국으로 돌아갈 수 없었다. 분명 성자들이 기다리고 있을 테니까. 페퍼는 식료품상에 배달부로 취직했다.

식료품상 주인 가스파르는 아무 관심도 보이지 않고 이름만 물었다.

"클로드 로슈입니다!"

가스파르는 급여를 아주 조금밖에 못 준다는 말만 했다.

"일주일 일해 보고, 내 마음에 들면 채용하지."

날마다 가스파르는 뒤쪽 카운터에 쇼핑 목록들을 늘어놓았다. 페퍼는 그 목록을 하나씩 집어서 배달할 물건들을 챙겼다. 비누, 커피, 쌀, 치즈 등을 선반에서 꺼내 바닥이 편평하고 커다란 바구니에 담은 다음, 자전거 앞에 싣고 비틀비틀 손님 집으로 갔다.

손님들은 페퍼를 좋아했다. 페퍼가 예의 바르기 때문이었다. 또한 개를 산책시키고, 우편물을 부치고, 타이어에 공기를 넣고, 안경을 찾아 주는 등 손님의 작은 심부름도 마다하지 않았기 때문이다. 손님들은 기꺼이 돈을 냈지만, 페퍼에게 직접 주지는 않았다. 가스파르는 배달부를 믿지 않아서, 배달부에게 계산을 맡기지 않았다.

그러면서도 가스파르는 자기가 치러야 할 계산에는 희미했다. 페퍼가 돈을 받지 않고 일하기로 약속한 일주일이 지나고 이 주째가 되어도, 가스파르는 급여 이야기를 입에도 올리지 않았다. 페퍼는 신경 쓰지 않았다. 위험에 처한 동물들이 그러하듯, 페퍼는 이미 새 생활에 적응했다. 그날의 마지막 바구니에는 이베트 로슈에게 줄 것들을 챙겼다. 고기 파이, 커피, 달걀, 케이크, 꿀, 빵……. 그리고 작은 자전거 앞에 달린 짐칸에 바구니를 넣고, 균형을 잘 잡으며 집으로 돌아왔다. 로슈의 집 찬장은 페퍼가 고향 집에서 봤던 음식들로 점차 채워졌다.

이베트는 여전히 아무 말도 하지 않았다. 그래도 음식은 잘 먹었다. 커피, 디저트, 샐러드, 페퍼 살라미……. 무엇이든 조용히 다 먹었다. 페퍼는 이베트가 먹는 모습을 지켜보았다. 처음에는 몰래 흘깃흘깃 보았다. 그러다가 이베트가 자기 앞에 음식이 놓여 있는 한 절대 고개를 들지 않는 것을 알게 된 뒤로는, 대놓고 빤히 보았다.

이베트의 낯빛은 잿빛이었다. 눈꺼풀은 붉고, 부서질 듯했다. 껍질이 벗겨진 입술을 계속 깨물어서, 그 깨문 자리에 피가 맺혀 있었다. 이베트는 음식을 먹지 않을 때는 꼼짝 않고 앉아 있었다. 고양이가 지나가길 기다리는 새 같았다. 페퍼는 등을 돌렸을 때만 이베트의 눈길을 느꼈다. 페퍼가 다시 고개를 돌리면, 이베트는 또 음식을 먹기 시작했다. 하르피아이(그리스 신화에 나오는 여자의 얼굴과 독수리의 몸을 가진 탐욕스러운 괴물 : 옮긴이)가 창가에서 빙빙 돌다가 음식을 채 가듯, 재빠르게 허겁지겁 먹었다.

한편, 페퍼는 부부가 나눌 만하다고 생각한 이야기들을 계속 꺼냈다.

"생선값이 또 올랐어."

"정말 요즘은 길이 너무 심하게 막혀!"

페퍼 파피에는 모든 문장을 의문으로 끝내곤 했다. 하지만 페퍼 로슈는 절대 그러지 않았다. 아무 대답도 듣지 못할 게 뻔했으니까.

밤이면, 페퍼는 찢어지고 누덕누덕한 소파에서 웅크리고 잤다. 망가진 소파 스프링 때문에 허리, 엉덩이, 머리가 아파서 악몽을 꿨다. 이베트 로슈는 병원 옷걸이에 걸린 옷처럼 조용하고, 몸도 속이 비칠 듯 얇기만 했다. 하지만 페퍼의 꿈에 나온 클로드 로슈는 돼지고기처럼 몸이 단단했고, 주먹질이나 발길질도 진짜 같았다. 클로드 로슈는 가라앉은 롱브라쥬호 밑바닥에서 물에 빠져 죽은 참새들을 헤치며 페퍼를 찾아다녔다. 페퍼는 익사하지 않으려고 입술을 앙다문 채, 헐떡거리며 잠에서 깼다. 꿈은 진짜보다 진짜, 그 진짜보다 더욱 더 진짜 같았다. 그에 비하면 이베트 로슈는 그림자였다. 옆집에 있는 양 조용하고, 계단에 있는 양 냄새도 없었다.
 페퍼는 자기도 모르게 궁금히 여기곤 했다.
 '이베트 로슈가 정말 존재하기는 할까? 아니면 내가 도착하기 전에 이미 죽어서 그 유령이 음식을 먹는 게 아닐까?'
 페퍼는 이베트 로슈의 껍질이 벗겨진 입술을 보고, 성 콩스탕스 교회에서 본 성자상을 떠올렸다. 어린 시절 내내, 성자들과 미레유 이모는 교도관들처럼 페퍼를 감시했다. 그러나 그 감시에서 벗어나자, 페퍼는 자신을 억누르던 그 눈길들이 그리웠다. 그래서 자기도 모르게 이베트에게 이런저런 물건을 가져다주기 시작했다. 성자상 발치에 바치는 제물과 다름없었다. 꿀과 치즈, 제비콩과 들꽃, 부추와 아티초크. 강황, 사사프라스, 고수, 마저럼 등등 약 같은 이름의 허브도 가져왔다. 집 안에는 기묘한 향이 찼다. 날카롭고, 달콤하고, 실험적인 향. 이베트는 실험하듯 허브로 요리했다.
 어느 날은 이베트가 파스타를 내놓았다. 잣과 바닐라를 뿌리고, 달걀과 잣, 앤초비(멸치젓과 비슷한 서양 요리 재료 : 옮긴이)와 꿀을 넣은 파스타였다. 페퍼가 처음 먹어 보는 맛이었다.

"으음! 맛있군! 고마워."

페퍼는 숟가락을 내려놓았다. (집에는 나이프나 포크가 없고, 숟가락뿐이었다.) 이베트는 꿀을 먹고 있었다. 꿀단지를 눈에 보이지 않게 무릎에 올려놓고, 숟가락 끝에 묻힌 꿀을 재빠르고 은밀하게 핥았다. 파스타는 페퍼의 그릇에만 담겼다. 페퍼가 그릇을 옆으로 치운 뒤에야, 이베트는 손가락을 뻗어서 그릇을 슬쩍 자기 앞으로 당긴 뒤, 남은 것을 숟가락으로 떠먹었다. 페퍼는 그릇이 하나뿐인지 묻고 싶었다. 차가운 파스타를 어떻게 먹을 수 있는지 묻고 싶었다. 하지만 이베트의 침묵은 장막 같았고, 페퍼는 그 안을 들여다보기가 두려웠다.

페퍼는 이베트에게 묻고 싶었다. 왜 문을 열었는지, 왜 자기를 집 안으로 들였는지, 왜 자기를 남편이라 믿었는지……. 하지만 묻지 못한 질문들은 날마다 더욱 단단하게 감겼고, 그 자리에는 새로운 질문들이 떠오를 뿐이었다.

페퍼는 그 질문들에게 말했다.

"가만히 있어. 나는 클로드 로슈야. 봐! 이베트는 나를 믿고 있어. 예전에 나는 못된 돼지였지만, 누구나 바뀌잖아. 나는 이제 클로드 로슈야."

페퍼는 천사에게서 전보를 받는 꿈을 꿨다.

돼지는 도살장으로.

돼지는 어릴 때 잡아야 맛있다.
푸주한 크리스토프에게 보내라.

페퍼는 비명을 지르며 깼다. 누가 내 머리를 잡고 있어! 크리스토프야! 하지만 그건 이베트였다. 소파 옆에 어색하게 멀찍이 서서는 손만 뻗어 페퍼의 머리를 쓰다듬고 있었다. 위로하는 쉿 소리는 금세 침묵 속으로 가라앉았다. 이베트는 페퍼가 악몽에서 깬 것을 보고는, 몸을 돌려 자기 방으로 돌아갔다.

이웃들은 비명을 듣고 이베트의 비명으로 오해했다.

'클로드 로슈가 바다에서 돌아온 모양이군. 그 돼지는 항해 사이에 집에 오면, 늘 아내가 비명 지를 일을 만들지.'

이웃들은 고개를 절레절레하며, 왜 하느님이 클로드 로슈를 영원히 물에 잠재우지 않는지 의아해했다. 이웃들은 이베트를 도우려고 달려오지는 않았지만, 그래도 할 수 있는 일을 했다. 집주인에게 이르는 것이었다.

그래서 집주인이 문을 두드리게 됐다. 이베트는 침실 문간에 서서, 양팔을 가슴에 붙이고, 창백해진 입술을 깨물었다.

고함이 들렸다.

"로슈, 집세가 석 달이나 밀렸어! 로슈, 집에 왔다는 얘기 들었어. 집세를 안 낼 작정이면 집을 비워. 마지막 경고야! 주말까지 말미를 주지!"

클로드 로슈는 빚을 잔뜩 지고 죽었고, 그 빚은 모두 아내의 몫이 됐다. 이제 페퍼가 그 빚을 대신 짊어져야 했다. 어찌 되었든 페퍼가 클로드 로슈의 삶을 물려받았으니까.

그날 저녁, 페퍼는 사과의 뜻으로 코코넛 케이크 다섯 개를 가져왔다. 케이크 위에는 설탕으로 졸인 체리가 올려져 있었다. 하얀 초 위에 빛나는 붉은 촛불 같았다.

페퍼가 힘주어 말했다.

"내일은 급여를 달라고 할게. 꼭 할게."

이베트 로슈가 코에 묻은 크림을 닦으며 고개를 끄덕였다.

"그러는 게 좋겠어요."

이베트가 페퍼에게 꺼낸 첫마디였다.

하지만 케이크가 실수였다. 어쩌다 보니, 코코넛 케이크는 가스파르가 무척 아끼는 상품이었다. 가스파르는 코코넛 케이크를 손님에게 팔기조차 아까워하며, 주문을 받아도 종종 모른 체했다. 어쩔 수 없이 팔아야 할 때는 꼭 소매치기를 당한 기분이었다. 가스파르는 저녁에 코코넛 케이크를 집으로 가져가서 먹겠다는 기대에 부풀어, 선반에 남은 코코넛 케이크의 개수도 늘 정확히 확인했다. 그래서 그날 다섯 개의 성스러운 케이크들이 사라지자, 가스파르에게 그나마 남아 있던 다정함도 싹 사라졌다.

이튿날, 가스파르는 허리에 손을 얹고 페퍼를 기다렸다. 그리고 페퍼를 보자마자, 썩어 가는 이를 꽉 물고 잘 만났다는 듯 씩 웃었다.

"좀도둑이 어떻게 되는지 알아? 너 같은 놈은 오스트레일리아 늪으로 보내서 악어 먹이로 던지지. 경찰을 부르겠어."

가스파르는 코코넛 크림처럼 달콤한 권력의 맛을 제대로 즐겼다.

하지만 페퍼는 자전거에서 내리지 않고, 온 힘을 다해 페달을 밟아 휙 내달리면서 어깨 너머로 소리쳤다.

"구두쇠! 내 월급에서 빼!"

페퍼는 일자리를 잃었다고 염려하지 않았다. 어차피 급여도 못 받는 일이었다. 하지만 처음으로, 돈이 필요했다. 아내는 개와 다르다. 비스킷만 먹고 살 수 없다. 페퍼는 돈을 벌어야 했다.

극장으로 갔다. 페퍼가 익힌 기술이 하나 있다면, 역할을 바꾸는 것이었다. 페퍼는 자신이 좋은 배우가 될 수 있다고 생각했다.

하지만 극장 관리자는 페퍼를 본 지 딱 2초 만에 말했다.

"꼬마야, 집에 가. 어린애잖아. 몇 살이니? 열네 살?"

페퍼는 극장에서 쫓겨났다.

밖으로 나오자 햇빛이 눈부셨다. 사람들은 한쪽 눈을 가늘게 뜬 의심의 눈초리로 페퍼를 보거나, 아예 보지도 않았다.

페퍼는 바다로 내려갔다. 페쇠르항에 있는 어부 누구도 일꾼을 필요로 하지 않았다. 백화점에 물었다. 하지만 페퍼의 옷은 이제 아주 초라했다. 이런 옷차림을 한 아이가 고기 써는 기계나 계산용 압축 공기 관를 잘 다룰 거라고 생각하는 사람은 아무도 없었다.

페퍼가 일자리를 찾아 도시를 헤매는 동안, 익숙한 기분이 눈처럼 페퍼 위에 내려앉았다. 감시당하는 기분. 그림자를 떼어 낼 수 없듯, 그 기분도 떨어낼 수 없었다. 페퍼는 콩스탕스 탑 꼭대기의 여자 조각상을 흘깃 올려다보았다. 아직 그 조각상이 그대로 있는지, 원래 있던 자리에 확실히 있는지 확인했다. 저 여자가 내 뒷덜미를 잡고 있는 게 아닐까?

페퍼는 자기도 모르게 가파른 돌계단 아래로 내달리기 시작했다. 빽빽이 늘어선 집들을 지나고, 좁디좁은 다리로 운하를 건넜다.

페퍼는 다른 사람이 되어 보지 않았나. 콩스탕탱 크루페나 로슈가 되지 않았나. 이베트가 클로드 로슈와 결혼한 것을 보면, 이베트는 로슈 같은 남자를 좋아하지 않을까. 페퍼는 거들먹거리는 걸음걸이를 연습했다. 머리카락도 기름을 발라서 딱 붙였다. 담배도 피워 보았다. 옆 거리에 있는 여자에게 휘파람도 불었다. 효과는 있었지만, 페퍼가 바라던 효과는 아니었다.

이베트 로슈가 말했다.

"아니, 나는 그 사람 안 좋아해."

이베트는 페퍼의 입에서 담배를 빼서 버린 뒤, 다시 입을 다물었다.

페퍼는 로슈의 옷도 입어 보았다. 바래고 찢어지고 초라한 재킷을 벗고, 면 셔츠를 입었다. 셔츠는 돛대에서 펄럭이는 돛처럼 페퍼의 작은 몸에서 펄럭였다. 흰 선원 모자도 있었다. 머릿기름으로 더러웠지만, 멋진 모자였다.

물론 페퍼가 외출한 뒤였지만, 이베트는 마침내 처음으로 거실에 걸려 있던 금술을 뗀 작은 선장 재킷을 내려 주머니를 뒤졌다.

떨어진 라일락 잎처럼 구깃구깃한 기도문을 발견했다. '루 선장'이 오래전에 롱브라쥬호에서 연필로 쓴 편지도 있었다.

로슈 부인께.

슬픈 소식을 전하게 되어 정말이지 유감입니다만, 남편 로슈 씨께서 세상을 떠나셨습니다. 저는 로슈 씨를 잘 모르지만, 부인께서는 분명 잘 아시겠지요. 로슈 씨는 성자들과 행복하게 지내리라 믿어 의심치 않습니다.

둥글게 만 노란 종이도 몇 장 발견했다. 그 종이들을 잘 펴서 식탁 위에 늘어놓는 데 1시간이나 걸렸다. 이베트 로슈는 마침내 자기 앞으로 온 전보도 발견했다. 클로드 로슈의 죽음을 알리는 전보였다.

페퍼가 집에 돌아오자, 이베트는 완두콩과 꿀을 넣은 크루아상을 내놓았다. 페퍼와 이베트는 손으로 크루아상을 먹었다. 이베트가 숟가락을 모두 내다 팔았기 때문이다. 이베트는 그릇도 팔았다. 다행히 그릇은 필요 없었다. 식탁을 박박 문질러서 깨끗이 닦았기 때문이다. 식탁 색깔이 세 단계는 더 옅어졌다. 저녁을 먹는 동안, 이베트는 아무 말도 꺼내지 않았다.

로슈가 돌아왔다는 소문은 아파트 너머까지 퍼졌다. 페퍼는 배에서 일자리를 찾으려고 항구로 갔지만, 헛걸음했다. 그리고 돌아오는 길에는 다른 생각에 정신이 팔렸다. 유모차를 끄는 덩치 큰 여자 생각이었다. 투우장 근처에서 처음 보았다. 주차장에서도 보았다. 고해 성사를 하러 간 성당에서도 보았다. 유모차. 똑같은 유모차였다. 쥠쇠가 채워진 바퀴 하나가 땅에 닿지 않았다. 성당에서 페퍼는 유모차에 다가갔다. 가게 앞에 묶여 있는 개에게 다가가듯 유모차로 다가가서, 안을 흘깃 보았다.

아이가 없었다. 이상했다.

페퍼는 소득도 없이 일자리를 찾아서 온갖 곳을 다 다녔다. 하지만 그때마다 유모차 여자는 늘 페퍼의 눈에 띄었다. 페퍼는 메죄네가로 이어지는 모퉁이를 돌다가 고개를 돌렸다.

유모차 여자는 보이지 않았다. 다행이야. 그리고 고개를 돌리면……, 도로 맞은편, 텅 빈 아파트 건물 앞에 유모차가 서 있었다. 페퍼는 본능적으로 콩스탕스 탑을 올려다보았다. 그러다가 아파트 계단 앞에서 세 남자와 부딪쳤다.

한 남자가 동료들에게 말했다.

"이놈? 아니야. 내가 그놈을 전에 본 적 있어. 이놈이 아냐."

또 다른 남자가 페퍼에게 물었다.

"누구야?"

페퍼가 당연하다는 듯 말했다.

"클로드 로슈입니다."

마지막 남자가 말했다.

"아팠던 모양이군. 어디 아팠어?"

페퍼가 대답했다.

"한동안 병원에 있었죠."

"내 말이 맞지? 아팠다잖아."

첫 남자가 말했다.

"이제 더 아프게 되겠군."

첫 남자가 페퍼의 얼굴을 때렸다. 페퍼는 맞아서, 또 놀라서 비틀거렸다.

"돌아왔다는 소식 들었어. 빅 살도 알고 있지. 빅 살한테 빚진 850프랑, 내놔."

남자가 페퍼의 가슴을 또 때렸다. 세 남자는 클로드 로슈의 덩치가 훨씬 더 큰 줄 알았다가 작은 남자를 보게 되자, 만만히 여기고 페퍼의 배를 계속 때렸다. 페퍼가 바닥에 쓰러지자, 세 남자는 늘 하던 일인 양 무심하게 발길질을 해 댔다. 마치 "너한테 개인적으로 유감은 없어. 그저 일일 뿐이야." 하고 말하는 듯했다.

이웃들이 계단 위에 모여서 호기심에 찬 눈으로 바라보았다. 이베트가 나와서 계단참으로 냄비를 던졌고, 세 남자는 자리를 뜨려 했다.

그중 하나가 구두끈을 묶으며 쓰러진 페퍼의 귀에 입술을 바싹 댔다.

"잃을 돈이 없으면, 도박을 하지 마."

남자는 씹고 있던 껌을 페퍼의 이마에 뱉었다.

세 남자는 선원 모자를 보았고, 페퍼의 입에서 '클로드 로슈'라는 이름도 들었다. 당연히 페퍼를 자기들이 찾던 사람으로 오해할 만했다. 페퍼는 세 남자를 탓할 수 없었다. 클로드 로슈의 자리를 차지했으니, 로슈가 맞을 매도 페퍼의 몫이었다. 페퍼가 알기로도, 로슈는 맞을 만한 짓을 저지르고 남을 사람이었다.

이베트가 수건으로 페퍼의 얼굴을 톡톡 닦는 동안, 페퍼가 물었다.

"그 사람한테 빚이……, 나한테 빚이……, 우리한테 빚이 얼마나 있지?"

이베트가 웃었다. 공허하고 겁에 질린 웃음. 이베트는 양팔을 넓게 벌렸다. 삭정이처럼 가는 손목에 달린 손은 부러진 날개처럼 달랑거렸다. 순간, 이베트는 롱브라쥬호 짐칸으로 떠내려간 로슈처럼 보였다. 이베트는 아무 말도 하지 않았지만, 몸짓이 말을 대신해 주었다. 도박 빚, 벌금, 집세, 대출. 로슈는 이베트를 수천 미터의 빚 아래에 가라앉히고, 이베트 혼자 그 밑에서 죽게 버려두었다.

그날 밤, 페퍼는 꿈을 꿨다. 천국에서 로슈가 날개를 달고 전처럼 사악하게 씩 웃고 있었다. 아래로 굽힌 허리, 놋쇠 고리 손톱, 불빛을 받아 붉게 빛나는 흰옷.

페퍼가 물었다.

"네가 어떻게 천국에 있어?"

로슈가 대답했다.

"이 사기꾼! 지옥의 내 자리를 네가 차지했기 때문이잖아."

페퍼는 돈을 쉽고 빨리 벌 수 있는 방법을 생각해 내려고 애썼다.

아버지라면 어떻게 할까? 배를 가라앉히겠지.

로슈라면 어떻게 할까? 뭘 훔치고, 전당포에 잡히고, 남의 것을 팔아먹겠지. 안 돼!

아니야, 로슈는 자기가 확실히 이길 일에 내기를 걸 거야.

그래서 페퍼는 보험에 들었다. 롱브라쥬호 때문에 보험에 대해서는 잘 알게 됐다. 물론 보험료를 먼저 내야 한다. 페퍼는 훔친 자전거를 팔아서 첫 보험료를 냈다.

자크의 광고판 오두막에서 지내며 뭘 배웠나? 코끼리는 닐 담배 종이에 담배를 말아서 피우고, 진짜 남자는 해외 파병 군대에 입대한다.

11장
해외 파병 군대

"이름이 뭐야?"

"로슈입니다."

소위가 얼굴을 찌푸렸다. 낭트에서 로슈라는 사람을 본 적 있었기 때문이다.

"아는 이름인걸. 클로드 로슈. 내 친구를 죽였어. 자네는 무슨 로슈야?"

페퍼가 영리하게 대답했다.

"군대 로슈입니다."

소위는 펜을 내려놓았다.

"장난하나?"

"내 이름은 군대니 우리가 많음이니이다."

"뭐?"

"성서 구절인데……."

"'성서 구절입니다!'라고 말해!"

"성서 구절입니다!"

플로 소위는 모욕을 받으면 총검을 겨누는 남자였다. (혹은 그런 남자로 알려져 있었다.) 그래서 페퍼에게 대꾸할 말이 떠오르지 않자, 안절부절못했다. 플로 소위는 어릴 때 어머니에게서 성경을 인용하는 사람을 건드리면 안 된다고 단단히 배웠다. 결국 '군대 로슈'의 입대 지원서를 적었다. 페퍼가 집 주소를 말하지 않아도 소위는 트집 잡지 않았다. 지원병들은 대개 집 주소를 말하지 않았다.

소위는 페퍼의 얼굴을 들여다보았다. 누가 보아도 분명 열네 살짜리 아이의 얼굴이었다. 하지만 소위는 신병을 받아 할당을 채워야 했다. 코트디부아르 작전은 점점 어려워지고 있었다. 노란 전보로 보낸 사망 통지서의 수만큼 전사자를 대신할 병사를 뽑아서 아프리카로 보내야 했다. 그래서 소위는 입대 지원서에 적을 이름들이 필요했다. 게다가 나이가 어릴수록 사격을 잘했다. 적어도 다른 지원자들 즉, 이주 건설 노동자, 신분증 없는 노동자, 면허 없이 용광로에서 일하는 사람, 염전에서 소금 캐는 집시 등등보다 페퍼가 낫겠다고 소위는 생각했다.

페퍼가 서류에 서명하는 동안, 다른 지원자들은 또 다른 꿍꿍이를 품고 있었다. 전날, 지원자들은 라베트가의 슈발 슈보 미용실 위층에 있는 술집 르 프티 카포랄에 모였고, 아프리카에서 이 년만 버티면 프랑스 국적을 얻을 수 있다는 말을 들었다. 그 말에 혹해서 공짜 술을 몇 잔 얻어 마신 뒤, 모두 프랑스 애국자가 됐다. 솔직히, 그 애국심은 술기운에 비례했다. 술이 깨자, 모험의 유혹도 시들해졌다.

지원자들은 이튿날 모병 사무실에 도착해서 모병 줄에 앉은 페퍼를 보고 모두가 웃었다. 하지만 소년이 자기들보다 사격을 잘하자, 페퍼가 행운을 가져올 거라고 결론지었다. 어린 '군대 로슈'가 부대의 마스코트가 될 수도 있지 않을까? 믿음이 독실하면 부대의 운은 더 좋아지겠지. 어쨌든 로슈는 성경 구절을 인용할 줄 알잖아? 행운을 가져오는 데는 토끼 발(서양에는 토끼 발이 행운을 가져온다는 미신이 있음 : 옮긴이)보다 십자가 목걸이가 낫겠지.

페퍼의 입장에서는 해외 파병 군대보다 좋은 곳이 없었다. 부대에서는 지원자에게 부모가 누구인지, 어디서 사는지, 왜 군대에 지원하는지, 아무것도 묻지 않았다. 범죄를 저지른 사람, 불법 이민자, 이중 결혼한 사람, 빚을 진 사람 들이 과거를 버리려고 해외 파병 군대에 들어갔다. 그러다가 삶 자체를 버리게 된 사람도 많았다. 하지만 페퍼는 보험에 들었고, 약속된 죽음의 날짜도 넘겼으므로, 삶을 잃어도 좋았다.

스무 명 남짓한 지원병들이 와서 줄을 섰다. 그 지원병들이 각각 병사로서 어떤 장점이 있는지 알아보고, 다음 군함이 올

때까지 시간을 때우기 위해, 플로 소위는 지원병들을 모두 데리고 염전으로 갔다. 아프리카의 더위와 모래파리로 인한 전염병을 다 맛보게 하는 날씨였다.

플로 소위는 지원병들에게 총을 머리 위로 들고 2킬로미터를 달리게 했다. 또 무릎을 꿇고 엎드려서 다른 병사의 군화를 닦게 했다. 한 사람씩 기절할 때까지 뙤약볕 아래에 차렷 자세로 서 있게도 했다. 플로 소위는 아프리카에 가면 이것보다 훨씬 심하다고 계속 말했다. 무스타파, 노르베르, 알베르, 나디르는 욕하고 신음하며, 페퍼를 바라보았다. 그들은 혹시 페퍼 때문에 플로 소위가 훈련 강도를 줄이지 않을까 기대했다. 그러나 페퍼는 약해지지 않았다. 미레유 이모는 (여동생이 보지 않을 때) 페퍼를 괴롭히는 것이 취미였다.

이모는 페퍼에게 말하곤 했다.

"저승에서 고통을 당하는 것보다 이승에서 고통을 겪는 게 나아."

페퍼는 고문에 무척 익숙했다. 아니, 페퍼는 소위의 훈련을 기꺼이 참고 견뎠다.

페퍼는 아프리카를 기대했다. 사실 그보다 더 먼 일을, 아프리카에서 죽었을 때 이베트가 받게 될 보험금을 기대했다. 지옥까지 기대했다. 성자들과 천사들에게 잡히기 전에, 로슈의 빚, 로슈의 죄, 로슈의 차용증을 해결하지 못하면 지옥에 떨어질 게 분명했다. 정말이지 페퍼도 훈련 때문에 몹시 괴로울 때가 많고, 차라리 죽고 싶다는 생각도 많이 했다. 하지만 잠들기 싫을 만큼 무서운 악몽에 시달리는 밤에 비하면, 소위가 훨씬 나았다. 페퍼는 소위의 호통이 괴롭지 않았다. 그저 소위가 소리칠 수밖에 없도록, 명령을 제대로 따르지 못하는 것이 부끄러울 뿐이었다.

페퍼는 엉경퀴밭에서 잠자리를 만들며 말하곤 했다.

"다정하게 명령해도 될 텐데, 왜 그렇게 하지 않는지 모르겠어요."

그러면 무스타파와 노르베르, 알베르와 나디르는 신세타령하다가 몸을 굴리며 깔깔댔다.

페퍼의 훈련병 생활에는 큰 문제가 없었다. 그러나 총검술 연습에 들어가면서 이야기가 달라졌다. 소위는 허수아비를 앞에 세우고 공격하라고 명령했다. 훈련병들은 총검으로 힘차게 허수아비를 찔러서 찢어야 했다. 허수아비는 사람과 그다지 닮지 않았고, 머리도 없었다. 하지만 페퍼는 총검으로 찌른 허수아비의 배에서 피처럼 흐르는 밀짚을 보고 가책을 느꼈다. 처음으로 페퍼의 머릿속에 의심이 돋았다. 전보 배달부가 될 계획은 지도가 없어서 실패할 뻔하지 않았나. 그제야 페퍼는 해외 파병 군대에 들어가서 겪어야 할 커다란 문제를 미처 헤아리지 못했다는 걸 깨달았다.

권총 사격은 잘했다. 표적이 움직이지 않는 사물이었기 때문이다. 고향에서 페퍼는 대문 기둥에 빈 럼주병들을 세우고,

아버지의 총으로 쏘곤 했다. 하지만 토끼나 사슴은 쏘지 않았다. 까마귀도 쏘지 않았다. 살아 있는 것은 절대로 쏘지 않았다.

"저……, 아프리카에 가면……, 반드시 사람을 죽……."

페퍼 스스로도 어리석은 질문임을 알고 말을 흐렸다.

소위가 소리쳤다.

"여태껏 한 건 애들 장난이야! 적들은 가만히 앉아서 당하기를 기다리지 않아! 표적은 움직인다는 사실을 명심해!"

소위는 멍청한 훈련병들이 움직이는 표적을 맞히는 데는 백이면 백 실패하리라 예상하고 입술을 깨물었다. 페퍼는 클로드 로슈가 자기를 쫓아오는 상상을 했다. 로슈가 쫓아와서 힘껏 도망치는 상상. 페퍼는 총이 있어서 안심했다.

하지만 플로 소위가 염두에 둔 움직이는 표적은 상상 속의 클로드 로슈 같은 것이 아니었다. 전혀 아니었다.

이글거리는 햇빛에서 흰 야생마 무리가 나타났다. 야생마들은 산등성이에 구름 같은 흙먼지를 일으키고, 바위를 깨는 듯한 소리를 냈다. 훈련병들은 총탄 벨트를 꺼림하게 더듬거렸다.

소위가 말했다.

"머리나 심장을 맞혀. 그래야 쓰러뜨릴 수 있어. 머리나 심장을 조준해."

야생마들이 고개를 돌려 훈련병들을 보았다. 훈련병들도

야생마들을 보았다. 누구도 총을 들지 않았다.

노르베르가 말했다.

"움직이지 않습니다."

"총소리가 나면 놈들도 움직여."

페퍼가 말했다.

"흰 야생마는 보호 동물입니다."

소위가 말했다.

"프랑스도 보호받아야 해, 꼬마야. 우리는 프랑스를 지켜야 하는 불쌍한 놈들이야. 그러니까 첫 발을 제대로 쏴. 앞으로 가게 될 곳에서는 두 번째 기회란 없을 테니까."

알베르가 물었다.

"아프리카에서는 적이 말을 타고 옵니까?"

"병사, 똑똑한 척하고 싶나?"

페퍼는 생각했다.

'가! 달아나!'

어찌나 간절히 생각했는지, 생각이 머릿속에서 총탄처럼 둥글고 딱딱해졌다.

'가!'

페퍼는 자기 생각을 야생마들의 머리와 마음에 전달하려고 머리가 터질 만큼 열심히 집중했다. 혀가 방아쇠 모양으로 둥글게 말렸다.

'달아나!'

갑자기 흰 야생마들이 몸을 돌리더니 시야에서 사라졌다. 훈련병들은 일제히 숨을 내쉬었다. 소위가 욕을 했다.

소위는 한낮의 더위 속에서 훈련병들을 바닷물 호수 쪽으로 평소보다 두 배 오래 행군시켰다. 호수에는 플라밍고들이 모여 있었다.

소위가 말했다.

"내가 새들을 흩어 놓으면, 너희가 쏴. 한 사람도 빠짐없이 한 마리를 죽여야 해. 아니면 어머니 배에서 나온 것을 후회하게 될 거야. 아니, 할머니와 할아버지가 아예 결혼하지 않았으면 하고 바라게 될 거야."

소위가 욕을 중얼거리며 멀어졌다. 소위는 훈련병들이 욕을 먹으면 사격을 더 잘할 거라고 믿는 것 같았다.

알베르가 말했다.

"그나마 새들은 야생마에 비하면 수가 아주 많네."

알베르는 틀니를 빼서 셔츠 주머니에 넣었다. 총의 반동 때문이었다.

다른 병사들은 벌써 사격 자세를 잡으며 총을 쏠 준비를 갖췄다. 그리고 소위가 새들을 겁주어 날리기를 기다렸다. 야생마를 쏘기는 꺼림칙했다. 잘못된 일 같았다. 하지만 플라밍고는 새가 아닌가. 그저 새일 뿐이었다. 게다가 플라밍고의 수가 아주 많아서 햇빛에 눈부셔서 조준을 못 해도 한 마리쯤은 맞힐 것 같았다.

열기 때문에 아지랑이가 일었다. 모든 풍경이 가물거렸다. 진짜가 아닌 듯, 현실이 아닌 듯했다. 실재하지 않는 물웅덩이의 신기루가 풍경을 채웠다. 플라밍고들은 사방으로 미끄러지듯 움직였다. 이리저리, 수천 마리 속에 또 수백 마리가 빙글빙글 움직였다. 석양처럼 아름다웠다.

'살인하지 말지니라.'

페퍼는 스스로를 탓했다. 그렇게 큰 문제를 왜 생각지 못했을까. 스스로 죽임을 당하기로 작정하느라 전쟁터의 다른 면 즉, 사람을 죽여야 한다는 걸 미처 헤아리지 못했다. 아프리카에 가면, 야생마나 플라밍고가 아닌 사람을 죽여야 한다. 페퍼는 중요한 결론에 다다랐다. 결국 페퍼는 어른이 아니었다. 파리라면 모를까, 누구에게도 총을 쏠 수는 없었다.

플로 소위는 훈련병들을 확인하고 권총을 쳐들었다. 훈련병들은 안전장치를 풀었다. 지평선 너머, 짙은 아지랑이에 가린 고속 도로에서 작은 점 하나가 나타났다. 점은 윙윙대는 파리보다 작은 소리를 냈다. 그러다가 어느새 점이 각설탕만 하게 커졌다. 햇빛이 자동차 창에 번득였다. 플로 소위는 짜증스레 총을 내렸다. 차가 지나갈 때까지 기다려야 했다. 엄밀히 말해, 사격 연습에 플라밍고를 쓰는 것은 불법이었다.

자동차는 아지랑이가 일렁이는 풍경 때문에 마치 공중에 높이 떠 허공에서 붕붕거리며 다가오는 것 같았다. 훈련병들은 마법에 사로잡힌 양 자동차를 지켜보았다. 자동차는 점점 형태를 갖추어 갔다. 반짝이는 범퍼, 미소 짓는 라디에이터 그릴. 자동차는 도로에서 벗어나 풀숲으로 들어와, 덜컹거리고 흙먼지를 일으키며 훈련병들에게 다가왔다.

운전석 문이 조금 열리더니, 운전사가 훈련병들에게 소리쳤다.

"루 손님! 택시 왔습니다!"

페퍼는 털썩 무릎을 꿇었다. 불타는 전차가 마침내 페퍼를 실어 가려고 내려왔다. 페퍼가 아프리카로 가서 사람을 죽이지 못하도록 시간도 딱 맞추었다. 페퍼는 곧장 택시에 탔다.

소위는 미어캣(아프리카 남부에 사는 사향고양잇과 동물로, 군집 생활을 하며, 뒷다리로 몸을 지탱하고 위로 몸을 쭉 펴서 적을 감시하는 자세로 유명함 : 옮긴이)처럼 몸을 쭉 폈다. 아지랑이 사이로 훈련병들 사이에서 무슨 일이 벌어지는지, 왜 자동차가 섰는지, 자기 권위를 깎아내리는 자가 누구인지 더 잘 보기 위해서였다. 택시가 떠나자, 소위는 뒤쫓기 시작했다. 택시는 속도를 올려서 확 내달렸다.

호수에 있던 플라밍고들이 날아올랐다. 빨강과 분홍이 용암처럼 솟구쳤다. 훈련병 대부분은 입을 떡 벌리고 택시를 계속 바라보았다. 그러나 몇몇은 명령에 복종해야 한다는 두려움에 눈멀어, 플라밍고들이 물방울과 배설물을 떨어뜨리며 위로 날아오르자, 새들을 향해 총을 쏘았다.

죽은 플라밍고 한 마리가 택시 위로 떨어졌다. 자동차 지붕 위 짐받이에 끼어, 긴 분홍빛 목이 축 늘어져 흐느적거렸다. 깃털로 이루어진 뺨이 자동차 뒤쪽 창을 이리저리 쓸고, 부리가 탁탁 소리를 냈다. 페퍼는 운전석과 뒷좌석 사이의 틈으로 내려가서 웅크려 앉은 뒤, 무릎을 가슴까지 끌어당기고 양팔로 머리를 감쌌다. 택시가 다시 고속 도로로 달려가는 동안, 운전석 등받이 뒤쪽이 빛을 받으러 온 사람처럼 페퍼의 얼굴을 때렸다.

천국까지는 오래 걸리지 않았다. 가는 길은 대개 편평했다. 엔진이 꺼지자, 페퍼는 비로소 용기를 내서 밖을 내다보았다. 운전사는 검은 카프탄(북아프리카나 아랍 지역 사람들이 입는 허리통이 헐렁하고 소매가 긴 옷 : 옮긴이)에 얼굴을 완전히 가린 모습으로 미루어 북아프리카 사람임이 분명했다.

운전사가 뒤쪽으로 몸을 돌리고 쌕쌕거리며 말했다.
"다 왔습니다."
메죄네가였다. 갈라진 콘크리트 계단을 올라가자, 이베트 로슈가 치즈 가루를 뿌린 스크램블드에그를 들고 기다리고 있었다. 아파트는 크리스마스의 난장판 같았다. 이베트가 크리스마스트리 장식품 만드는 일을 시작했기 때문이다. 장식품 한 개에 15상팀을 받았다. 방울, 별, 요정, 그리고 천사. 저녁을 먹은 뒤, 이베트와 페퍼는 마주 앉아서 천사 날개를 끼웠다.

페퍼가 물었다.
"택시를 보냈어요?"
이베트가 말했다.
"택시?"

페퍼와 이베트 사이에는 대화가 더 필요했다. 서른다섯 살인 이베트는 페퍼보다 상식이 풍부했으므로, 페퍼에게 더 많은 조언을 들려주었어야 했다. 예를 들어, 해외 파병 군대에서 도망치면 총살형에 처해질 수 있다는 사실을 말했어야 했다.

하지만 달리 생각하면, 페퍼가 안들, 걱정밖에 더 하겠는가. 걱정하기에는 인생이 너무 짧았다. 어쨌든 페퍼의 인생은 짧았다.

12장
빅 살

베오울프를 탓할 수도 있다. 하지만 그 시작은 가수인지도 모른다.

오페라 가수가 되고 싶었던 샹탈이 우체국 창에 벽돌을 던졌다.

"전보 배달부 아이가 거짓말했어!"

샹탈은 노랫가락처럼 소리치고, 또 벽돌을 던졌다.

'전보 배달부 아이가 거짓말했다'는 짧은 말만으로도, 전보 책임자가 샹탈을 우체국 안으로 들이기에 충분했다. 전보 책임자는 샹탈을 우체국 앞쪽 사무실 스툴에 앉히고, 샹탈의 이야기를 들었다. 샹탈은 전보 배달부에게서 파리 음악원의 교수가 자신을 사랑하게 되었기 때문에 입학이 거절됐다는 소식을 듣고, 돈을 들여서 파리까지 갔다가 나이 든 교수에게 망신만 당했다.

"그러니까 그 배달부는 운하에 빠뜨린 전보를 건진 게 아니라, 완전히 지어냈어요!"

샤탈의 마지막 말에 전보 책임자는 크게 겁먹었다. 그는 오페라에 아무 관심도 없었지만, 우편물에 손대는 직원이 생기면 자신이 무거운 책임을 져야 했다. 그는 엑스와 와이를 가리켰다. 그러나 샤탈은 그 둘은 거짓말한 배달부가 아니라고 말했다. 그렇다면 당연히 '제트'였다.

다행히 전보 책임자는 이름을 잘 외우지 못했다.

"제트, 제트!"

책임자는 제트를 소리쳐 부르다가, 엑스와 와이에게 삿대질했다.

"제트의 진짜 이름이 뭐야?"

엑스와 와이는 샤탈과 바닥에 떨어진 벽돌들을 번갈아 보았다. 그리고 함께 지낸 친구를 떠올렸다. 그 친구가 갖가지 방법으로 나쁜 소식을 좋은 소식으로 바꾼 일도 떠올렸다. 엑스는 고개를 갸웃거렸다. 와이는 고개를 가로저었다. 엑스와 와이는 제트의 진짜 이름이 기억나지 않는다고 말했다. 샤탈은 못마땅히 여기며 돌아갔다. 정의는 실현되지 못했다.

그렇다면, 정말로 베오울프의 잘못이었다.

이튿날, 와이는 자전거를 타고 가스파르의 식료품상을 지나다가 쓰레기통을 떠올렸다. 다락방 생활은 어느새 베오울프를 중심으로 돌아가고 있었다. 와이와 엑스는 개를 얼마나 사랑할 수 있는지 알게 됐다. 끝없이 보채는 베오울프의 배에 음식을 채우는 일이 엑스와 와이의 생활에서 가장 중요해졌다. 그만큼 엑스와 와이는 베오울프를 몹시 사랑했다. 그래서 와이는 가스파르 식료품상의 쓰레기통들을 보고 자전거를 세운 뒤, 쓰레기통들을 뒤졌다. 기쁘게도, 연골까지 깎아낸 고기 뼈, 상한 바게트 세 개, 끈적끈적한 쇠고기, 깨진 버찌병을 찾아냈다. 와이가 음식을 채소 바구니에 실으려는 찰나, 가스파르가 뒤에서 와이를 붙잡았다. 그러고는 와이를 창고에 처넣고, 문을 잠갔다.

가스파르가 썩은 나무 문 사이로 어린애처럼 고함쳤다.
"잡았어! 잡았어! 잡았어!"
한참 뒤, 와이의 귀에 가스파르의 목소리가 다시 들렸다.
가스파르는 열을 올리며 경관에게 말하고 있었다.
"단박에 알아봤어요. 모자를 봤거든요! 얼마 전에 우리 가게에서 일했죠. 가게 물건을 훔쳤어요!"
냄새가 고약한 뼈에 구더기들이 기어가는 것을 보면서 버찌를 먹으며 1시간이나 갇혀 있던 와이는 자기가 저지르지도 않은 죄로 체포되기 싫었다. 남의 얼굴을 절대 보지 않는 가스파르는 와이를 도둑질한 아이로 여겼다. 하지만 와이는 그 일과 전혀 상관없었다.
"그건 제트예요. 아저씨가 아는 아이는 제가 아니라, 제트예요. 혹시나 해서 말씀드리지만, 개 이름은 콩스탕탱 크루페예요. 전에는 전보를 배달했는데, 지금은 아니에요!"

와이는 가스파르의 얼굴에 자기 완장을 내밀었다.

모두가 경찰서에 도착했다. 사건은 별것 아니었다. 서류상, 코코넛 크림 케이크 다섯 개를 훔친 것은 교수형에 처할 죄는 아니었다. 하지만 콩스탕탱 크루페라는 이름은 경사의 눈에 친숙했다. 경사는 현상 수배 포스터들이 나달거리는 벽을 눈으로 훑었다.

현상 수배

콩스탕탱 크루페(19세)
탈옥수

체포에 도움이 되는 정보를 주어도
현상금 지급

이런 공고는 절대 새로 바뀌지 않고, 그저 쌓이기만 한다. 수배자들은 체포되거나, 해외 파병 군대에 입대하거나, 나라 밖으로 도망치거나, 가까운 도시에 있는 병원 침대에서 죽었다. 그래도 현상 수배 포스터는 그 뒤로도 몇 년 동안 경찰서 벽에 그대로 붙어 있었다.

경사가 와이에게 말했다.

"이 크루페라는 놈, 아주 악질이네. 탈옥수야. 혐의도 한둘이 아니네. 크루페를 안다고? 너희 배달꾼들이 이놈을 거리에서 발견하면……."

와이가 완장을 가리키며 경사의 말에 끼어들었다.

"배달꾼이 아니라, 우편집배원입니다."

경사는 와이의 말에 아랑곳없이 말을 이었다.

"현상금을 받을 수 있어."

그렇게 됐다. 한 달 전이라면, 페퍼가 페퍼이든 페퍼 아닌 다른 사람이든, 도망친 죄수든 아니든, 엑스와 와이는 법이나 돈 때문에 친구를 고발하지 않았을 것이다. 그러나 베오울프를 먹이려면 돈이 많이 들었다. 엑스와 와이는 베오울프에게 책임감을 느꼈다. 그래서 둘은 현상금 생각에, 출근하기 전 새벽과 퇴근한 후 밤에 범죄자가 숨어 있을 만한 동네 거리를 자전거로 돌아다니며 뒤졌다. 도로를 지나치는 사람들 얼굴을 샅샅이 살피며, 콩스탕탱 크루페의 흔적을 찾았다. 둘은 현상금을 원했다. 엑스와 와이가 제트를 찾아내면, 그것이 제트의 마지막이 될 터였다.

한편, 이베트와 페퍼의 아파트에는 크리스마스 장식이 가득 차서, 메죄네가를 오가는 아이들이 구경하러 모여들었다. 사람들에게 행복을 주고 싶은 페퍼는 커튼을 내리고, 촛불을 켜고, 그곳을 '마법의 동굴'이라 불렀다. 페퍼는 아이들에게 이야기를 들려주었다. 처음에는 아버지의 서재에서 읽은 이야기를 들려주다가, 나중에는 직접 지어내서 들려주었다. 이야기하다 보면 입에 비누 맛이 조금 돌았다. 어쨌든 이야기란 줄거리가 있을 뿐, 거짓말이니까. 하지만 페퍼가 보기에, 이야기는 누구에게도 해를 끼치지 않았다. 바다 괴물과 해적의 보물 이야기, 쓰레기통을 뒤져서 음식을 먹는 무지갯빛 여우원숭이 이야기, 하늘을 나는 불타는 전차 이야기. 모두 손에 땀을 쥐게 했다. 여자아이들은 탄성을 지르고, 부르르 떨고, 옆에 있는 아이의 머리카락을 씹기도 했다.

아이들은 즐거워했지만, 아쉽게도 이야기에 돈을 내지는 않았다. 크리스마스 장식들을 모두 가져다주고 받은 돈은 240프랑도 채 되지 않았다.

이베트가 자신 없는 목소리로 말했다.

"빅 살이 나누어 갚으라고 할지도 몰라요."

"이 돈은 집세를 내야 해요!"

페퍼는 로슈의 도박 빚보다 집세가 급하다고 굳게 믿었기 때문에, 이베트의 말에 크게 놀랐다.

이베트가 말했다.

"집세는 안 갚아도 집주인이 집행관을 보낼 뿐이에요. 하지만 빅 살의 돈을 안 갚으면, 그 사람들이 또 찾아와서 당신 머리를 때릴 거예요. 어쨌든······."

이베트는 나머지 말을 할까 말까 망설이다가 말을 이었다.

"어쨌든 집세는 냈어요. 친구가 냈다고 말하는 게 더 정확하겠죠. 집세는 냈어요."

페퍼는 더 놀랐다. 죽은 남편이 집에 돌아온 뒤로, 이베트는 정말 많이 바뀌었다. 피부가 깨끗해지고, 잘 빗은 머리카락은 윤이 났다. 입술에 일어난 껍질도 사라졌다. (지금처럼 크루아상을 먹을 때는 예외였지만.) 이제 몸에 살도 조금 붙었다. 가끔 미소도 지었고, 말도 하고, 밖에 나가기도 했다. 하지만 이베트에게 친구가 있다니, 페퍼는 생각조차 못 한 일이었다. 갑자기 아버지 서재에서 읽은 연애 소설들이 떠올랐다.

페퍼가 즐거이 소리쳤다.

"아! 그럼, 애인이 있는 거죠?"

크루아상이 폭발하듯 사방으로 흩어졌다. 완두콩들이 식탁에 굴렀다. 이베트가 사레에 걸렸기 때문이다. 사레 걸린 기침은 웃음으로 변했다. 페퍼는 여태껏 그렇게 밝고, 높고, 환하고, 쟁강대는 웃음을 들은 적이 없었다. 부아수클로셰에 있는 고향 집에서도 듣지 못했다.

"애인? 결혼한 여자인 내가? 호호!"

이베트는 손등으로 완두콩과 빵 부스러기를 쓸며 진지한 표정을 지으려 애썼다.

페퍼는 실망했다. 고향에서 어머니와 이모는 학교커녕 어디도 가지 못하게 해서, 페퍼는 열네 살 또래와 비교해도 무지했다. 페퍼 스스로도 자신이 모르는 게 많다는 걸 잘 알았다. 하지만 이베트에게 애인이 있다면 큰 도움이 되리라 생각했다. 특히 페퍼가 죽은 뒤에.

페퍼는 클로드 로슈가 된 기분을 느끼게 하는 모자를 쓰고 셔츠를 입은 뒤, 주머니에 237프랑을 넣었다.

"이 돈을 빅 살에게 가져갈게요. 못 돌아올 때를 대비해서 미리 말할 게 있어요. 생명 보험에 들었어요."

페퍼는 덜 애송이가 된, 더 나이 든 남자가 된 기분이었다.

페퍼가 나간 뒤, 이베트는 다시 페퍼의 물건을 뒤졌다. 보험 증권을 찾아보았다. 이베트는 보험 증권을 찾아내고 웃지 않았다. 아니, 한참 창가에 서서 울었다.

빅 살은 라베트가에 있는 슈발 슈보 미용실 지하에서 비밀 도박장을 운영했다. 빅 살은 지하로 내려오는 나선형 계단 아래, 바에 앉아 있었다. 그 옆에는 빅 살의 금발 애인이 앉아 있었다. 그녀는 긴 빨간색 손톱으로 새 트럼프를 꺼내느라 애를 먹었다. 선원 모자를 쓰고 몸에 맞지 않게 큰 셔츠를 입은 꼬마가 들어오자, 빅 살은 별 반응을 보이지 않았다.

빅 살이 말했다.

"로슈는 어디 있어?"

"내가 로슈요."

페퍼는 거울을 타일처럼 붙인 바에 돈을 내려놓았다.

"그놈한테 아들이 있는 줄 몰랐는데."

"아들은 없소. 내가 클로드 로슈요."

"몸이 줄었나 보군. 감히 여기를 찾아와? 내 부하들을 저 꼴로 만들고 구경하러 왔나?"

페퍼의 마음 깊은 곳에 숨어 있던 시위대가 빅 살에게 맞섰다.

"뭐요? 그 사람들이 발로 내 얼굴을 걷어차다가 구두에 흠집이라도 났답니까?"

"감히 내 부하들한테 뜯어낸 돈으로 빚을 갚으려 해? 대단하군!"

"내가 뭘 어쨌다고요?"

그 동네는 미국인촌이었다. 빅 살의 비밀 도박장에 있는 사람은 누구나 미국 억양을 썼다. 프랑스 말이지만, 미국 억양이 실려 있었다. 미국인을 만난 적 없는 페퍼는 그들이 입에 음식을 가득 물고 말한다고 생각했다.

바 끝에서 바텐더가 셰이커로 성난 방울뱀 같은 소리를 내며 몸을 돌렸다.

"네놈이 때려눕혔잖아. 네놈이 그랬어. 우리를 때려눕혔지. 유모차로."

머리 위 밝은 전등들이 깜박거렸다.

페퍼는 누가 빅 살의 부하들을 때려눕혔는지 짐작할 수도 없었다. 하지만 바에 놓았던 돈 봉투를 다시 집었다. 힘들게 번 돈으로 밀린 집세를 내야지. 집주인은 적어도 제대로 된 프랑스 말로 욕할 테니까. 돈 봉투에 물방울이 튀어 있었다. 셰이커에서 튄 듯했다.

빅 샬이 손가락을 탁 튕겼다. 문지기가 거리로 나가는 문을 잠그려고 계단을 올라갔다. 전등에서 바지직 소리가 났다.

샬의 애인이 샬에게 말했다.

"자기야, 이놈은 왜 여기 있어?"

그녀는 선글라스를 쓰고 있어서 트럼프를 볼 수도, 앞으로 벌어질 일을 짐작할 수도 없었다.

문지기는 문밖에서 안으로 들어오려는 사람과 승강이를 벌였다.

"문 열어, 이 바보야!"

더운 날씨에도 긴 모피 코트로 몸을 감싼 스트리퍼가 문지기를 밀치고 들어와서 물었다.

"웬 난리야?"

바텐더가 대답했다.

"죽일 놈이 있어서 준비 중이야."

페퍼는 위를 보았다. 설마 지하에 나쁜 운명을 알리는 새가 있을까 생각했다. 하지만 확실히 있었다. 천장에 갈까마귀 모양의 검은 얼룩이 넓게 퍼져 있었다. 빅 샬이 페퍼의 손에서 봉투를 낚아채 안을 들여다보았다.

"아니, 이거 봐라. 이놈이 도박을 하러 왔어! 그렇지? 도박을 안 하고는 못 배긴 거지! 내 말이 맞지?"

살의 애인이 껌을 딱딱거리며 말했다.

"중독이지. 자기야, 카드 돌릴까?"

페퍼가 말했다.

"나는 짝 맞추기밖에 몰라요."

페퍼의 생각과 달리 일이 이상하게 돌아가고 있었다. 페퍼는 생명 보험을 생각하며, 이 상황을 최악의 결말로 끌어가기로 마음먹었다. 어느 면으로나, 페퍼는 차라리 천사들에게 죽임을 당하고 싶었다. 적어도 천사들은 지상에서 활동하고, 미국 억양이 없는 프랑스 어로 말할 테니까.

빅 살은 흥미로워했고, 즐거워했다. 어쩌면 술에 취했는지도 모른다. 빅 살이 페퍼 쪽으로 트럼프를 밀었다. 페퍼는 카드를 한 장 한 장 바에 뒤집어 놓았다.

살의 애인이 말했다.

"짝 맞추기는 몰라. 대체 왜 포커를 안 해?"

문지기가 말했다.

"이놈을 죽여야 할 이유가 하나 더 있군."

바텐더가 물었다.

"어떻게 하는 게임이야?"

모피 코트를 입은 스트리퍼가 소리쳤다.

"KK! 귀여운 KK! 맞지?"

미엘 로세트였다. 그녀는 모피 코트를 벗고, 페퍼의 머리카락을 쓰다듬는 양 페퍼의 모자를 톡톡 쳤다.

미엘 로세트가 살에게 물었다.

"내 귀여운 KK가 왜 여기에 있어?"

살이 미엘에게 되물었다.

"아는 녀석이야?"

"당연하지! 전보 배달부야! 콩스탕트 크륑시였나? 아니, 뭐 그런 거창한 이름이야."

"자기 입으로 클로드 로슈라고 하던걸."

"그 돼지? 말도 안 돼. 그놈은 예전에 죽었어."

빅 살의 부하들은 블랙잭과 포커에 익숙해서 짝 맞추기 게임의 규칙을 쉬 배우지 못했다. 그러나 곧 웨이터들, 문지기, 피아니스트, 살의 애인, 손님 외투를 보관하는 아가씨 등 모두가 바 주위에 모였다. 한 번에 카드 두 장을 집고, 나온 카드에 따라 욕하거나 기뻐했다.

빅 살이 페퍼의 돈을 흔들며 말했다.

"명심해. 이건 네놈이 내 부하들한테 한 짓에 대한 벌금으로 받겠어."

페퍼의 시야 뒤로 붉은 구름이 몰려들었다.

"나는 아무 짓도 안 했어요. 그건 이베트와 내가 크리스마스 장식을 만들어서 번 돈이에요!"

살의 애인이 한탄하듯 종알거렸다.

"어머, 멋져라! 나도 크리스마스 좋아하는데……."

미엘 로세트가 크고 분명하게 말했다.

"클로드 로슈는 죽었어. 내가 확실히 들었어."

바텐더가 말했다.

"짝 맞는 카드가 나왔어!"

살이 말했다.

"저놈이 내 부하들을 유모차로 내려쳤어. 저놈은 무조건 죽어야 해."

살은 바 한가운데를 손바닥으로 탁 내려쳤다. 카드들이 흩어졌다.

그때, 전등이 꺼졌다.

물이 천장 몰딩을 타고 흘러들기 시작했다. 전선을 타고 내려온 물은 전구로 새어 들어가, 전구 필라멘트가 바지직 꺼졌다. 어둠 속에서 들리는 물소리는 무시무시했다. 바 뒤의 술병들과 술잔들이 바닥으로 떨어지며 쨍그랑거렸다. 트럼프들이 바에서 씻겨 내려갔다. 페퍼의 몸에 무엇이 닿았다. 젖은 수달의 털 같은, 미끌미끌한 붓 같은 무엇. 미엘이 젖은 모피 코트를 당겼기 때문이다.

"얘, 여기서 나가. 친구들이 기다리고 있어."

미엘이 어찌나 나직이 속삭였는지, 페퍼는 상상의 소리를 들은 줄 알았다.

페퍼는 더듬더듬 계단을 찾았다. 갖가지 전선을 타고 종유석처럼 떨어지는 물은 점점 불어났다. 보이지 않는 어둠 속에서 차가운 물을 맞으면 놀랄 수밖에 없다. 바다가 아주 가까우니 파도가 넘쳐서, 건물 지하로 바닷물이 들이쳐 천장으로 물이 스며드나 보다. 모두가 쉬 그렇게 상상했다. 그래서 모두는 하나뿐인 출구로, 바 위로 이어진 나선형 계단을 타고 밖으로 나가려고 서로 앞다투었다. 아수라장인 계단을 피해, 페퍼는 계단 난간 바깥쪽을 딛고 위로 올라갔다.

빅 살이 에그모르트의 도박 암흑가를 휘젓고 다니는 데에는 그만한 이유가 있었다. 빅 살은 자신의 화려한 집에 퍼붓는 물이 바닷물이 아닌 걸 알고 있었다.

"위층에 있는 이 XXXX들! 내 손으로 끝장내겠어!"

빅 살은 노발대발하며 바로 가서 지갑이 든 재킷을 집었다. 천장에 바른 회반죽이 작은 덩어리째 떨어져 빅 살의 어깨를 쳤다.

문지기가 말했다.

"내가 아까 잠갔어! 문이 잠겼다고! 다들 잠깐 기다려!"

문지기는 자물쇠를 더듬거렸다. 그러나 어둠 속에서 누군가 문지기를 밀쳤고, 문지기는 열쇠를 떨어뜨렸다. 천장에 뚫린 구멍으로 물과 불빛이 쏟아졌다. 지하 비밀 도박장은 불빛을 좋아하지 않지만, 미용실은 불빛을 좋아했다. 문지기가 한쪽 어깨를 문에 힘껏 부딪쳤지만, 튕겨 나와 균형을 잃고 계단 아래로 구르면서, 바텐더를 쓰러뜨리기만 했다. 문지기가 욕을 퍼부었다. 페퍼는 난간에서 가능한 한 멀리 몸을 피했다. 그리고 한쪽 발을 이리저리 휘저으면서 바를 찾으려 애썼다. 페퍼는 바 위에 올라서서 웅크렸다. 빅 살은 무릎과 손을 바닥에 대고 더듬더듬 기어서, 쓰러진 부하들을 밟고 계단을 올라갔다. 빅 살은 1층까지 올라갔다. 탕 소리와 함께 불빛이 번쩍했다. 빅 살이 자물쇠를 총으로 쏘았기 때문이다. 그제야 빅 살은 뒤돌아보았다. 작은 클로드 로슈의 모습이 보였다. 작은 클로드 로슈는 양팔을 뻗어 막 뚫린 천장의 구멍으로 올라가려 하고 있었다. 빅 살은 다시 총을 쏘았다. 하지만 총알은 거울로 된 벽에 맞았다. 거울이 자잘한 사금파리로 깨지는 소리가 모두의 귀에 들렸다.

 위에 있던 누가 페퍼의 몸을 끌어 올렸다. 그 사람이 페퍼의 손목을 어찌나 꽉 잡았는지, 페퍼의 손등에 핏줄이 불거졌다. 아래에서 누가 페퍼의 신발을 붙들었다. 하지만 페퍼는 발을 빼고 무사히 올라가 1층 미용실에 닿았다. 쏟아지는 물소리가 다른 소리를 모조리 뒤덮었다. 얼굴로 마구 쏟아지는 물 때문에 페퍼는 눈을 뜰 수도, 숨을 쉴 수도 없었다. 페퍼를 끌어 올리던 손이 페퍼를 바닥에 내려놓았다. 페퍼는 물로 흥건한 바닥에 엎어졌다. 희미한 불빛에 비치는 것은 여섯 개의 세면대에서 넘쳐흐르는 여섯 줄기의 은빛 폭포뿐이었다. 미용실 유리문 너머로 예닐곱 남자의 그림자가 어른거렸다.

 미용실 위층은 르 프티 카포랄 술집이었다. 술집에 있던 사람들은 총소리에 놀라 모두 종종걸음하며 밖으로 나왔다. 그리고 왜 물이 넘치는지, 누가 총을 쏘았는지 서로 떠들어 댔다. 페퍼는 엉금엉금 기어서 문을 열고 구르듯 거리로 나왔다. 계속 쏟아지는 물이 사람들의 발을 적셨다.

플로 소위가 소리쳤다.

"너!"

페퍼는 자기를 끌어 올린 사람이 누구인지 보려고 고개를 돌려 미용실을 보았다. 하지만 미용실은 어두웠고, 소위의 외침에 귀가 찢어질 것 같았다. 소위는 권총을 휘두르며, 탈영병과 직무 유기에 대해 고래고래 소리쳤다. 술 취한 훈련병들이 소위와 페퍼 사이를 막아섰다. 한 훈련병이 지하 포커 클럽에 갇힌 사람들의 소리를 듣고, 지하로 이어지는 문을 열려고 애썼다.

페퍼는 달아났다. 프랑스 해외 파병 군인들, 빅 살의 포커 클럽 문지기와 바텐더와 웨이터들이 줄줄이 페퍼를 쫓았다. 얕은 물이 살인 현장의 피처럼 서서히 거리로 번졌다. 페퍼는 전에 로슈로부터 도망칠 때처럼 내달렸다. 게다가 로슈의 이름까지 페퍼를 뒤쫓고 있었다.

"로슈! 로슈, 이 나쁜 놈!"

소위의 총알에 깨진 포장도로의 돌 조각들이 페퍼의 다리에 튀었다.

빅 살은 총을 더 높이 들었다.

하지만 미엘 로세트가 젖은 모피 코트를 휘둘러 빅 살의 총을 막으며, 높게 소리쳤다.

"쟤는 KK예요!"

달아나던 페퍼는 자전거에 부딪힐 뻔했다.

"미안합니다! 미안합니다!"

페퍼는 자전거를 간절히 바랐다. 가파른 돌계단을 오르고, 좁은 골목을 요리조리 빠져나가고, 운하 다리를 건넜다. 자갈길을 신발도 없이 달렸다. 발목이 부러질 것 같았다. 양말만 신은 발로 달리는 길은 점점 더 길고 가파르기만 했다. 그래도 페퍼는 자기를 쫓는 사람들을 조금씩 멀리 따돌렸다. 곧 페퍼 뒤에서 사람들 소리가 아득해졌고, 자갈길을 지나는 타이어 소리만 부드럽게 들렸다. 페퍼는 뒤돌아보았다. 자전거를 탄 사람의 모습이 가로등 불빛에 언뜻언뜻 보였다. 자전거 한 대가 밤 도시의 구불구불한 골목에서 페퍼를 뒤쫓고 있었다.

와이였다.

페퍼는 숨이 턱까지 차서 말도 간신히 꺼냈다.

"와이! 와이! 자전거, 빌려 줘! 자전거! 부탁이야! 쫓기고 있어!"

와이가 멀리서 자전거를 멈췄다.

"누구한테 쫓겨?"

"나도 몰라! 모두가 나를 쫓아와! 모두가!"

와이는 페퍼에게 다가오지 않은 채 말했다.

"어디로 가? 내가 데려갈게."

페퍼는 무릎을 짚고 허리를 굽힌 채 숨을 헐떡였다. 뛰느라 생각할 여유도 없었다. 어디로 가지? 이베트 집은 빅 살도 알고 있잖아. 거기로 가면 이베트까지 위험해져.

"너희 다락방에 숨어도 될까?"

와이는 페퍼의 말을 잠시 생각하다가 대답했다.

"그래, 좋은 생각이야."

페퍼는 와이의 자전거 뒷바퀴에 비스듬히 몸을 실었다. 발꿈치가 길에 쓸렸다. 찌르레기 소리는 어둠에 사라진 지 오래였다. 그래서 페퍼는 자신을 쫓는 사람들 소리를 더 잘 들을 수 있었다. 구불구불한 거리와 골목에서 페퍼를 죽이려고 쫓고 있는 사람들의 소리가 울렸다. 하늘에는 달도 없었다. 페퍼는 콩스탕스 탑을 지나며 위를 올려다보았다. 탑 꼭대기에 있던 너덜너덜한 여자 조각상이, 그토록 페퍼를 지켜보고, 지켜보고, 지켜보며 괴롭히던 성자상이 보이지 않았다.

페퍼가 갑자기 자전거 뒤에서 내렸다.

와이가 급히 브레이크를 잡으며 소리쳤다.

"어디 가?"

정말 걱정하는 말투여서 페퍼는 감동했다.

"물어보려고. 잡히기 전에. 이유를 물어봐야 해."

자전거 바퀴가 돌 틈에 끼여서 자전거를 돌리기 힘들었다. 와이가 방향을 돌렸을 때, 콩스탕탱 크루페는 이미 골목 끝까지 가서 탑을 둘러싼 나무 비계를 오르기 시작했다. 도마

뱀이 벽을 타듯 쉽게 올라갔다. 가끔 손이나 셔츠가 언뜻언뜻 보일 뿐, 그 모습은 어둠에 잠겼다.

 와이는 입을 벌린 채 고개를 젖히고 숨죽여 지켜보았다. 나무 비계가 삐걱거리는 소리가 들렸다. 탑을 둘러싼 비계가 흔들리자, 탑 전체가 밑바닥부터 불안하게 흔들리는 것 같았다. 어디서 개 짖는 소리가 들렸다. 와이는 베오울프를 떠올리고 자전거를 돌렸다. 와이는 페퍼를 경찰서로 곧장 데려갈 생각이었다. 전보를 배달하듯 페퍼를 법의 손에 맡길 생각이었다. 하지만 이제 와이가 할 수 있는 최선은 탈옥수 콘스탕탱 크루페가 어디 있는지 알리고, 현상금 1천 프랑을 챙기는 일뿐이었다. 와이의 신고로 경관들이 출동했지만, 악당이 내려올 때까지 콩스탕스 탑 밑에서 기다릴 수밖에 없었다.

 "성 콩스탕스시여! 저는 쫓기고 있습니다! 모두가 저를 쫓아옵니다! 어찌해야 하죠? 제가 어찌하기를 바라시나요?"

 성 콩스탕스는 말이 없었다.

 콩스탕스 탑은 고대 시가지에서 유일하게 남은 유적이었다. 탑 꼭대기에는 작은 창이 있었다. 그 창은 한때 길을 잘못 든 배들에게 경고의 불빛을 쏘는 등대였다. 이제 불빛은 없고, 페퍼의 눈에 비친 그 창은 어둠의 손가락처럼 별을 가리킬 뿐이었다. 손이 닿지 않는 탑의 둥근 지붕 아래에서 성 콩스탕스의 존재를 증명하는 것은 바람에 흔들리는 옷자락 소리뿐이었다. 석고상은 보이지 않았다. 여자의 옷자락 소리뿐이었다. 미레유 이모가 부아수클로셰의 집 계단을 내려갈 때 나던 소리. 페퍼는 멀리서 성 콩스탕스의 윤곽을 아주 자주 보았기에, 그곳에 정말 성 콩스탕스가 있다고 믿었다. 이제 페퍼는 성 콩스탕스와 직접 만나서 이 모든 일의 의미를 묻고 싶었다.

페퍼는 등대를 빙빙 돌았다. 하지만 둥근 지붕으로 오르는 사다리는 없었다. 탑을 오르느라 지친 다리가 아직도 후들거렸다.

"제 말 좀 들어 보세요, 제 말 좀 들어 보세요! 왜 그리 중요하죠? 저는 상관없지만……, 저는 상관없지만……, 그래도……, 아니, 네, 저한테도 상관있어요. 왜냐하면……, 네, 저한테 정말 중요해요! 왜 성자께서는 제가 알고 싶지 않을 때 제게 말씀하셨나요? 다른 사람들은 상관없어요! 그때는 저도 상관없었어요! 깜짝 선물인가요? 갑자기 나타나요? 도망치지 않으려 애썼어요. 하지만 저도 어쩔 수 없었어요! 그냥 그렇게 됐어요! 재채기랑 마찬가지예요. 재채기를 막을 수는 없잖아요. 저도 어쩔 수 없이 달아났어요. 누가 총을 쏘며 쫓아오면, 누구나 도망치지 않나요? 성자께서도 당연히 달아나시겠죠?"

성 콩스탕스는 말이 없었다.

페퍼는 어둠 속에 쪼그리고 앉아, 무릎을 가슴까지 당겨 감싸 안았다. 페퍼는 성자 앞에서 예의를 갖추지 않았다는 걸 잘 알고 있었다. 자신이 예의 바르지 않은 것도 알았다. 하지만 성자 앞에서 어떻게 행동하는 것이 예의란 말인가? 안녕히 지냈느냐고 인사할 수도 없지 않나?

성 콩스탕스는 말이 없었다.

"왜 돌아가셨어요? 순교하셨나요?"

페퍼의 질문은 성난 투정일 뿐이었다. 순교자들은 정말 끔찍하게 죽기 마련이지만, 그래도 그 죽음은 스스로의 선택이었다. 페퍼에게 죽고 싶은지 물어본 사람은 아무도 없었다.

"왜 우리한테 미리 경고하셨어요? 우리한테 경고하지 않았으면, 저는 이렇게 도망치지 않았을 거예요. 그랬으면 제 생일에 저를 데려가셨을 거예요!"

펄럭. 펄럭. 위에서 천이 계속 나부꼈다. 그 소리를 빼면, 멀리 항구에서 일꾼들이 배에 소금을 싣는 소리만 들릴 뿐이었다. 도시의 불빛은 하나하나 꺼졌다. 가르 호텔과 빌 호텔의 불빛만 남아 뭉뚝한 사다리처럼 솟아 있었다. 하지만 하늘에 닿기에는 너무 짧았다. 그래도 불빛에 손이 닿기만 한다면, 페퍼는 뒤도 돌아보지 않고 불빛 사다리를 타고 올라갔을 것이다. 얼마나 쉬운가! 그저 운명을 따르면 그만이다. 죽은 뒤에 무엇이 기다리든, 이보다는 덜 복잡하고 덜 힘들지 않을까. 타인의 삶에서 삶으로 재주넘기를 할 때마다 점점 더 나빠지기만 하는 이 삶보다는 말이다.

하지만 성 콩스탕스는 전혀 말이 없었다.

달도 늦게 떴다. 지붕은 칠흑처럼 어두웠다. 페퍼는 비계를 세우고 남은 각목에 발이 걸려 넘어졌다. 손등이 바닥에 긁혔다. 축축한 액체가 손을 타고 흘렀다. 피일까? 피는 아니었다. 손을 더듬거리니 깡통이 만져졌다. 커다란 크레오소트(목재에 사용하는 방부제 : 편집자) 깡통이 쓰러져 있었다. 페퍼가 몸을 일으킬 때, 비계가 삐걱거리며 탑 벽을 긁는 소리가 들렸다. 누가 비계를 타고 오르고 있었다.

빅 샬의 부하들과 총을 멘 군인들이 비계를 오르는 모습이 페퍼의 눈에 선했다.

'머리나 심장이야. 머리나 심장을 겨냥해!'

잠을 못 잔 페퍼의 머리에는 다른 모습들도 떠올랐다. 칼을 든 푸주한 크리스토프, 식료품상 가스파르, 오토바이 재킷을 입은 자크와 잔느, 유모차를 끄는 여자, 집주인, 경찰, 군인……

'아버지까지?'

비계를 오르며 툴툴거리는 소리, 돌벽이 비계 각목에 긁히는 소리. 페퍼는 자기 상상에서 나온 소리이기를 바랐다. 높은 곳은 언제나 내 은신처가 아니었나. 이 높이까지 누가 쫓아온 적은 없어.

"누구세요?"

대답은 없고, 비계를 천천히 또 꾸준히 오르며 끙끙대는 소리만 흐릿하게 들렸다. 페퍼는 지붕으로 몰려서 더는 갈 곳이 없었다. 적이 너무 많아서, 페퍼는 누구일지 짐작도 할 수 없었다. 금방이라도 어둠에서 튀어나올 손은 누구의 손일지, 오래되어 부스러지는 돌벽 테두리에서 나타날 얼굴은 누구의 얼굴일지…….

필요할 때 천사들은 어디 있나? 하늘에서 맴도는 전차는 어디 있나? 갈비뼈에 아픔 없이 구멍을 내고 아우성치는 공포를 끌어낼, 번개 창을 들고 트렌치코트를 입은 성자는 어디 있나? 심장이 어찌나 세게 쿵쾅거리는지, 가슴이 터지고 빗장뼈가 부러질 것 같았다.

"저리 가요! 저리 가! 잘못했어요! 잘못했어요! 저리 가요!"
입이 너무 말라서 목소리도 나오지 않았다. 작은 등대 안을 빙글빙글 달리고 또 달렸다. 등대 안의 너비는 배 굴뚝만 하고, 안쪽 벽은 배 굴뚝처럼 매끈했다. 숨을 곳은 없었다. 주위를 더듬거렸다. 아까 걸려 넘어진 각목을 발견했다. 각목을 무기로 쓸 수 있지 않을까. 얼굴이 난간 위로 나타날 때, 플라밍고나 야생마만 아니면 누구라도 각목으로 내려칠 수 있지 않을까. 페퍼가 꾸었던 모든 악몽들이 연기처럼 콩스탕스 탑 주위를 휘감고, 어둠을 더 짙게 만들었다. 페퍼는 콜록대고 캑캑거렸다.

더듬거리는 손 하나가 페퍼의 눈에 들어왔다. 하얀 손.
페퍼가 소리쳤다.

"저리 가!"

페퍼는 각목을 휘둘렀다. 손은 못 맞혔지만, 위로 솟은 나무 비계는 맞혔다. 몇 미터 아래에서 비명이 크게 들렸다. 남자 목소리였다. 갖가지 욕을 아는 어른이었다. 덩치도 클 것 같았다. 페퍼는 또 때렸다. 버팀목들을 연결한 못들이 헐렁해져서 아래 길바닥으로 떨어졌다. 댕가당댕가당. 집 벽을 감싼 크고 오래된 등나무 덩굴처럼 탑을 감싸고 있던 비계가 탑 밖으로 휘었다.

"애야, 그만해! 그만!"

한 번만 더 치면 땅으로 떨어뜨려 박살 낼 수 있었다.

페퍼가 바란 것은 성 콩스탕스와 단둘이 있는 것뿐! 페퍼가 바란 것은 사람들이 자기를 가만히 내버려 두는 것. 관심을 끊고, 페퍼를 그냥 모른 체하는 것. 잊혀진 기억처럼 희미해지게 두는 것.

"저리 가! 저리 가! 제발 저리 가요!"

달이 고기를 써는 거대한 기계처럼 바다를 갈랐다. 그리고 염전의 소금 더미들을 은빛으로 물들였다.

어둠 속에서 목소리가 들렸다.

"나는 높은 곳을 잘 오르는 사람이 아니야. 나한테는 바다 높이가 어울려. 물론 이게 내가 자초한 일이라는 걸 나도 잘 알아. 하지만 나한테도 설명할 기회를 좀 줘."

13장
소금과 페퍼

"뒤셰스!"

페퍼는 고개를 숙이고 돌벽 아래를 내려다보았다.

"유령이에요?"

비계가 돌벽에서 흔들렸다. 어둠이 빙하의 틈처럼 선장과 집사 사이를 갈랐다.

"올라와요! 얼른 올라와요!"

"세상에나, 내가 근육 하나라도 움직이면, 이 버들고리 광주리가 와르르 무너지겠어. 다시 중심을 잡을 동안, 제발 설명 좀 해 봐. 왜 높은 곳을 찾아? 우리가 왜 여기 있어야 해?"

비계는 뿌리가 약해진 나무처럼 흔들렸다. 뒤셰스가 겁먹고 얼어붙었다. 뒤셰스는 위로 솟은 각목을 부자연스러운 자세로 꽉 잡고 매달려서 꼼짝도 하지 않았다. 희미한 의지만

으로 중력에 저항하고 있지만, 금방이라도 떨어질 것 같았다.
"선장, 대답해요. 궁금해."
일순 뒤셰스의 머리카락이 하얗게 변했다. 하지만 그것은 바다에서 솟아 하늘로 올라가는 달이 하얀빛을 쏘듯이 탑을 비추었기 때문이다.
"만나려고요! 성 콩스탕스를 만나려고요!"
페퍼는 뒤셰스에게서 눈길을 떼지 않았다. 페퍼도 뒤셰스와 함께 비계를 붙잡고 싶었지만, 어쩔 수 없이 등대 창 너머 지붕 위를 손가락으로 가리켰다.
페퍼는 생각했다.
'뒤셰스는 바람에 나부끼는 성 콩스탕스의 옷자락을 볼 수 있을 테니, 뒤셰스의 얼굴에 경외심의 표정이 떠오르지 않을까?'
그러나 뒤셰스의 얼굴에는 아무 표정도 없었다. 그래서 페퍼는 고개를 젖혀 탑 꼭대기를 올려다보았다. 달이 솟아서, 탑 꼭대기로 하얀 달무리가 보였다.
끝자락이 나달나달한 깃발이 깃대에 매달려 펄럭였다.
탑 꼭대기는 사람 머리통처럼 둥글었다. 하지만 바보라면 모를까, 탑 꼭대기의 모습을 여자로 착각할 사람은 없었다. 성자로 착각할 사람은 더욱 없었다.
"뒤셰스, 그 사람들이 보냈어요?"
"나? 나는 프리랜서야. 누가 나를 고용하겠어? 벌써 상황을 엉망으로 만들었는걸. 누가 나를 보내지 않았느냐고? 누가?"

뒤셰스가 다시 비계를 잘 잡아 보려 했다. 각목이 축 늘어지고 흔들렸다. 뒤셰스의 눈 옆에 있는 흉터가 카메라 렌즈 조리개처럼 꽉 움츠러들었다.

"이런, 맙소사! 이건……."

페퍼는 어느새 등대 창밖으로 몸을 빼고 뛰어올랐다. 창 위로 튀어나온 창틀을 붙잡았다. 창틀은 손으로 꽉 쥐어야 할 만큼 두꺼웠다. 양말만 신은 페퍼의 발끝이 둥근 지붕에서 버둥거렸다. 오랜 세월이 지붕 돌벽에 새긴 흔적 덕분에, 돌벽은 강판처럼 거칠거칠했다. 페퍼는 둥근 지붕 가장자리로 재빨리 움직인 뒤, 몸무게를 모두 실어 다 해진 깃발을 끌어당겼다. 1시간 전이었다면, 그 깃발을 성 콩스탕스의 치맛자락으로 여겼을 테지만, 이제 페퍼의 눈에도 깃발은 확실히 깃발이었다. 그래서 더더욱 페퍼는 그 깃발을 끌어당겨야 했다.

페퍼는 천이 찢길 줄 알았다. 그러나 깃대 전체가 옆으로 휘었다. 페퍼는 깃발을 잡고 매달려 다리를 버둥거렸다. 깃대와 지붕을 이은 흙 반죽은 힘이 없었다. 철제 깃대가 뿌리째 뽑혔다. 페퍼는 다시 등대 안으로 굴러떨어졌다. 깃대와 2미터 너비의 해진 천이 페퍼 위로 떨어졌다. 페퍼는 깃대와 천을 들고 난간으로 달려갔다.

"꽉 잡아요!"

뒤셰스가 고개를 가로저었다.

"선장은 내 몸무게 감당 못해."

뒤셰스가 이를 어찌나 꽉 물었는지, 말도 거의 새어 나오지 않았다.

"아니, 깃발을 비계에 묶기만 해요!"

뒤셰스는 뱃사람이고, 매듭을 묶는 일은 식은 죽 먹기였다. 매듭을 묶는 데 집중하느라 뒤셰스의 눈은 실눈이 됐다. 마침내 누더기 천을 비계 각목에 잘 묶었다. 페퍼는 깃대를 잡고 당기기 시작했다. 각목을 지탱하는 못들이 구멍에서 꿈틀댔다. 비계는 탑 벽 쪽으로 흔들리고, 안쪽으로 기울고, 뒤틀리고……, 그러다가 삐걱거리며 무너지기 시작했다.

위쪽 비계가 탑 벽에 부딪히며 부서졌다. 위쪽이 와르르 무너지는 찰나, 페퍼는 뒤셰스의 옷을 붙잡았다. 뒤셰스는 단단하고 고정된 것이면 무엇이든, 돌벽 어디든, 잡으려 애썼다. 벽에 몸이 쏠리며 재킷 단추가 모두 뜯겼다.

뒤셰스의 뒤에서 비계의 이음새들이 확 풀렸다. 버팀목과 각목이 하나씩 거꾸로 돌며 더 튼튼하게 짜인 아래쪽으로 떨어졌다. 자갈길 위로 굽은 못들이 은빛 성냥개비들처럼 우르르 떨어졌다.

뒤셰스가 말했다.

"선장, 아침까지 기다렸다가 계단으로 올라올 수도 있었잖아. 아침이면 탑도 개방될 텐데."

페퍼와 뒤셰스는 달빛 아래 등을 맞대고 앉았다. 아실 뒤셰스는 여기 콩스탕스 탑 지붕으로 오기까지 그동안 겪은 일들을 이야기했다. 그리 힘들게 먼 길을 돌아오지 않은 양 덤덤히 말했다. 뒤셰스처럼 숙련된 뱃사람은 과거를 회상할 때도 에두르게 마련이다.

"네 아버지가 네 얘기를 하곤 했어. 술을 두 병째 비울 때쯤, 네 아버지는 잘못된 운명을 욕했어. 성질 나쁜 처형, 이래저래 웃음을 잃은 아들. '페퍼'. 나는 루 선장의 아들이 조금 불쌍했어. 다른 것 때문이 아니라, 이름 때문이었어. 페퍼라는 이름. 아이한테 왜 그런 이름을 붙였을까?

네가 처음 롱브라쥬호에 올라탔을 때, 나는 생각했어. 루 선장이 자기 아들을 보내서 자기가 해야 할 나쁜 일을 대신하게 만들었군. 보험 사기를 아들에게도 가르치려 하는군. 아니면 야심만만한 아들이 아버지의 고삐를 낚아챘거나. 내가 상황을 제대로 파악하게 되었을 때, 이미 너는 네 아버지의 고삐에 목이 감겨 있었지. 내 잘못이야. 내 실수야.

그러다가 네가 배와 함께 가라앉겠다고 말하기 시작했어. 글쎄, 그건, 뭐랄까……, 결정적 순간이었다고 할까."

양심도 배도 저버릴 수 없던 뒤셰스는 선원들을 모두 내보내고 배와 함께 고귀하게 가라앉겠다는 페퍼를 구하려고 배로 돌아왔다. 작은 루 선장이 럼주에 취해 쓰러지자마자, 롱브라쥬호도 쓰러졌다. 뒤셰스는 항해 일지와 페퍼를 안고, 크게 기운 갑판으로 나가서 두 번째 구조선을 찾았다. 그러나 구조선은 꽁꽁 묶여 있었다. 로슈가 훔친 보트를 후갑판에 숨겨 놓지 않았다면, 뒤셰스의 이야기는 그때 거기서 영원히 물속에 잠겼을지 모른다.

뒤셰스가 보트를 풀려고 애쓰는 동안, 로슈가 내려놓은 소방용 양동이 하나가 뒤셰스와 페퍼 쪽으로 휙 날아왔다. 뒤셰스는 페퍼가 다치지 않게 막으려다가 정강뼈를 부러뜨렸다. 말레이시아 화물선이 미리 약속한 장소에 나타났다. 구조선에 탄 선원들은 화물선에 올라탔다. 말레이시아 선장은 면허는 없지만 의사였고, 뒤셰스의 정강뼈가 잘 붙도록 정교한 도르래 장치가 갖춰진 침대에 뒤셰스를 눕혔다. 롱브라쥬호 선원들은 재빨리 다른 배로 옮겨졌다. 하지만 침대에서 꼼짝할 수 없는 뒤셰스와 의식을 잃은 어린 루 선장은 말레이시아 화물선을 타고 마르세유까지 갔다.

뒤셰스는 가벼운 말투로 이야기를 계속했다.
"그 이상한 기계를 내 몸에서 떼라고 설득할 수도 없었어. 차라리 그 빌어먹을 앵무새들한테 밧줄을 쪼라고 설득하는 게 낫지. 결국, 네가 나보다 먼저 그 화물선에서 내렸어. 덧붙이자면, 다 잘됐다고 할 수 있지. 엄밀히 말해서 내가 너한테 도움이 되지는 않았어. 보험 사기에 휘말리게 했으니까. 그래도 나는 생각했어. 네가 어디로 갈까? 앞일을 잘 꿰뚫을 수 있을까?"

악한 도시 한가운데에 선 착한 소년.

뒤셰스가 말했다.

"몸이 낫자마자 너를 찾기 시작했어. 그다지 희망은 없었어. 마르세유는 큰 도시니까."

뒤셰스는 괜찮은 하숙집을 발견했다. 하숙집 주인은 관절염으로 고생하면서도 명랑한, 혼자 사는 노파였다. 뒤셰스는 한동안 그 노파의 살림을 도왔다. 뜨개질에서 빠진 코를 채우고, 냄비를 챙기고, 땔감을 쟀다. 노파의 이름은 프루아사르였다. 프루아사르 부인은 호두만 좋아하고, 호두 아닌 다른 음식은 먹지도 않았다. 손에 관절염이 있는 사람이 호두를 그렇게 좋아하다니, 뒤셰스가 보기에는 하느님의 불친절한 농담 같았다. 하지만 프루아사르 부인은 껍데기를 벗긴 호두를 집에 가져와서 하숙생들에게도 주었다.

어느 날, 프루아사르 부인이 말했다.

"마르세유 백화점에 있는 귀여운 페퍼 살라미가 나를 위해 직접 호두를 깐다우. 아침마다, 다른 누구도 아닌 나를 위해서! 정말이지 착하고 친절한 아이잖수?"

뒤셰스는 그 말을 듣고 앞뒤를 맞췄다. 분명 그 아이였다. 귀에 익은 이름 때문만이 아니라, 그 아이의 착한 본성 때문이었다. 하루를 시작하기 전에 1킬로그램이나 되는 호두를 스스로 나서서 까다니, 페퍼다운 행동이 아닌가.

뒤셰스는 아직 다 낫지 않은 다리로 절뚝절뚝 언덕을 오르며 마르세유 백화점으로 갔다. 백화점은 전에 없던 대혼란에 휩싸여 있었다. 달리고, 싸우고, 수줍어하느라 모두의 뺨이 붉게 상기되어 있었다. 물건들은 모두 뒤집혔고, 바닥은 올리브씨와 호두 껍데기로 미끄러웠다. 고급 식재료 코너에는 아무도 없었다. 뒤셰스가 고기 코너의 푸주한에게 묻자, 푸주한은 페퍼 살라미가 다시 백화점에 얼굴을 내비치면, 그 머리를 베어서 바구니에 담아 집에 가져가겠다고 말했다.

뒤셰스는 아까 떨어진 단추들을 대신할 여분의 단추를 찾느라 재킷 주머니들을 만지작거렸다.

"한동안 시내를 뒤졌어. 그런데 아무리 봐도 너는 이미 마르세유를 떠난 것 같았어. 어찌해야 할지 막막하던 참에, 신문에서 로슈의 부고를 읽었어. 배 침몰 기사도. 신문에 난 자기 죽음을 자기 눈으로 읽다니, 참 기묘하지. 스스로한테 말했어. '뒤셰스, 여행을 준비해! 이 신문사로 가자.' 결국 널 찾아냈어! 정말 네 모습이 내 눈에 보였어!"

아바롱 거리의 가로등들이 막 불을 밝혔고, 뒤셰스의 마음에도 희망이 불을 밝혔다. 페퍼 루를 찾았다는 새로운 희망. 페퍼의 기사 때문에 뒤셰스는 일거리를 찾을 수도 없었고, 고향으로 돌아갈 엄두도 낼 수 없었다. 경찰에 붙잡힐지 모르는 위험까지 떠안았다. 하지만 신문사에서 포도주 가게로 걸어가는 조그만 몸을 보자, 뒤셰스는 그저 기쁘기만 했다.

"루!"

꼬마가 달아났다. 놀랄 일도 아니었다! 성을 부르다니, 이렇게 어리석을 수가! 온 세상에 루 선장이 죽었다고 알리려고 꼬마가 그렇게 애썼는데, 이렇게 어리석을 수가! 뒤셰스는 그 자리에서 폴짝거리며 페퍼를 지켜보았다. 페퍼는 어두운 거리를 내달려서 울타리를 뛰어넘고 어둠 속으로 사라졌다. 뒤셰스는 신문사에 가서 물었다. 신문사에서는 취재원을 절대 밝힐 수 없다고 말했다. 루라는 이름의 기자도 없다고 말했다. 뒤셰스는 포도주 가게로 가서 꼬마가 단골인지 물었다.

가게 주인이 말했다.

"오늘 처음 봤어요."

놀랄 일도 아니었다. 어린 선장이 술을 즐기지 않는 것은 뒤셰스가 누구보다 잘 알고 있었으니까.

구름이 손가락처럼 둥실 뜬 달을 긁기 시작했다. 뒤셰스는 턱에 짧게 난 수염을 손가락으로 긁었다. 바닥의 돌이 점점 차갑게 느껴졌다.

뒤셰스가 주저주저 말했다.

"그 기도문들이 기억났어. 네가 장례식 절차를 제대로 알고 있던 것도. 그래서 네가 성당에 열심히 다닐 거라고 추리했지."

뒤셰스는 조심조심 입을 뗐다. 뱃사람은 종교를 이야기할 때 아주 조심스럽기 마련이다.

"생각하니, 그 기도문들이 네 것은 아니었어. 종이 색이나, 펜과 잉크를 쓴 모양새를 보면……. 하지만 너는 늘 기도문을 지니고 다녔고, 뭐, 그래서 힌트를 얻었지."

말썽 피우는 뱃사람을 뒤쫓는 일이 뒤셰스에게 처음은 아니었다. 하지만 성당에서 사람을 찾기는 처음이었다. 대개는 술집들을 뒤지게 마련이었다. 어쨌든 동네에 누가 새로 나타나면, 성당의 신부는 그 소식을 술집 여자만큼 잘 알게 된다.

뒤셰스는 머리를 자르고 외투 깃을 올려서 형사인 척 꾸미고, 이 교회 저 교회를 돌아다니며 성직자들에게 교구에 새로 나타난 사람이 없는지 물었다. 뒤셰스는 그 근처에서 탈옥수가 도망 중이라는 기사도 신문에서 읽은 터였다. 뒤셰스는 자기가 찾는 꼬마가 그 탈옥수인 양 인상착의를 설명하며 성직자들에게 묻고 다녔다.

성 콩스탕스 성당에서 촛대에 있는 무엇이 뒤셰스의 눈에 띄었다. 그 기적 같은 발견에 짧게 자른 머리가 쭈뼛 섰다.

"그 석고상들을 내 편이라고 생각했어!"

뒤셰스는 터무니없었던 생각을 떠올리며 껄껄 웃었다. 그리고 주머니에서 연보랏빛 기도문 종이와 10프랑짜리 지폐를 꺼냈다. 성당 바닥에서 주운 것들이었다. 뒤셰스는 기도문과 지폐를 원래 주인에게 돌려주었다.

주님, 이제 주님의 하인 폴 루를 말씀에 따라 주님의 품에 편히 돌려보내나이다.
주님의 충실한 하녀, 미레유 레퐁 (미혼)

"분명히 거기 있었지? 하지만 네가 거기 있다가 벌써 떠났다고 생각했어. 그땐 그렇게 생각할밖에."

뒤셰스는 스스로를 독실한 신자라고 생각한 적이 없었다. 그러나 페퍼의 기도문을 우연히 찾아낸 뒤로 달라졌다. 뒤셰스는 어쩌면 길에서 페퍼를 따라잡을 수 있겠다 생각하고 서둘렀다. 그때, 앙드레 신부가 겁에 질려서 뒤셰스에게 달려왔다. 앙드레 신부는 고해 성사를 이야기했다. 도망자가 죄를 털어놓았다고, 탈옥한 뒤로 범죄를 계속 저지르고 또 저질렀다고, 뱃사람들과 친척들과 여우원숭이들과 토끼들을 죽였다고……. 앙드레 신부는 간신히 말을 마쳤고, 뒤셰스는 간신히 웃음을 참았다.

페퍼를 거의 찾을 뻔했는데, 성자가 그토록 잘 보이게 둔 단

서로도 바른 길로 못 가고 아무 성과도 얻지 못하다니! 뒤셰스는 카마르그 초원을 돌아다녔지만, 페퍼를 찾을 단서는 다시 사라졌다. 하지만 뒤셰스는 성당에서 우연히 페퍼의 물건들을 발견한 뒤로, 아무리 오래 걸리더라도 페퍼 루를 찾겠다고 결심한 터였다.

형사로 변장한 효과가 괜찮았기에, 뒤셰스는 처음 보는 사람에게서도 비밀을 끌어낼 수 있는 다른 변장을 찾아냈다. 생보나르들라메르에서는 수녀로 변장했다. 그리고 그곳 도살장에서 벌어진 기적 이야기를 들었다. 어떤 소년이 날뛰는 말들 앞에서서 죽을 위험에 처했다가 순식간에 사라졌다는, 아마 천국으로 곧장 올라갔을 거라는 이야기였다.

어떤 여자가 덜 익은 쇠고기를 접시에 놓으며 말했다.

"하느님께서 말 못하는 피조물들을 풀어 주셨어요. 그리고 하느님의 자식을 영광으로 끌어올리셨죠."

(사람들은 수녀에게 말할 때는 성경 구절에 나오는 단어를 아주 많이 쓴다. 수녀로 변장한 뒤셰스로서는 속으로 웃을 수밖에 없었다.)

"그 얘기를 듣자, 너를 찾는 게 더 힘들겠구나 생각했어."

뒤셰스는 한 손을 휘저었다. 눈가의 흉터가 찡그려져 눈썹 모양이 이상해졌다. 뒤셰스는 다음에 일어난 일을 매끈하게 설명할 수 있기를 바라며, 다음 이야기로 넘어갔다. 이제 그 이야기를 털어놓고 나면 다시는 그 일을 떠올리지 않을 수 있기를 바랐다.

앞이 안 보일 정도로 폭우가 퍼부었고, 해변 산책로에 모인 사람들이 소나기에 흩어졌다. 한 사람이 뒤셰스의 눈에 띄었다. 비를 피할 곳을 찾아 달리는 사람. 뒤셰스는 그 사람을 뒤쫓았다. 젖은 수녀복이 펄럭이며 뒤셰스의 맨다리를 찰싹찰싹 때렸다. 셔터를 내린 상가로 들어갔다. 틀이 납으로 된 유리 지붕에서 물이 샜다. 뒤셰스가 뒤쫓던 인물은 선원 옷을 꽉 쥐고 있었다. 바래고, 얼룩지고, 해어졌지만, 틀림없는 페퍼의 선장 옷이었다. 그 옷을 바느질하고 금술도 뗀 장본인이 뒤셰스 자신인데, 페퍼의 옷을 못 알아볼 리 없었다.

"나야! 달아나지 마! 나야!"

재킷을 입은 소년이 고개를 돌렸다. 페퍼가 아니었다.

뒤셰스는 서너 번만 주먹으로 때린 뒤, 도둑에게 페퍼한테 무슨 짓을 했는지, 옷도 돈도 빼앗긴 페퍼가 지금 어디에 있는지 물을 생각이었다. 하지만 어찌하다 보니 주먹질을 멈출 수 없었다. 루의 아들을 사방으로 찾아다녔는데, 고작 이 어린 도둑을 먼저 찾게 되다니.

"죽였어? 칼로 찔렀어? 말해! 그랬어?"

도둑은 아무 대답도 못 하고 갑자기 뒤셰스의 발치에 쓰러졌다. 상가 지붕에서 불빛이 번쩍했다. 경찰 호루라기 소리가 들렸다. 뒤셰스는 뱀파이어처럼 옷자락을 휘날리며 공중 화장실에 숨었다.

뒤셰스는 세세한 설명은 피하고 한두 문장으로 간략히 그 이야기를 정리했다. 밝고 활기찬 목소리로 말하기로 마음먹었던 것도 잠시 잊었다.
"소동이 잠잠해지자, 수녀원으로 돌아갔어."
"수녀원에 있었어요?"
페퍼는 크게 감동했다. 페퍼도 여기저기 다녔지만, 수녀원에 갈 생각은 미처 하지 못했기 때문이다.
"아니, 아가. 아니야. 수녀원 빨랫줄에서 '빌린' 옷을 돌려주러 갔지. 빌린 물건은 꼭 되돌려 줘야지. 트루아 수녀원 수녀들은 정말이지 값진 보석 같은 분들이야. 낯선 사람에게도 문을 활짝 열고, 아무것도 묻지 않았어. 흠잡을 데 없는 친절의 표본이야."
뒤셰스는 들리지 않게 욕을 한 뒤, 다시 말을 이었다.
"그런데 그때가 성 트루아 축제였어. 유일하게 자동차를 운전할 줄 아는 수녀는 담석증으로 누워 있었어. 해마다 축제 때 떠나는 성지 순례 때문에 수녀원에는 운전할 사람이 필요했지. 왕복 5백 킬로미터 거리야. 내가 운전을 맡을밖에. 일주일 뒤에야 생보나르들라메르로 돌아올 수 있었어. 그제야 병원으로 가서 물어볼 수 있었지."

수녀들을 차에 태우고 프랑스 시골을 도는 내내, 뒤셰스의 머릿속에는 오직 한 가지 생각만 맴돌았다. 도둑, 도둑질, 재킷. 페퍼가 어디 쓰러져 있지 않을까? 벌써 죽었거나, 아니면 죽어 가고 있지 않을까? 아니면 그 도둑이 카페의 옷걸이나 의자 등받이에서 재킷만 훔쳤을까? 도둑이 아니라 페퍼가 그 아이와 옷을 바꿔 입은 건 아닐까? 그 둘이 친구인지도 몰라! 그 아이가 병원에서 간호사들과 환자들한테 자기를 공격한 사람 이야기를 들려주었을까? 경찰이 그 일대에서 나를 찾고 있지 않을까? 뒤셰스는 그 모두를 알아낼 때까지 마음을 놓을 수 없었다.

뒤셰스는 수녀원으로 돌아온 뒤 병원으로 갔다. 수녀복을 의사 가운으로 갈아입고, 페퍼의 옷을 입은 아이를 찾아갔다.

콩스탕탱 크루페는 시체가 되어 누워 있었다. 머리까지 덮인 흰 시트 위로, 연보랏빛 기도문 종이가 가슴 언저리에 놓여 있었다. 거기에는 '고이 잠드소서'라는 글이 적혀 있었다.

콩스탕스 탑 지붕 위에서, 뒤셰스는 꼬마의 시체를 보았을 때 느낀 기분을 한마디도 말하지 않았다. 죽음은 선체에 뚫린 구멍과 아주 비슷하다는 것을 뒤셰스는 잘 알고 있었다. 그 구멍으로 밀려드는 바닷물은 무엇으로도 막을 수 없다.

경관들이 이미 병원에 도착해 있었다. 뒤셰스는 콩스탕탱 크루페의 침대 옆에 서 있었다. 놀랍고 화가 났다. 어찌할 바를 몰랐다.

흰 가운을 입은 뒤셰스의 어깨를 경관이 톡톡 쳤다.
"왜 죽었는지 알 수 있을까요?"
뒤셰스가 숨을 내쉬었다.
"예. 제가 보기에는……."
그때 갑자기 간호사가 나타나서 훌쩍거리며, 병원 건물 앞 자전거 보관대에 세워 둔 자기 자전거를 누가 훔쳐 갔다고 말했다. 뒤셰스는 슬며시 자리를 피했다. 연보랏빛 기도문을 손에 어찌나 꽉 쥐었는지, '고이 잠드소서'라는 글자가 뒤셰스의 손바닥에 거꾸로 찍혔다.

이제 방법이 없을 것 같았다. 뒤셰스는 좋은 의도로 페퍼를 찾아다니며 계속 좋은 일만 했다. 그러나 이런 말도 있지 않나.
'의도가 좋다고 항상 결과가 좋으라는 법은 없다.'

포기했다. 아실 뒤셰스는 포기했다. 도망칠 생각밖에 없었다. 지나가는 차를 얻어 타고 생보나르들라메르보다 조금 큰 도시인 에그모르트까지 가서, 보이지 않게 숨었다. 에그모르트가 로슈 미망인의 고향이라는 사실이 뒤셰스의 머릿속에 희미하게 떠올랐다. 선장이 선실에서 위로의 편지를 수없이 쓰다가 말았던 터라, 그 주소는 뒤셰스의 머리에 잘 남아 있었다. 하지만 뒤셰스는 로슈 부인을 찾아갈 수 없었다. 로슈 부인뿐 아니라, 어느 누구도 찾아갈 수 없었다! 뒤셰스는 석 달 넘도록 이베트 로슈 생각을 머릿속에서 몰아내려 애썼다.

뒤셰스는 집주인이 껍데기 깐 호두를 주던 점잖은 하숙집에서 호사스럽게 지낼 수도 없었다. 변두리 암흑가에 숨었다. 어쨌든 그는 이제 범죄자였다.

살인자.

두 번이나 살인을 저질렀다.

새 집주인은 호두가 주지 못하는 위안을 베풀 줄 아는 사람이었다. 페르피냥과 니스 사이에 있는 뱃사람들은 누구나 골칫거리가 생기면 미엘 로세트를 찾아갔다.

미엘이 문을 열고 말했다.

"자기야, 죽은 줄 알았어! 신문 기사 봤거든. 누가 장난으로 기사를 냈나 봐."

미엘은 그 말만 했을 뿐, 다른 것은 묻지 않았다. 미엘은 아실 뒤셰스를 좋아했고, 뒤셰스가 살아 있는 것을 보자 기뻐했다. 페르피냥과 니스 사이에 있는 모두가 뒤셰스를 좋아했다.

미엘은 뒤셰스에게 빅 살 밑에서 문지기나 빚을 받는 사람으로 일하라고 제안했다. 그러나 뒤셰스는 소매 안으로 주먹을 감추고 고개를 절레절레 흔들기만 했다. 뒤셰스는 자신이 얼마나 난폭하게 변할 수 있는지 깨닫고, 그 폭력성이 다시는 밖으로 나오지 않도록 잘 가두어 두기로 마음먹은 터였다. 사실, 뒤셰스는 스스로 집에 갇혀 지냈다. 하숙집 뒷방에 앉아서 신문을 읽거나, 정원을 내다보며 콩스탕탱 크루페를 생각했다.

자신이 죽인 또 다른 사람도 생각했다.

돈이 문제였다. 갖고 있던 돈은 페퍼에게 다 주었다. 말레이시아 화물선에서 페퍼의 재킷에 붙은 금술을 떼어 내면서, 지폐 뭉치를 재킷 주머니에 넣었다. 배를 고의로 침몰시키는 보험 사기로 번 더러운 돈을 없앨 수 있어서 기쁘기만 했다. 하지만 안타깝게도, 어느새 뒤셰스의 수중에는 미엘에게 일주일마다 내야 할 집세조차 없었다. 뒤셰스는 그 사실도 머릿속에서 지웠다. 지우려 애썼다. 머릿속에 있는 것은 뭐든 다 지우려 애썼다. 지은 죄의 목록이 어찌나 길고 끔찍한지, 아무리 지우려 해도 아우성칠 뿐이었다. 고양이 여남은 마리를 어두운 바깥에 내놓는다고 고양이들이 창가를 돌아다니며 야옹거리는 소리가 사라지는 것은 아니다.

뒤셰스는 불법이 아닌 일자리를 찾으려고 신문을 펼쳤다. 콩스탕탱 크루페의 죽음을 알리는 간단한 부고가 보였다. 죄책감에 창자가 끊어지는 것 같았다.

미엘이 뒤에서 넘겨보며 말했다.

"어머, 저것 좀 봐. 신문에 거짓말이 난무한다니까! 귀여운 KK가 죽긴 왜 죽어."

뒤셰스는 미엘에게 말하려 했다. 미엘이 틀렸다고, 미엘이 아직 듣지 못해서 그렇게 생각하는 거라고, 그 부고는 뒤셰스도 분명히 확신할 수 있는 소식이라고…….

미엘은 뒤셰스에게 분명하게 말했다.

"아니, 아니야. 귀여운 KK가 어제도 여기 다녀갔어. 전보를 배달했어. 얼마나 착한 애인데. 자기도 KK를 봤을 텐데……. 아니, 자기는 자고 있었나? 그래. 전보 배달부. 귀여운 KK."

뒤셰스는 스스로 바라든 바라지 않든, 갑자기 다시 페퍼를 찾아다니게 됐다. 침착하게 정보를 모으지 않았다. 미친 듯이 에그모르트의 거리와 운하를 누비며 전보 배달부를 찾아다녔다. 그 추적은 우체국에서 시작돼 포스트가에 있는 다락방 문을 발로 차는 일로 끝났다.

없었다. 두 소년과 개뿐이었다. 페퍼는 없었다.

뒤셰스는 스스로를 벌하기로 마음먹었다. 클로드 로슈의 미망인을 찾아갔다. 더는 로슈 미망인을 머릿속에서 몰아내려고 애쓰지 않기로 마음먹었다.

자신이 그 여자의 남편을 죽였다는 사실도.

클로드 로슈가 롱브라쥬호 갑판에서 벌거벗은 채 죽일 듯이 욕하고, 달리며, 페퍼의 뒤통수에 양동이 고리를 휘두를 때였다. 아실 뒤셰스는 눈처럼 흰 영국 자수 잠옷을 입고 선실에서 나와, 발을 쭉 뻗었다. 로슈는 뒤셰스의 발에 걸려 옆으로 넘어져 굴렀다. 밧줄 윈치에 부딪히고, 짐칸으로 머리부터 곤두박질

쳐서 고철에 찔렸다. 어찌나 순식간에 벌어진 일인지, 로슈는 비명도 내지르지 못했다. 그래도 발을 건 사람에게 욕할 시간은 있었다. 뒤셰스는 로슈의 욕이 물새의 배설물처럼 머리카락에 들러붙는 것을 느낄 수 있었다.

콩스탕스 탑 지붕 위에서, 뒤셰스는 취직 면접이라도 준비하는 양 돌가루를 뒤집어쓴 머리카락을 손가락으로 쓸었다. 뒤셰스의 이야기 중심에는 교수대 올가미처럼 죽음이 매달려 있었지만, 뒤셰스는 죽음에 대해 아무 말도 하지 않았다.
 뒤셰스가 가볍게 말했다.
 "로슈 부인을 보러 갔어. 그냥 어쩌다가 지나가는 길에 보러 갔지. 알고 있었어? 그럴 가능성이 얼마나 될까? 우리 둘 다 로슈 부인을 찾아갈 확률 말이야. 인생은 우연으로 가득 차 있어. 그렇게 해서 마침내 너를 찾아냈지."
 어둠 속에서 새 한 마리가 정적을 깨야 할 필요를 느끼고 노래했다.
 올빼미 한 마리도 희고 둥근 얼굴에 커다란 눈을 끔뻑이며 등대 창틀로 날아와 쉬었다. 올빼미는 요즘 무슨 일이 있었는지 나름대로 설명하려는 양 소화되지 않은 쥐의 몇 부분을 토했다.
 페퍼가 말했다.
 "그 뒤로 줄곧 저를 뒤쫓으셨군요."

뒤셰스는 머리카락을 자를 때가 됐는지 살피려는 듯 엄지와 검지로 머리카락을 당기고, 고개를 갸웃하며 말했다.
"가끔, 여기저기. 시간이 남을 때. 지켜봤지. 일이 제대로 돌아가는지 보고 있었어."
페퍼가 말했다.
"저를 도우셨잖아요."
아실 뒤셰스는 차가운 밤공기를 한입 들이마셨다. 그러고는 고개를 젖혀 달을 올려다보았다. 뒤셰스의 거친 머리카락이 페퍼의 목덜미를 긁었다.
"그렇지 않아. 일을 열 배 더 어렵게 만들었지. 너를 도와? 아니야."

빅 살의 빚을 받으러 다니는 부하들이 메죄네가를 건들건들 지나가며, 자기 남편이 맞았다는 이유로 냄비를 던진 이베트 로슈 같은 여자를 어떻게 생각하는지 떠들었다. 그리지오는 그것이 열정적인 성격이라는 표시라고 말했다. 포그는 냄비에 음식이 담겨 있었고, 음식을 낭비한 거라고 말했다.
빅 살의 부하들이 모퉁이를 돌자, 갑자기 유모차가 날아왔다. 머리에 스카프를 쓰고 트위드 치마를 입은 덩치 큰 여자가 유모차로 빅 살의 부하들을 때렸다. 유모차에는 아이가 없었다. 밑창이 밧줄로 된 신발만 있었다. 갑작스러운 일에 빅 살의 부하들은 크게 당황했다. 덩치 큰 여자는 유모차를 계속 휘두르며 때렸다. 결국 유모차 바퀴 두 개가 떨어져 나가고, 빅 살의 부하들은 모두 길바닥에 엎어졌다.

여자는 빅 살의 부하들을 한 사람씩 위협했다. 쓰러진 상대의 머리카락을 움켜쥐고 고개를 꺾은 뒤 으르렁거렸다.

"저 두 사람을 또 괴롭히면, 다음번에는 유모차 말고 열차로 맞을 줄 알아."

여자는 빅 살의 부하들이 그날 오전에 거둔 돈을 챙겨서, 밑창이 밧줄로 된 신발을 신고, 유모차를 끌며 휙 사라졌다. 유모차의 휘어진 바퀴살이 포장도로 가장자리를 긁으며 시끄러운 소리를 냈다.

부하들은 빅 살에게 가서, 클로드 로슈한테 맞고 돈을 빼앗겼다고 거짓말했다. 스카프를 쓰고 트위드 치마를 입은 여자에게 당했다고 말하면 남자 체면이 깎일 테니까.

뒤셰스가 말했다.

"나한테 문제가 있어. 난폭해. 화를 못 다스려."

페퍼는 슬피 흐느끼는 남자의 입에서 그런 말을 듣는 게 어쩐지 우스꽝스럽다고 생각했다. 페퍼와 뒤셰스는 등을 맞대고 있어서, 페퍼는 자기 어깨에 닿은 뒤셰스의 어깨가 들썩이는 것을 확실히 느낄 수 있었다.

페퍼는 그제야 사실을 깨닫고 말했다.

"해외 파병 군대에서 저를 빼내셨잖아요."

뒤셰스가 고개를 갸웃했다.

"뭐? 아, 그래. 네 턱이 굳고 단단하면, 그 철모가 아주 잘 어울릴 수도 있겠지. 하지만 전체적으로 봤을 때, 네가 해외 파병 군대에 가면……, 정신을 잃을 뿐이야. 온통 모래와 파리, 시체뿐이지."

"빅 살의 지하실에서도 저를 구하셨잖아요."

뒤셰스가 스웨터 소매로 얼굴을 닦았다.

"그으으래. 미용실을 엉망으로 만들어서 미안하지만, 너를 거기서 빼내려면 뭐든 해야 했어. 내가 너를 대신해서 빅 살의 부하들에게 저지른 일이 있는데, 너는 전혀 모르고 있었어. 이베트한테서 네가 거기 갔다는 말을 듣고 얼마나 괴롭던지! 네가 아무것도 모른 채 거기로 가다니! 양이 도살장에 제 발로 가는 꼴이잖아! 네가 그렇게 갔는데, 내가 어떻게 가만히 앉아 있을 수 있겠어? 미엘한테 언젠가 나를 도와 달라고 부탁해 두었지만, 너는 금방이라도 가루가 될 판이었어. 타르타르스테이크(익히지 않은 쇠고기를 곱게 다지고, 그 위에 양념을 곁들여 먹는 음식 : 편집자)가 될 판이었다고! 그래서 미용실에 들어가서 수도꼭지를 틀었어. 빅 살과 그 사랑스러운 부하들을 적셔 주었지. 으음, 그래도 미용실 사람들한테는 미안해."

페퍼와 뒤셰스는 한참 동안 침묵 속에 앉아 있었다. 그리고 자기들을 콩스탕스 탑 지붕까지 올라오게 한 사건들과 실수들을 생각했다. 올빼미가 고개를 돌리고 또 토했다. 올빼미는 페퍼와 뒤셰스에게 "다 내뱉어!" 하고 훈계하는 것 같았다.

"왜? 왜 저를 그렇게 걱정했어요?"

(페퍼는 그렇게 말해야 했지만, 못 했다.)

그러면 뒤셰스가 이렇게 대답할 수 있었을 텐데.

"나는 아들을 가질 리 없고, 갖지도 못하겠지만, 꼭 너 같은 아들을 두고 싶으니까."

안타깝게도, 사람들은 그런 말을 좀처럼 털어놓지 않는다. 대신, 뒤셰스가 말했다.

"생각하기 싫지만, 내가 한 일 때문에 얻을 결과는 둘 중 하나겠지. 잠시 감옥에 가게 되거나, 아니면 죽거나. 나는 수호천사로는 아주 형편없나 봐."

그 말에, 페퍼가 으르렁거리듯 신음을 내뱉으며 말했다.

"피비린내 나는 천사들."

14장
열넷

페퍼가 일어나 지붕 난간으로 걸어가서 외쳤다.

"지금 저를 죽이세요. 이제 외통수가 됐어요."

성자들과 천사들은 프랑스 버스 노선처럼 뒤죽박죽 형편없는 작전 끝에, 마침내 페퍼를 궁지에 몰아넣었다. 운명은 군인, 경찰, 악당, 친구의 모습으로 사방에서 페퍼를 조였다.

페퍼가 뒤셰스에게 말했다.

"뒤셰스 아저씨가 여기 있는 건 아무도 몰라요. 안 보이게 숨어 있다가, 문이 열린 뒤에 몰래 빠져나가세요."

뒤셰스는 암초들이 많은 곳으로 흘러가는 배를 멈추려고 닻을 내리는 양 무겁고 굳게 앉았다.

"내려와. 자살은 죄악이야. 나는 찬성할 수 없어. 그건……."

그러나 바닷바람에 상하고 약해진 돌바닥이 가루처럼 부

서져 페퍼의 양말 밑에서 바스락거리는 바람에, 뒤셰스의 말은 허공에 흩어졌다.

뒤셰스는 도무지 모르겠다고 한탄할 뿐, 말을 제대로 잇지 못했다.

"왜? 왜 늘……? 왜 이렇게 죽으려고……?"

페퍼는 아래를 내려다보았다. 포장도로가 보였다. 어찌되었건 새벽은 살금살금 다가와 있었다. 빵을 배달하는 마차가 카페에 빵을 내리고 있었다. 페퍼는 말 위에 떨어지기 싫었다. 페퍼는 말을 좋아했다. 몸을 돌려서 지붕 난간을 따라 위치를 옮겼다. 쉬 바스러지는 돌이 페퍼의 발밑에서 높고 부드럽게 사각거렸다. 자전거를 세워 놓은 두 아이가 보였다. 두 아이 사이에 누운 개도 보였다. 페퍼는 그 위로 떨어지기도 싫었다. 개 위로 떨어지기는 더더욱 싫었다. 조금 기다렸다가 떨어져야 할 것 같았다. 그래서 페퍼는 그사이에 뒤셰스에게 모든 걸 말해야겠다고 생각했다.

페퍼는 뒤셰스에게 설명했다. '포브르', 성 콩스탕스와 미레유 이모, 열네 번째 생일과 실수투성이 천사들에 대해서. 지치고 초조한 목소리였다. 쫓기느라 양말이 닳았고, 양말에 난 구멍으로 지붕의 돌바닥이 살에 닿았다.

뒤셰스는 페퍼의 말에 끼어들지 않았다. 이를테면 '애야, 바보 소리 마! 말도 안 되는 생각이야!'라고 귀에 거슬리게 큰소리를 내지 않았다.

하지만 여기저기서 가끔, 에투알 쉬드 신문사에서 교열 기자가 연필로 흐릿하게 기사를 수정하듯, 뒤셰스는 조용한 목소리로 부드럽게 정정했다.

"아니, 선장. 그건 내가 한 일이야……. 아니, 그건 로슈 스스로 저지른 일이야……. 그 쪽지는 선박 회사에서 네 아버지한테 준 거였어……. 앵무새들은 애완동물 가게에 팔려고 밀수한 거야……. 택시를 빌리기는 쉬웠어……. 새들은 좀 신비한 일을 하지. 나도 늘 그렇게 생각했어……. 누구나 자기가 기대하는 것만 봐……. 누구나 자기가 보고 싶은 것만 봐."

지붕 난간에 선 아이는 뒤셰스의 말에 귀를 기울이지 않았다. 하지만 페퍼가 지금껏 겪은 일들을 머릿속으로 다시 그리며 이야기하는 동안, 페퍼의 머릿속에서는 그동안 사람으로 변한 천사들과 성자들이라고만 생각했던 모습들이 달리 보이기 시작했다. 미터기를 꺾으며 불타는 전차를 모는 운전사들, 어둠 속에서 나오는 성자들, 골목과 병원 복도를 돌아다니던 천사들……. 처음으로 페퍼는 그 얼굴들을 마음의 눈으로 볼 수 있었다. 그 사람들은 모두 아실 뒤셰스였다.

가르 호텔 옥상에서 본 경치를 설명하던 페퍼는 갑자기 얼굴을 확 찌푸렸다. 뒤셰스의 뺨에 있는 흉터처럼 페퍼의 얼굴이 일그러졌다.

페퍼는 발꿈치까지 들고 뒤셰스 쪽으로 몸을 홱 돌리며 분노에 차서 소리쳤다.

"성자들과 천사들이 없단 말이에요?"

뒤셰스는 지붕 끝에서 간신히 중심을 잡고 서 있는 사람이 자기인 양 종아리에 쥐가 났다.

뒤셰스가 다리를 힘껏 주무르며 말했다.

"말도 안 되는 소리 그만해. 물론 성자들과 천사들은 존재해! 아니면 내가 어떻게 너를 찾아왔겠어?"

마차가 덜커덩덜커덩 움직이며 거리에서 사라졌다. 갓 구운 빵 냄새가 어찌나 진한지, 페퍼와 뒤셰스가 있는 지붕까지 올라와 코를 간질였다. 맛있는 냄새.

뒤셰스가 차분히 누른 목소리를 되찾았다.

"그렇지만 선장……, 착한 아가야……, 그런 생각은 한 번도 안 해 봤어? 미레유 이모가 사람들한테 말한 그……, 그 꿈 이야기가 거짓말일 수도 있다고 생각한 적 없어?"

페퍼는 눈을 깜박였고, 뒤셰스의 질문을 곱씹으며 정답을 찾다가 대답했다.

"아뇨."

글쎄, 페퍼는 정직해야 했다. 사실, 페퍼라는 천에는 무늬가 새겨졌다. 페퍼의 인생이 외투라면, 미레유 이모와 성 콩스탕스가 그 외투를 대신 만들어 주었다. 페퍼의 삶은 전부 미레유 이모와 성 콩스탕스가 재단하고 재봉했다. 페퍼가 태어나기 전날 밤 미레유 이모가 본 환영으로 페퍼의 삶 전체가 만들어졌다.

뒤셰스는 종아리에 난 쥐 때문에 일어나지 않을 수 없었다. 부러진 깃대를 지팡이 삼아 일어났다. 깃대의 길이는 뒤셰스의 키와 비슷해서, 깃대 끝에 달린 녹슨 깃봉이 뒤셰스 눈높이에 왔다. 뒤셰스가 손가락에 침을 묻혀, 둥근 깃봉에 묻은 먼지를 닦았다.

뒤셰스가 나직이 말했다.

"나도 성자들을 좋아해. 더러운 빨랫감을 내놓지도 않고, 도끼날을 갈라고 시키지도 않아. 성자들은 그저 누군가 부르기를 조용히 기다리지. 찬송가 부르기와 신도의 말에 고개를 끄덕이는 것 말고 다른 취미도 없어……. 뭐, 성자들이 하는 일이란 그런 것 아닌가? 성자들이 나처럼 못된 성질을 내보이면 어떻게 되겠어? 아니, 성자들이 네 이모처럼 악질적인 여자들이랑 어울리면?"

페퍼는 눈을 꼭 감고 있었다. 까치발로 서서 낮게 통통거렸다. 저 아래 거리에는 경찰차가 서 있었다. 삭은 돌바닥 난간에서 흩날린 먼지가 빵에 뿌린 흰 설탕 가루처럼 경찰차 지붕에 하얗게 내려앉았다.

페퍼가 갑자기 눈을 아주 크게 뜨고 소리쳤다.

"이모가 왜 거짓말을 하겠어요? 뭣 때문에?"

뒤셰스가 깜짝 놀라 펄쩍 뛰었다. 다행히 페퍼는 지붕 안쪽으로 걸음을 옮겼다. 뒤셰스는 페퍼의 발밑에서 낡은 돌이 바스러지는 것을 지켜보았다.

뒤셰스가 나직이 말했다.

"착각했겠지. 내가 네 이모를 비방하는 건지도 모르겠다만, 네 이모는 꿈을 성자의 계시로 착각했을 거야. 꿈이 너무 생생해서 스스로 그 꿈을 성자의 계시라고 굳게 믿고……."

"아녜요! 이모는 그 꿈을 아주 많이 꿨어요. 아주 여러 번 꿨어요! 성 콩스탕스께서 분명히 말했대요! 이모가 우리한테 전했어요! 성 콩스탕스는 아주 또박또박 말씀하세요!"

뒤셰스는 그만 맥이 풀려서 크게 웃음을 터트렸다. 배꼽을 잡고 웃었다. 밤새 콩스탕스 탑에서 쉬던 새들이 일제히 깃털을 퍼덕이며 하늘로 날아올랐다. 그 바람에 페퍼가 깜짝 놀라서 균형을 잃고 비틀거리자, 뒤셰스가 재빨리 튀어 나가 손을 내밀었다.

"네 이모는 심보가 뒤틀리고 질투가 나서 심술을 부린 거야!"

페퍼가 얼굴을 찌푸렸다. 이제 막 갈피를 잡기 시작했지만, 여전히 이해할 수 없었다.

"무슨 말이죠? 질투? 이해가 안 돼요. 뭘 질투해요?"

"물론 네 어머니지! 자기는 아이가 없는데, 동생이 아이를 가졌으니 질투하지! 맹세하는데, 나는 누구보다 잘 알아! 나도 너 같은 아들을 둘 수 있으면, 내가 가진 걸 뭐든 다 바치겠어……. 뭐, 내가 결혼을 좋아하는 남자라면 그렇다는 말이지만."

페퍼는 생각에 잠겼다. 자기 삶을 되돌아보았다. 이마를 덮은 머리카락이 바람에 휘날렸다. 점점 분명해지는 생각에 이마까지 훤히 드러나는 것 같았다. 페퍼는 미레유 이모가 등장하는 몇몇 장들을 덮어 버렸다. 미레유 이모의 별난 학대, 미사와 고해 성사로 꽉 찬 일정, 페퍼의 손바닥에 화상을 입힌 촛농, 학원에도 보내지 않은 것, 페퍼의 방 벽에 기도문을 꽂은 핀들, 독선으로 강요한 신앙생활, 페퍼의 무릎에 박이게 한 굳은살.

페퍼는 날아가려는 듯 양팔을 넓게 쭉 펼쳤다.

뒤셰스가 소리쳤다.

"선장, 안 돼요! 제발!"

페퍼가 지붕 안쪽으로 물러섰다. 그러고는 머리 위로 손뼉을 치고, 손가락으로 탁 소리를 냈다.

"좋아요, 그럼! 뒤셰스, 지금 우리한테 필요한 건 크레오소트예요!"

콩스탕스 탑 아래 노천카페에서 경관 예닐곱 명이 아침을 먹으며, 탑 관리자가 열쇠를 가지고 도착하기를 기다렸다. 진한 블랙커피를 즐기던 시간이 망쳐졌다. 완전 군장을 한 해외 파병 군대의 소위가 권총을 들고 몇 시간 동안 그 옆에 있다가 다가왔기 때문이다. 소위는 의무감에 밤새 그 자리에서 텐트 기둥처럼 꼼짝하지 않았다. 처음에는 카프탄, 아프리카 옷, 작업복, 나들이옷 등을 잡다하게 입은 훈련병 여남은 명이 소위를 둘러싸고 있었다. 하지만 지치고 지루하고 숙취로 괴로운 나머지, 훈련병들은 해외 파병 군대에 지원하겠다는 생각을 버리고 사라졌다. 르 프티 카포랄 아래 미용실에서 벌어진 소동 때문에 입대 신청서에 서명할 마음도 잃은 상태였다. 그리고 이제는 플로 소위를 보며 빠져나오길 잘했다고 생각하기 시작했다.

소위는 조금도 달라지지 않았다. 기본 훈련을 받다가 택시를 타고 달아나서 자기 권위를 깎아내리고 자신을 바보로 만든 지원병 '군대 로슈'를 잡아서 처형할 생각에만 사로잡혀 있었다.

소위의 옆 탁자에는 빅 살의 빚을 받으러 다니는 부하들인 그리지오와 포그가 있었다. 그들은 누가 담배를 더 많이 피울 수 있는지 내기하듯 담배를 피워 댔다. 둘의 발치에는 담배꽁초가 눈처럼 수북이 쌓였다. 비밀 도박장의 바텐더 빌리가 다가와서 그 옆에 맥없이 앉았다.

빌리가 그리지오와 포그에게 말했다. 빅 살의 비밀 도박장은 난장판이어서 몇 달 동안 문을 못 열 상태고, 물을 빼려고 온 소방관들이 바 뒤에 있는 술을 다 마셔 버렸다고. 빅 살은 클로드 로슈를 살라미보다 얇게 저미고 싶을 게 틀림없다고. 빌리가 그리지오와 포그에게 건넨 말은 '클로드 로슈를 살라미보다 얇게 저며라!'라는 말을 에두른 것이었다.

　엑스와 와이는 자전거에 기대서서 콩스탕스 탑의 둥근 꼭대기를 올려다보며, 제트를 신고했으면 어땠을까, 현상금으로 무엇을 했을까를 생각했다. 베오울프는 엑스와 와이 사이에 누워 따뜻한 크루아상과 도넛, 방금 구운 식빵 냄새를 맡고 코를 씰룩거렸다. 갑자기 찌르레기 수천 마리가 하늘로 날아올라 사방으로 퍼졌다. 베오울프가 일어서서 컹컹거렸다.

　조금 뒤, 탑 가장자리에서 사람 형태가 나타나더니 아래로 뛰어내렸다.

　1미터쯤 아래로 떨어진 그 사람은 밧줄을 몸에 묶고 있었다. 그리고 발바닥으로 돌벽을 딛고 서서 몸을 지탱했다. 몸이 비스듬히 기울어져 있었는데, 한쪽 팔에 크레오소트 깡통을 걸고 있었기 때문이다. 떨어진 크레오소트 방울들이 포장도로에 피처럼 튀었다.

　멍한 상태로 밤을 지새운 플로 소위는 총을 쥔 손이 굳은 것을 깨닫고 미친 듯이 손을 문지르기 시작했다.

　경관들이 커피 잔들을 쟁강거리며 의자를 뒤로 끼익 밀어낸 뒤, 서둘러 재킷 단추를 채우며 말했다.

　"클루프? 크롱크? 크래프!"

　엑스와 와이가 말했다.

　"제트?"

　소위가 소리쳤다.

"로슈 훈련병! 투항해!"

그리지오가 포그에게 내기를 걸었다.

"저놈이 떨어져서 자살한다는 데 100프랑 걸게."

카페 지배인이 손님들에게 건넬 아침값 청구서를 서둘러 적으며 말했다.

"저 위에 사람이 더 있는걸요."

페퍼는 죽은 비버의 털처럼 뻣뻣하고 거친 붓으로 탑 벽을 칠하기 시작했다. 새로 하얗게 단장한 탑 벽이 페퍼의 붓질에 더러워졌다.

뒤셰스가 지붕에서 소리쳤다.

"황소! 이 지방 사람들은 황소를 좋아해!"

페퍼가 흰 회반죽 벽에 붓을 놀렸다.

"그렇지만 황소는 글을 못 읽어요!"

뒤셰스는 현기증과 땀 때문에 눈을 감았다.

"세상에, 황소가 글을 읽을 줄 안다는 말이 아니잖아. 선장, 왜 이렇게 높은 곳을 좋아해? 나는 그것까지는 좋아할 수 없어. 도대체 높은 곳이 왜 좋아?"

페퍼가 잠시 붓질을 멈추고 찌르레기들을 지켜보았다. 찌르레기들은 공처럼 모였다가 흩어졌다가 다시 모이며, 파란 아침 하늘을 커다랗게 빙빙 돌았다.

페퍼는 문득 깨달았다.

'성난 전차랑 운석, 검은 기사 찾는 걸 잊고 있었네. 하늘에 갑옷 입은 천사랑 분노한 성자의 투석기나 화살이 보이는지 살피는 걸 한동안 하지 않았구나.'

제멋대로 노느라 바쁜 찌르레기들은 징후나 전조가 될 수 없었다. 페퍼는 정말로 높은 곳을 좋아했다. 감시해야 한다는 의무에서 시작한 일이 어느새 즐거움으로 바뀌었다.

페퍼가 뒤셰스에게 약속했다.

"크레오소트만 충분하다면, 다른 쪽에는 황소 이야기를 쓸게요."

일찍 일어나서 출근하는 사람들이 카페 옆에서 걸음을 멈추고, 도시의 가장 큰 자랑거리인 건물에 구호가 적히는 광경을 올려다보았다.

엑스가 와이에게 물었다.

"저게 무슨 뜻이야?"

글을 배운 적 없는 포그가 그리지오에게 물었다.

"저게 무슨 말이야?"

그리지오도 대답할 수 없었다. 그리지오는 힘들게 씨름하면 읽을 수 있었지만, 벽에 적힌 글에는 달리 참조할 단서가 없어서 뜻을 파악하기 어려웠다.

경관이 말했다.

"그럼, 공산주의자인가? 러시아 이름 같아. 콩스탕탱."

다른 경관이 발끈했다.

"동무, 러시아 사람이라고 다 공산주의자야?"

카페 주인이 말했다.

"저 탑을 새로 칠하는 데 일 년이 걸렸어요. 유적을 망치는 놈이라니."

플로 소위는 입을 열지 않았다. 총을 쥔 손에 한두 번 힘을 준 뒤, 겨냥하고 쏘았다.

총소리에 모두가 깜짝 놀랐다.

"무슨 짓이야?"

"아니, 도대체 왜……?"

"당신이 도대체 뭔데?"

"여기가 아프리카인 줄 알아?"

비록 얼굴이 아주 붉게 달아오르기는 했지만, 소위는 부끄러운 줄 몰랐다.

"저놈은 탈영병이오. 해외 파병 군대에서 탈영병은 총살형이오!"

경관이 말했다.

"에그모르트에서는 어림없소!"

카페 주인이 말했다.

"내 가게 앞에서는 어림없어요."

포그와 그리지오는 서로 마주 보며 히죽거렸다. 빅 살에게서 명령을 받긴 했지만, 경찰 눈앞에서 클로드 로슈를 죽이기는 힘들었다. 자기들이 할 일을 해외 파병 군대 장교가 대신 처리하게 됐으니, 둘은 그저 기쁠 뿐이었다.

탑 꼭대기 부근에서, 페퍼는 크레오소트가 새지 않도록 깡통을 옆으로 기울였다. 깡통에는 총알구멍이 났다.
'무슨 일이 있어도 이 소중한 크레오소트를 조금은 남겨야 해. 구호를 짧게 적을걸. 황소 이야기도 써야 하는데…….'
페퍼와 뒤셰스 사이를 이은 밧줄이 툭툭 터졌다. 밧줄에 낀 누런 곰팡이가 먼지처럼 흩어졌다. 깃대에서 나온 밧줄은 비바람에 오래 시달린 터였다. 끊어지기 전까지 얼마나 더 버틸 수 있을까?
얼굴은 보이지 않았지만, 뒤셰스의 목소리가 페퍼에게 주의를 주었다.
"다시 올라와! 아니, 미쳤어? 사격 표적이 됐잖아! 선장? 총에 맞았어?"
그러나 밧줄이 두 사람을 잇고 있어서, 뒤셰스는 페퍼를 살펴볼 수도 없었다. 뒤셰스가 끄트머리 가까이 가면, 페퍼가 탑 아래로 더 내려가게 될 테니까.
"선장……, 얘야! 죽는 것보다 체포되는 게 나아! 얼른 여기로 다시 올라와!"
페퍼는 탑을 빙 둘러 걸었다. 달콤한 냄새가 맴도는 아래로 등을 두고 땅바닥과 거의 수평으로 서서 밝고 푸른 아침 하늘을 보았다. 그리고 탑의 반대쪽에 뒤셰스가 제안한 걸 적었다. 에그모르트에 널리 전하는 메시지였다.

아래 거리에는 콩스탕스 탑 관리인이 탑에 도착했다. 관리인은 그제야 사람들의 신경이 온통 탑에 쏠려 있는 것을 알아챘다. 그 지방 신문사의 기자도 있었다. 해외 파병 군대 장교가 권총을 들고 탑을 맴돌았다. 새로 단장한 탑 벽에 개 한 마리가 한쪽 다리를 대고 오줌을 누었다. 탑 관리인은 위를 올려다보았다. 개를 빼고 모두가 올려다보고 있는 그곳에는 구호가 적혀 있었다.

**옹그리오플뢰비에
개정법 철회!**

윗옷 단추를 잘못 채운 두 경관이 관리인에게 "얼른! 지금 당장!" 탑을 열라고 명령했다. 탑의 다른 쪽에서 또 총소리가 났다.

두 전보 배달부는 얼굴이 하얗게 질려서 자전거를 바닥에 내동댕이치고 경관들에게 달려가 소리쳤다.

"저 장교는 미쳤어요! 체포해야 해요! 총을 빼앗으세요!"

경관들이 탑 관리인에게 말했다.

"탑 문을 열어요!"

탑 관리인이 말했다.

"안됐지만, 언론의 자유를 억압하는 일에는 협조할 수 없습니다."

관리인은 직접 탑 문을 열고 올라가라는 뜻으로 (경찰에게 탑 열쇠를 건넬 생각이었다.) 말했지만, 그때 해외 파병 군대 장교가 다시 나타나서 관리인의 말을 듣고, 권총을 관리인에게 겨누며 외쳤다.

"공산주의자 놈!"

관리인이 쏘아붙였다.

"칭찬으로 들으마! 이 반동 세력의 앞잡이 놈아!"

그 말과 함께 관리인은 열쇠를 수챗구멍으로 던졌다.

빅 살의 문지기가 개와 똑같은 이유로 탑 반대쪽에 있다가, 다시 사람들이 있는 쪽으로 다가와서 말했다.

"열둘 황소들."

포그와 그리지오는 멍한 표정이었다.

문지기가 다시 말했다.

"저쪽에 그렇게 써 있어. 열둘 황소들."

엑스와 와이는 이야기를 나눈 뒤, 각자 자전거를 타고 달렸다. 엑스는 콩스탕스 광장에 정치 시위가 일어났다고 알리려고 내달렸고, 와이는 정오에 소 경주가 열린다고 알리려고 달렸다. 친구 제트가 소위의 사격 연습에 이용되는 광경을 보자, 현상금 생각은 싹 사라졌다.

폴로 소위는 카페를 군 작전 본부로 쓰겠으니 모두 나가라고 명령했다.

카페 주인은 소위에게 다시는 여기서 얼씬대지 말고 사하라 사막에서 낙타나 타라고 말했다.

출근하던 사람들이 탑에 적힌 구호를 읽고 멈춰 서서 이야기를 나눴다.

경관이 구호를 깎아내리려 했다.

"도망 중인 별 볼일 없는 악당이 숨어 있는 것뿐입니다."

그 말을 들은 사람들은 필시 사연이 더 많으리라 생각했다. 경찰은 절대 진실을 그대로 말하지 않기 때문이다.

그리지오는 이렇게 이른 시간에 깨어 있기가 스무 해 만에 처음이어서 머리가 멍했고, 자신이 도망치던 어린 악당이던 시절을 떠올리기 시작했다.

그리지오가 포그에게 말했다.

"오클라호마로 갈 계획이었어. 소를 훔치려고."

소위는 다시 탑 주위를 돌며 세 발째 총탄을 쏘았다. 거의 빈 크레오소트 깡통이 쓰러진 비계 더미에 떨어져 튕겨 오른 뒤, 거리로 나뒹굴며 검은 피를 흘렸다.

지붕 위에서, 뒤셰스가 페퍼를 끌어 올렸다. 바스러지는 녹색 밧줄이 두 사람 사이에 탯줄처럼 감겼다. 이미 누덕누덕해어진 페퍼의 재킷에는 구멍과 검은 핏자국까지 생겼다.

뒤셰스가 애걸했다.

"제발 이제 포기하고 내려가자."

하지만 페퍼의 눈에는 구름과 빠르게 날아다니는 찌르레기들만 가득했다. 페퍼는 뒤셰스와 생각이 달랐다.

페퍼는 팔에 난 상처를 꽉 쥐며 말했다.

"뒤셰스 아저씨, 죽는다는 말은 절대 하지 마요! 죽는다는 말은 절대 하지 마요!"

에그모르트는 마르세유보다 작았다. 하지만 생각이 있는 도시였다. 당시, 에그모르트의 술집과 식당에서는 늘 활발한 토론이 벌어졌다. 아프리카 파병, 파병 군대에 지원해 프랑스 국적을 얻는 이민자들, 공산주의, 국수주의, 실직 문제, 소금 거래 등등에 대한 토론이었다. 에그모르트에는 소금과 땀과 오래된 꿈으로 뒤덮인 눅눅하고 답답한 날이 많았고, 그 수요일도 점차 그런 날이 되었다.

소문이 시내에 퍼졌다. 시위가 벌어지고, 누가 총에 맞고, 콩스탕스 탑이 점거됐다는 소문이었다. 그러자 회사원, 공장 노동자, 공무원, 방학을 보내던 교사 들은 도시의 유명한 유적으로 서둘러 발걸음을 옮겼다.

사람들은 콩스탕스 탑에 도착한 뒤, 탑 둘레를 서성거리며 서로서로 질문하고 답을 지어냈다. 사실, 옹그리오플뢰비에 개정법 조항의 장점과 단점을 정확히 설명할 수 있는 사람은 아무도 없었다. (게다가 읽기도 아주 힘들었다. 페퍼가 펜과 잉크를 잡았으면 모를까, 밧줄에 매달려 크레오소트와 붓으로 글을 쓰기란 초보자에게 힘든 일이었다.) 그래도 사람들은 신문에서 옹그리오플뢰비에 개정법에 대해 읽고, 그 조항이 불공정하다고 생각한 적이 있음을 떠올렸다. 이민과 관계된 법이라고 말하는 사람도 있고, 아프리카 파병에 대한 법이라고 하는 사람도, 공산주의를 불법으로 규정하는 법이라고 하는 사람도 있었다. 소금 거래 규제와 관계있다고 주장하는 사람도 있었다.

경관들이 사람들을 해산시키려고 하면서, 탈옥한 죄수가 탑에 숨어 있는 것뿐 달리 아무 일도 없다고 말했다. 그래서 사람들은 분명 그 이상의 일이 있음을 재빨리 깨달았다. 경찰은 늘 사실 그대로 말하지 않으니까.

한편, 정치에는 전혀 관심이 없지만 스릴을 즐기는 사람들은 정오에 소 경주가 열린다는 뉴스가 콩스탕스 탑에 적힌 것을 보며 좋아했다. 왜 미처 몰랐지? 뭘 기념하려고 열리는 경주 대회지? 소 경주는 대개 공휴일에 열렸다. 에그모르트 시민들은 정치보다 소 경주를 훨씬 좋아했다. 만약 페퍼에게 교황을 언급할 만큼의 크레오소트가 남아 있었다면, 그날 에그모르트 시 전체의 시선을 끌 수도 있었을 것이다.

경관들이 단언했다.

"오늘 소 경주는 없어요."

그 말에 도박꾼들이 냄새를 맡고는 배낭에 잔돈을 채워 두었다. 경찰은 늘 그렇게 말하기 마련이다. 사람들이 재미를 보지 못하게 망치려고.

탑을 보수하던 건축가들이 도착했다. 건축가들은 비계가 엉망이 되어 길거리에 쓰러진 모습을 보고 크게 화냈다.

10시가 되자, 콩스탕스 광장은 사람들로 붐볐다. 점심에 문을 여는 카페들도 모두 일찍 문을 열었다. 아이스크림 행상들이 새총을 어깨에 멘 어린 다윗처럼 아이스크림 통을 어깨에 메고 자전거를 타고 오갔다. 모로코 사람들과 알제리 사람들은 실랑이를 벌였다. 맛있는 기삿거리의 냄새를 맡은 신문 기자들이 모여서 와인을 꺼냈다. 경찰은 콩스탕자 호텔 앞에 놓인 벤치로 콩스탕스 탑 문을 부수려 했다. 그러나 호텔 손님들이 경찰에 맞서서 벤치를 되찾아 왔고, 손님들은 편안히 벤치에 앉아 맥주를 마저 마셨다. 아프리카 사람들이 마술처럼 시장을 벌이고 과일을 팔았다.

엑스와 와이가 광장으로 돌아와서 탑 그늘에 자전거를 세우고 그 옆에 앉았다. 플로 소위의 모습이 보이지 않아, 둘은 안도했다. 청년들은 머리를 빗고 허리띠를 느슨하게 풀었다. 우선은 아가씨들의 눈길을 끌기 위해서였고, 소들이 달릴 때 더 빨리 뛰기 위해서이기도 했다.

탑 계단의 두꺼운 벽 안에서는 바깥의 소리가 아득하게 들리기만 했다. 페퍼는 한 손으로 몇 백 년 된 돌벽을 짚고 뒤셰스의 부축을 받으며 나선형 계단을 내려갔다.

페퍼가 뒤셰스에게 물었다.

"이베트가 왜 말하지 않았죠? 뒤셰스 아저씨가 여기 에그모르트에 있다고 나한테 말했어야죠. 아저씨는 왜 말하지 않았어요?"

뒤셰스는 페퍼의 질문을 못 들은 척했지만, 페퍼는 계속 물었다.

뒤셰스가 할 수 없이 대꾸했다.

"나는 경찰에 쫓기는 몸이야. 보험 사기죄. 자, 그러니까 이제 그만 물어봐."

페퍼는 뒤셰스의 말을 부정했다.

"아니, 아니에요. 아저씨는 죽은 사람이에요. 내가 신문에 그렇게 발표했어요. 아저씨는 확실히 죽은 사람으로 되어 있어요."

페퍼는 얼굴을 찌푸렸다. 뒤셰스가 갑자기 걸음을 멈추었기 때문이다. 페퍼는 뒤셰스가 세차게 몸서리치는 것도 느낄 수 있었다. 뒤셰스에게 미안했다. 어쩌면 뒤셰스는 수녀복이나 신부복, 카프탄, 트위드, 빨간 비단 드레스를 입고 변장하는 것은 좋아하지만, 죽은 사람으로 가장하는 것은 좋아하지 않나 보다.

에그모르트의 소 경주에 소들을 내보내던 농부가 투덜거렸다. 그날 대회가 열린다는 말을 어디서도 듣지 못했기 때문이다. 어디서 소들을 구해서 경주를 한다는 거지? 왜 나를 빼놓았지? 그래도 소들을 데려가야지! 그 농부에게서 소식을 들은 다른 농부들도 소들을 데려가기로 마음먹었다. 시간이 얼마 없었다. 벌써 11시가 다 되었다. 옹그리오플뢰비에 개정법 조항을 두고 좌파 학생들과 우파 학생들이 논쟁을 벌였다. 누가 소방서에 신고했다. 소방대가 호스로 물을 뿌려서 시위대를 광장에서 몰아내기를 바란 사람들도 있었지만, 소방서에서는 왠지 전화를 받지 않았다.

한편, 소위는 마침내 지원군을 거느리고 의기양양 돌아와서는 탑을 급습하자고 제안했다.

탑 관리인이 빈정거리며 물었다.

"어떻게 급습할 생각이죠?"

소위가 쏘아붙였다.

"화약과 도화선이죠!"

참말이었다. 플로 소위는 르 프티 카포랄 술집에 있는 철제 캐비닛에 화약, 총검, 최루탄 등을 남몰래 숨겨 두었다. 습지에서 훈련병들의 패기를 시험하기 위해서였다.

탑 관리인이 으르렁거렸다.

"저 위에 있는 사람은 자기 정치 신념을 표현하고 있어! 저 사람은 바뵈프이자, 다르테야! 부오나로티라고(바뵈프, 다르테, 부오나로티는 1700년대에 프랑스에서 활동한 사상가이자 언론인, 선동가임 : 옮긴이)!"

"저 사람은 해외 파병 군대에서 도망친 탈영병이야!"

탑 관리인은 자신의 권위를 모조리 내세웠다.

"이 탑은 공공의 재산이야. 이걸 망치려 하면 내가 무슨 수를 써서라도 막겠어!"

소위는 대답 대신 총을 다시 꺼냈다. 가까이 있던 사람들이 깜짝 놀라서 흩어졌다.

소위는 부하들에게 탑 문에 폭약을 설치하라고 명령했다.

훈련병인 무스타파와 노르베르, 알베르, 나디르는 아이처럼 들떴다. 소위에게 훈련을 받는 것과 아프리카로 가는 배에 타야 하는 것. 이 두 가지 공포에 시달리던 훈련병들은 아름다운 콩스탕스 광장에서 탑 문을 폭파하게 되어 즐거웠다. 폭약, 도화선, 성냥……. 그 모두가 사내아이들의 꿈이니까.

소위가 고함쳤다.

"군대 로슈 훈련병! 항복하라! 아니면 각오해!"

그는 온몸으로 승리의 미소를 짓는 양 몸을 활처럼 휘었다.

무스타파가 노르베르를 보았다. 알베르가 나디르를 보았다. 로슈? 동료 훈련병? 열세 살밖에 안 돼 보이는 그 어린 훈련병? 늘 웃으며 지치지 않던 어린 훈련병? 성경에 나오는 이름을 딴, 불평조차 모르던 그 어린 훈련병? 아지랑이 속에서 난데없이 택시를 나타나게 하는 마술을 부릴 줄 아는 그 아이?

노르베르가 말했다.

"그 훈련병을 다치게 할 수 없습니다. 그는 행운의 마스코트입니다!"

플로 소위가 목에 시퍼렇게 핏대를 세우며 소리쳤다.

"도화선에 불붙여!"

알베르가 혼잣말을 중얼거렸다.

"플라밍고는 죽일 수 있어도, 로슈를 죽일 수는 없어."

알베르는 탑 문 앞에 놓인 폭약 통을 집어 들고는 도화선을 뽑았다.

소위는 노르베르와 알베르와 폭약에 차례로 총구를 겨누었다. 무스타파는 그때껏 자신에게 있는 줄 몰랐던 영웅심을 발휘하며 알베르가 들고 있던 폭약 통을 넘겨받았다. 무스타파와 함께하려는 이유만으로 해외 파병 군대에 지원한 나디르는 플로 소위의 총구를 막아섰다.

두꺼운 나무 문 너머에서는, 나선형 계단을 다 내려온 뒤셰스가 페퍼를 자기 발치에 살며시 눕혔다.

뒤셰스가 말했다.

"사람들이 충분히 모였을까?"

페퍼는 최대한 의기양양하게 말했다.

"그렇게 많은 사람은 난생처음 봤어요!"

"달릴 준비됐어?"

페퍼가 고개를 끄덕였다.

뒤셰스는 오랜 습관대로 문손잡이를 손수건으로 닦은 다음, 손잡이를 돌렸다.

문은 잠겨 있었다.

문 바깥쪽에 달린 커다랗고 둥근 철제 문손잡이에는 반원 모양의 긁힌 자국이 남아 있었다. 플로 소위는 그 자국을 보고, 나디르의 이마에서 총구를 돌려 삼백 년 된 나무 판을 겨누었다. 그리고 탑 문이 아프리카의 머리나 심장인 양, 자신이 마지막 남은 진정한 프랑스 인인 양 탑 문을 쏘았다.

조각난 나무와 철, 총탄과 소음. 그 모두가 콩스탕스 탑의 어둑어둑한 층계참으로 퍼졌다. 그리고 푸주한의 식칼처럼 날카로운 햇살. 산산조각 난 자물쇠 안에 있던 기름에서 작고 예쁜 불꽃이 튀더니, 문이 열렸다. 세 사람은 얼굴을 마주하고 섰다. 한참 동안 어느 누구도 움직이지 않았다.

이윽고 플로 소위가 권총을 페퍼의 가슴에 겨누고 방아쇠를 당겼다.

몇 초 동안, 세 사람이 서로 마주 보며 이룬 삼각형은 그대로였다. 플로 소위는 권총을 흘깃 쳐다보고, 다시 방아쇠를 당겼다.

소위는 생각했다.

'설마 총탄 하나는 남아 있겠지. 총탄이 감히 나를 또 배신하겠어?'

그러나 정말 그랬다. 낡고 큰 자물쇠를 부순 뒤, 플로 소위의 총에는 총탄이 남지 않았다.

플로 소위는 움찔할 법한데도 기가 전혀 꺾이지 않고, 적과 몸싸움을 벌이려고 발을 앞으로 내디뎠다. 하지만 무스타파가 뒤에서 소위의 반질반질한 군복 허리띠를 꽉 잡았다. 무스타파는 팔을 확 당겼다. 플로 소위는 엉덩방아를 찧으며 쓰러졌다.

알베르가 소위의 가랑이에 폭약 통을 놓았다. 나디르가 도화선으로 소위의 양손을 묶었다. 노르베르가 페퍼에게 윙크했다. 페퍼와 뒤세스는 문간에 있는 훈련병들과 소위를 잘 피해서 햇빛과 소음이 물결치는 바깥으로 빠져나갔다. 밖으로 나가는 페퍼의 엉덩이를 노르베르가 한 번 톡 치며 행운을 빌어 주었다.

소리치는 시위대, 노래하는 아이스크림 행상들, 탑 아래에 구름처럼 모인 시장 상인들. 그 사람들이 내는 소리에 페퍼는 걸음을 멈추었다. 경관들은 페퍼를 보고도 폭약 통에 더 집중할 수밖에 없었다. 폭약 통이 누구라도 손댈 수 있게 자살길에 굴러다녔기 때문이다. 폭약 통은 탁자 다리에 부딪혔다.

그리지오와 포그가 페퍼를 보고 씩 웃었다. 두 사람은 천천히 거들먹거리며 일어나서, 아까 내기했던 돈을 주고받았다. 그러고는 바텐더 빌리에게 손가락으로 페퍼가 있는 곳을 알려 주며, 페퍼에게 다가갔다. 베오울프가 더 빨랐다. 베오울프는 풀쩍풀쩍 뛰고, 꼬리를 치고, 이빨을 씩 드러내고, 침을 흘렸고, 페퍼의 장딴지에 쿵 부딪어 페퍼를 쓰러뜨렸다. 하지만 베오울프의 목적은 페퍼가 아니라, 폭약 통에 다리가 부러진 탁자에서 떨어진 음식이었다.

페퍼는 몸을 일으키기 힘들었다. 한쪽 팔은 아무 이상이 없었지만, 어쩐지 일어날 수 없었다. 팔다리가 무겁고, 기운이 빠졌다. 엑스와 와이가 힘들게 애쓰는 페퍼의 모습을 보았다. 둘은 자전거를 몰고 페퍼에게 다가가서 페퍼의 좌우를 자전거의 둥근 금속과 고무로 방패처럼 막았다.

그리지오와 포그, 빌리는 어깨에 재킷을 걸친 채, 입에 든 아침밥을 껌처럼 질겅대며, 유유자적하고 느릿느릿한 미국 갱들의 걸음걸이로, 땅에 쓰러진 죄인을 향해 다가갔다. 유모차를 모는 여자에게 맞게 한 죄인, 빅 살의 클럽을 난장판으로 만든 죄인, 살라미처럼 얇게 저며야 할 죄인. 그리지오와 포그, 빌리는 각자 자기 재킷 안에서 정교한 무기를 꺼냈다. 최고의 파리 요리사들이 굴을 깔 때 쓰는 강철 칼이었다. 이 미국 출신의 악당들도 요리에 있어서는 프랑스가 미국을 앞지른다고 기꺼이 인정하고 있었다.

엑스와 와이가 밴시(아일랜드 민화에 나오는 여자 유령으로,

구슬픈 울음소리로 가족 중 누가 곧 죽게 될 것을 알림 : 옮긴이)처럼 소리치며 마주 달려왔다. 엑스와 와이의 자전거는 맞부딪쳤다. 쓰러진 페퍼의 머리 위에서 두 자전거의 핸들, 가로대, 바퀴살 들이 뒤엉켰다가 떨어졌다. 그리지오와 포그는 쪼그려 앉아서 빙빙 도는 자전거 바퀴살 사이로 페퍼를 보며 씩 웃었다.

바텐더 빌리는 달랐다.

빌리는 엑스와 와이가 보기보다 비겁하지 않은 것에 혼자 고마워했다. 엑스와 와이는 페퍼를 구하려고 뛰어왔지만, 시간이 부족했다. 커다란 황소 네 마리가 고개를 숙이고 엑스와 와이와 빌리가 있는 쪽으로 달려오고 있었던 것이다. 엑스와 와이는 다시 피할 수밖에 없었다.

콩스탕스 광장에 모인 사람들은 서로 밀치며 흩어졌다. 청년, 과일 행상, 바텐더, 기자, 악당, 시위대 들은 겁에 질려 소리치거나 순전히 허세로 고함치며 황소들에게 쫓기다가, 콩스탕스 탑 뒤로 숨었다.

반짝이고 윙윙 도는 자전거의 뾰족한 금속 더미가 앞길을 가로막자, 황소 무리는 양쪽으로 갈렸다. 자전거 부품 섬 주위로 쇠고기 강이 흘러가는 모습이었다. 황소들은 둑길 쪽으로 마구 내달렸다. 그 뒤로 남은 것은, 날카롭고 작은 발굽 모양의 구멍이 난 플래카드뿐이었다.

뒤셰스는 자기 뒤에 페퍼가 없는 걸 뒤늦게 알아챘다. 사람들이 황소를 피하려고 콩스탕스 광장에서 물밀듯 밀려갔다. 뒤셰스는 돌아서서, 파도에 맞서 수영하듯 사람들을 거슬러 갔다. 한편, 엑스와 와이는 콩스탕자 호텔 뒤에서 슬금슬금 나왔다. 둘은 위험한 자동차를 피하듯 좌우를 살피며 페퍼 옆으로 돌아왔다.

엑스가 말했다.

"제트, 미안해. 정말 미안해."

와이는 엑스를 팔꿈치로 쿡 찔렀다. '제트는 우리가 배신했던 일을 전혀 모르니, 굳이 사과하지 않아도 된다'는 뜻이었다. 엑스와 와이는 현상금 생각은 접었지만, 그래도 제트를 숨겨 주기는 싫었다. 제트를 뒤쫓는 사람이 너무 많았기 때문이다.

그 사람들 중 하나가 막 나타났다. 엑스와 와이가 맞붙은 두 자전거의 핸들과 바구니를 떼려 애쓰는 사이, 목에 네커치프를 매고 땀에 젖은 덩치 큰 남자가 앞에 멈춰 섰다. 남자의 스웨터에 묻은 핏자국이 반갑지 않았다.

남자가 무뚝뚝하게 말했다.

"얘들아, 안녕?"

엑스와 와이는 자전거처럼 딱딱하게 얼어붙어서 대답했다.

"안녕하세요, 신부님."

"너희 자전거 좀 빌릴까?"

엑스와 와이는 움직이지 않으면 대벌레처럼 눈에 띄지 않을 거라고 생각했는지 계속 꼼짝 않고 말했다.

"네, 신부님."

뒤셰스는 이제 그다지 신부처럼 보이지 않았다. 하지만 엑스와 와이는 그 얼굴의 흉터를 확실히 기억했다. 지난번에 만났을 때, 뒤셰스는 성직자 옷을 입은 채 '페퍼'를 찾는다면서 엑스와 와이의 다락방을 마구 뒤지지 않았나.

"고맙군. 자전거를 둔 곳은 나중에 알릴게."

엑스와 와이가 대꾸했다.

"고맙습니다, 신부님."

엑스는 존경의 표시로 모자까지 벗으며 인사했다.

제트와 신부는 프랑스 우체국 재산인 자전거에 올라탔다. 신부는 제트가 잘 갈 수 있도록 제트의 자전거 손잡이 한쪽을 계속 붙잡고 있었다.

엑스가 말했다.

"카이저한테 자전거 얘기는 어떻게 하지?"

와이가 말했다.

"황소들이 덮쳤다고 하자. 공산주의자들이 운하에 던졌다고 하자."

엑스가 더 좋은 아이디어를 냈다.

"아냐. 아프리카 파병 군대로 징발됐다고 말하자."

메죄네가밖에 돌아갈 곳이 없었다. 페퍼가 팔에 총상을 입었으니 병원으로 가는 게 좋겠지만, 뒤셰스는 병원을 질색했다. 또 이베트도 몹시 걱정하고 있을 터였다. 게다가 로슈의 아파트 건너편, 쥐와 바퀴벌레의 소굴이 된 아무도 살지 않는 아파트에 뒤셰스는 자신에게 남은 아주 약간의 물건을 숨겨 두고 있었다.

그래도 페퍼는 기뻤다. 팔의 통증은 신경도 쓰이지 않았다. 살아 있었다. 열네 살이었다. 그 두 가지가 갑자기 자신에게 허락되었으니 어찌 기쁘지 않을까.

미레유 이모의 말은 거짓말이었다!

천국의 군대에게 쫓기지 않는데, 군대, 경찰, 암흑가가 대수인가?

미레유 이모의 말은 거짓말이었다!

성자들이 페퍼를 가만히 두는데, 황소나 사람이 대수인가? 콩스탕스 탑에 갇히는 것은 천사들과 성자들에게 붙잡히는 것에 비하면 아무것도 아니다. 게다가 페퍼는 두 가지 다 벗어나지 않았나!

미레유 이모의 말은 거짓말이었다! 갑자기 뭐든 가능해 보였다. 이베트와 뒤셰스 같은 친구와 함께라면 더더욱.

페퍼가 자전거 페달을 밟으며 말했다.

"아저씨가 제……, 가족이면 좋겠어요."

페퍼는 '아버지'면 좋겠다고 말하지는 않았다. '치과 의사'라는 말을 들으면 소독약 냄새가 느껴지듯, 페퍼에게는 '아버지'가 술과 서먹함, 실망의 냄새를 풍기는 단어였다.

뒤셰스는 기침을 하더니, 페퍼에게 더 생각한 뒤에 다시 이야기하자고 짧게 답했다. 그러고는 지금쯤 페퍼의 어머니가 '외롭게 걸레질하고 있을 거'라고 덧붙였다.

페퍼가 뒤셰스를 안심시켰다.

"아, 걱정 마세요. 지난주에 어머니한테 편지를 보냈어요. 어머니한테는 알려야 할 것 같아서요."

아파트 안마당 분수대에 자전거를 세웠다. 물을 뿜는 아기 동상이 분수대에서 사라지고 없었다.

뒤셰스가 금이 간 계단 아래에서 걸음을 멈추자, 페퍼가 물었다.

"같이 안 올라가요?"

"여기서 네가 안전하도록 지키고 있을게. 어두워지기 전에 얼른 네 팔을 치료해야 해. 그럼 다 잘될 거야."

페퍼가 소리쳤다.

"어디 가세요?"

그러나 뒤셰스는 벌써 마당을 지나서 대문 밖으로 사라진 뒤였다. 그래서 페퍼는 19호로 가서 칠이 벗겨진 현관문을 두드렸다. 난생처음 페퍼는 잘 맞는 장갑을 낀 손으로, 자물쇠에 열쇠를 넣고, 꼬리 치며 반기는 개를 보고, 성경을 만지고, 십자가에 성호를 긋고, 음식 냄새를 맡고, 차려지는 식탁을 보고, 집 안에 들어서서 문을 닫는, 집에 온 기분을 제대로 느꼈다.

늘 조금 느려도 몸을 살랑거리며 부드럽게 걸어가는 뒤셰스지만, 그런 뒤셰스도 마음만 먹으면 빨리 움직일 수 있었다. 뒤셰스는 누추한 '오두막'의 문을 어깨로 밀고 들어가서 가방을 얼른 집었다. 가방 안에는 뒤셰스가 돌려주지 않은 변장 도구들, 신문, 면도솔과 비누가 있었다.

뒤셰스는 쓸데없는 생각으로 시간을 낭비하지 않았다. 그는 생각을 싫어했고, 쓸데없는 생각에는 자리를 내주지 않았다. 뒤셰스는 페퍼의 피 묻은 선장 재킷이 여전히 자기 목에 둘려져 있는 걸 깨달았다. 재킷을 풀었다. 넝마장수에게 팔아도 10상팀도 못 받을 옷이었다. 주머니에 있는 연보랏빛 기도문은? 뒤셰스는 기도문들을 꺼내서 휙휙 넘겼다. 기도문에는 온통 미레유 레퐁이라는 이름이 있었다. 뒤셰스는 기도문 종이들을 화장실 휴지 거는 고리에 꽂았다. 이 못된 마녀가 있는 집에 편지를 써? 왜? 도대체 누가 이런 여자한테 편지를 보내?

　벌레가 우글거리는 화장실 바닥이 뒤셰스의 발치에서 반짝였다. 그 빛은 쓸데없는 생각처럼 역겹게 휙 지나갔다. 뒤셰스는 밑창이 밧줄로 된 신발로 화장실 바닥을 꾹꾹 눌렀다. 뒤셰스가 몸을 돌렸다. 거미줄을 지나갔다. 거미 한 마리가 뒤셰스의 머리에 기억처럼 들러붙었다. 뒤셰스는 거미를 머리에서 털어 냈다. 기억이나 추억에 얽매일 필요 없어. 껍데기 벗긴 호두나 촛불, 크리스마스 장식이나 부고, 어린애가 쓰는 연필로 깔끔하게 주소를 적은 위로 편지……. 페퍼가 집에 편지를 보냈다고? 발톱이 휜 냉혈 파충류 같은 루 집안에? 페퍼라면 당연히 그랬겠지! 페퍼는 그런 아이니까! 늘 예의 바르지. 페퍼는 나쁜 어른들에게서 공손하라는 교육을 받으며 자란 아이니까. 다른 아이들이 석탄을 가져오라는 말을 들으며 자라듯, 페퍼는 예의 바르라는 말을 들으며 자랐으니까.
　뒤셰스가 혼잣말했다.
　"하느님 맙소사."
　뒤셰스는 가방을 내려놓고, 자기 머리를 찰싹 쳤다. 그러고는 눈 깜짝할 사이에 계단을 내려가서, 망가진 유모차를 뛰어넘어 길 건너편으로 갔다. 이베트의 아파트로 오르는 계단은 전에 뒤셰스가 페퍼를 안고 지나갔던, 침몰하는 롱브라쥬호 갑판처럼 가파르게 느껴졌다. 현관문은 열려 있었다.

뒤셰스가 소리쳤다.

"페퍼! 페퍼! 혹시 주소를 적었어? 집에 편지할 때, 주소 는……."

19호에는 사람이 가득했다. 이웃 아이들이 이야기를 들으러 온 이후로, 이베트의 아파트에 이렇게 사람이 많이 모이기는 처음이었다. 전에 아이들이 이야기에 빠져서 차분히 고개를 끄덕였다면, 지금 아파트에 있는 어른들은 잔뜩 성나서 고개를 들어 올렸다. 이베트와 페퍼의 머리를 부숴 버릴 기세였다. 경관들은 마르세유에서도 덩치가 큰 남자들이었지만, 해외 파병 군대의 헌병들에 비하면 난쟁이로 보였다.

보험 회사는 클로드 로슈에게 생명 보험 가입을 거부하는 답을 보냈다. 페퍼가 생명 보험 신청서 직업 칸에 '해외 파병 군인'이라고 솔직히 적었던 것이다. 보험 회사의 답장에는 처참한 전쟁에 나가서 싸우려고 아프리카로 자진해서 가는 부주의한 바보를 보험에 가입시킬 수 없다고 적혀 있었다. (물론 그대로 적혀 있지는 않았지만, 속뜻은 그랬다.) 보험 회사는 로슈가 이미 아프리카로 떠났을 경우에 대비해서, 답장을 로슈의 집뿐 아니라 해외 파병 군대 행정실로도 보냈다. 편지에는 메죄네가의 주소가 확실하게 적혀 있었다.

그래서 헌병대는 기본 훈련을 받다가 탈영한 훈련병을 체포하려고 부랴부랴 달려온 것이다.

경찰은 수사할 필요도 없었다. 경찰에 신고 편지가 들어왔기 때문이다. 루 가족이 보낸 편지에는 악명 높은 사기꾼 루 선장을 찾을 수 있는 곳이 적혀 있었다. 돈 때문에 일부러 배를 가라앉힌 남자를 본의 아니게 그동안 도왔다니 부끄럽다고, (편지에 적힌 바로는 그랬다.) 경찰에게 기꺼이 협조하겠다고, (역시 편지에 적힌 바로는 그랬다.) 루 선장을 체포해서 감옥에 넣게 돕겠다고 적혀 있었다. 간단히 말해, 부아수 클로셰에 사는 이 '착한' 사람들은 자기들만 살려고 페퍼를 일부러 경찰에 넘긴 것이다.

거실에서 이 모두를 마주한 이베트 로슈는 다시 침묵의 유령이 됐다. 말없이 고개를 숙인 채 부드러운 천을 뜨거운 물에 적셨다. 물은 붉게 물들었다. 페퍼는 식탁에 앉아 있었다. 페퍼의 얼굴은 도살장의 양처럼 하얗게 질렸다. 피가 페퍼의 팔을 타고 뚝뚝 떨어졌다. 모두들 각자 자기가 찾던 범인을 보았고, 누가 저 사람을 체포할지를 두고 실랑이했다.
뭐, 누구나 자기가 기대하는 것만 보지 않나? 아니면, 누구나 자기가 바라는 것만 보지 않나?
가장 계급이 높은 경관이 말했다.
"마르세유 시경으로 데려가야 합니다. 용의자와 연관된 다른 문제들로 용의자를 심문하려면, 절차를 제대로 밟아요."

헌병이 맞받아쳤다.

"무슨 시간 낭비입니까? 우리가 데려갑니다. 총살형입니다. 곧바로 사형이죠. 변호사도 필요 없어요. 서류 낭비도 없고, 교도소 음식도 낭비 안 합니다. 두루두루 절약되죠."

문간에서 뒤셰스가 말했다.

"실례합니다. 지금 누구를 두고 이야기하는 겁니까?"

정중하게 끼어드는 말투가 아니었다. 모두의 눈길을 모을 만큼 단호한 말투였다.

헌병이 말했다.

"탈영병 로슈요."

마르세유 경관이 말했다.

"수상쩍게 침몰한 롱브라쥬호 선장 루요."

에그모르트 경찰이 마지막으로 도착했다. 그들은 헐떡이며 계단을 올라왔다. (백화점에서 소들을 몰아내느라 경관들의 옷은 이미 엉망이었다.) 에그모르트 경관들은 현관문을 꽉 메웠다.

뒤셰스가 초인적인 참을성을 드러내는 분위기로 에그모르트 경관들에게 물었다.

"당신들은?"

"콩스탕탱 크루페의 행방에 대한 정보를 입수하고······."

또 다른 이름이 나왔다. 우스꽝스럽게 별난 이름에 거실에 있던 사람들은 웃음을 터뜨렸다. 문간에 있던 경관의 머리가 갑자기 세 개가 됐다. 경관의 뒤로 그리지오와 포그가 몸을 낮추고 몰래 들어왔기 때문이다. 에그모르트 경찰을 19호로 데려온 밀고자들이 그리지오와 포그였다.

포그가 떠들었다.

"러시아 공산주의 선동가!"

에그모르트 경관이 말했다.

"미용실 슈발 슈보에 끼친 손실에 대해서 질문할 게 있소. 또……."

그리지오가 끼어들었다.

"테러도 있죠!"

에그모르트 경관이 말을 이어 갔다.

"콩스탕스 탑 무단 침입과 폭동 주도에 대해서도."

포그가 말했다.

"저자한테는 클로드 로슈라는 이름도 있어요."

포그는 페퍼를 보며 씩 웃으면서 재킷 안으로 한 손을 넣었다. 굴 껍데기를 까는 칼이 재킷 안에 있음을 페퍼에게 다시 한 번 알리려는 손짓이었다.

헌병대, 마르세유 경찰, 에그모르트 경찰, 이 세 무리는 누구 목소리가 더 큰지 경쟁하듯 목청을 높였다.

부둣가에서 벌어진 싸움을 많이 평정한 바 있는 뒤셰스가 목소리를 낮추며 말했다.

"듣고 싶은 게 있어요. 궁금한 게 있습니다. 나이가 몇 살 이상이어야 해외 파병 군대에 지원할 수 있죠?"

헌병이 이죽거렸다.

"지원자가 지원서에 적기 나름이죠. 지원자가 진실을 말하는가는 우리가 알 바 아니오."

뒤셰스가 그 말을 무시하듯 손을 내저었다.

"좋아요. 생명 보험 신청서는요? 거기에는 나이가 몇 살로 적혀 있죠? 보험에 가입하려면 몇 살 이상이 되어야 하나요?"

이웃들이 호기심을 누르지 못하고 계단과 아래 마당으로 나왔다. 그들은 팔짱을 낀 채, 이베트의 집에 무슨 일이 났는지 보려고 이쪽저쪽으로 목을 길게 뺐다.

뒤셰스가 물었다.

"클로드 로슈가 몇 살이죠?"

이베트가 대답하려 했지만, 뒤셰스는 한 손가락을 살짝 들어서 이베트의 입을 막았다. 그러고는 사람들을 밀치고 계단 쪽으로 가서 이웃들에게 소리쳤다.

"클로드 로슈가 몇 살이죠?"

갑작스럽게 주목을 받게 된 이웃 여자들은 킥킥거리기만 했다.

뒤셰스가 이번에는 층계참에서 몸을 숙이고 아래로 소리쳤다.

"클로드 로슈가 몇 살이죠?"

확실하지 않은지 우물쭈물 망설이는 목소리들이 대답했다.

"서른다섯?"

"아뇨, 더 많아요."

"마흔?"

"비슷해요."

"그럼, 서른여덟? 그런데 그건 왜 묻죠?"

뒤셰스가 푸른 경찰 제복들을 뚫고 다시 아파트 안으로 들어왔다. 그러면서 그리지오와 포그의 팔꿈치를 뒤에서 홱 비틀고 발을 걸어서 계단 쪽으로 넘어뜨렸다.

밖에 있던 이웃 중 한 사람이 그리지오와 포그를 발견하고 소리쳤다.

"이야기꾼을 마구 때린 그 잡놈들이야!"

사람들이 그 말에 우우 맞장구치더니, 그리지오와 포그 주위로 소 떼처럼 모여들었다.

그리지오와 포그가 감당하기에는 힘든 날이었다. 물이 들이치는 지하실에 갇히질 않나, 한숨도 못 자고 밤을 새질 않나, 그러다 황소들에게 차이더니, 로슈까지 놓치고. 거기다가 공갈 폭행을 저지른 사실이 두 도시의 경찰과 헌병대 앞에서 밝혀지다니. 그리지오와 포그는 금이 간 계단을 절뚝절뚝 정신없이 내려갔다. 둘은 간신히 상처 입지 않고, 구경꾼들 사이로 살금살금 빠져나갔다.

뒤셰스가 딱히 누구에게랄 것 없이 물었다.

"화물선 선장이 되기까지 얼마나 오래 걸릴까요?"

누구도 대답하지 않았지만, 모두가 눈을 깜박이며 식탁을, 얼굴이 하얗게 질리고 피에 물든 채 이 북새통 속에 점점 시들어 가는 범인을 바라보았다.

"너무 어려운 질문인가요? 아주 쉽잖아요! 그 사람은 몇 살인가요? 탈옥수 콩스탕탱 크루……."

뒤셰스는 그 뾰족뾰족한 이름이 목에 걸린 양, 이름을 다 말하지 못하고 말끝을 흐렸다.

경위가 경찰서 벽에 붙은 현상 수배 포스터를 떠올리고 대답했다.

"탈옥할 당시 열아홉 살이었죠."

뒤셰스는 식탁을 손바닥으로 탁 내리쳤다. 페퍼가 움찔했다. 이베트도 움찔했다. 헌병은 반사적으로 권총을 더듬거렸다. 그는 아프리카에서 복무한 뒤로, 요란한 소리를 들으면 땀을 흘렸다.

"그럼 여러분, 이 아이를 보십시오. 이 아이가 악당이자, 선장이자, 보험 사기꾼이자, 탈영병이자, 스무 살짜리 탈옥수이자, 대중을 들쑤신 공산주의 선동가이자, 유적을 파괴한 사람으로 보입니까?"

뒤셰스는 페퍼의 턱을 잡고 이리저리 거칠게 돌리며, 페퍼의 얼굴을 경찰과 헌병에게 내보였다.

"여러분, 저는 의아합니다. 몹시 궁금합니다. 제발 말씀해 보세요. 이 사소하지만 뜻있는 문제에 대해, 여러분의 의견을 듣고 싶어서 견딜 수가 없습니다. 여러분 눈에는 도대체 이 아이가 몇 살로 보입니까?"

바닥에 신발을 끄는 소리. 목청을 가다듬는 소리. 확신이 꺾이고, 의심이 벌레처럼 모여드는 소리. 사람들은 그제야 페퍼를 있는 그대로 보기 시작했다.

양말만 신은 작은 소년. 커다란 셔츠, 집에서 듬성듬성 자른 머리카락. 아직 수염이 날 기색도 보이지 않았다. 이제 막 어린아이의 티를 벗고 몸집이 커지기 시작한 소년일 뿐이었다. 단란한 집안의 소년. 식탁에 앉아, 발도 바닥에 닿지 않아 달랑거리는 소년.

헌병대에서 가장 계급이 높은 헌병이 이 사소한 실수를 무시하기로 마음먹고 말했다.

"플로 소위가 세부 사항을 확인할 겁니다."

에그모르트 경찰이 웅성거렸다.

한 경관이 말했다.

"플로? 폭약으로 콩스탕스를 날리려 한 그 미치광이? 공공장소에서 마구 총질한 그놈? 1시간 전에 체포했어요. 그놈은 미치광이요! 사격 연습을 한다면서 카마르그에서 야생마를 총으로 쐈어요. 그의 부하들이 증언했습니다. 부하들이 그를 붙잡아 왔어요."

뒤셰스가 거들었다.

"덧붙이자면, 플로 소위가 제 아들도 쏘았습니다."

헌병들은 흘깃흘깃 서로를 보았다. 그들의 눈에는 스캔들이 아지랑이 속에서 나타난 택시처럼 홀연히 형태를 갖추고, 곧장 자기들에게 달려오는 광경이 보이기 시작했다.

경위가 마지막까지 확신을 잃지 않고, 수첩을 꺼내서 뒤셰스를 가리키며 툴툴거렸다.

"당신! 이름이 뭐요?"

뒤셰스는 바지 뒷주머니에서 신분증을 자랑스레 꺼내며 말했다.

"아실 뒤셰스입니다. 이 사람요? 이 사람은 제 집사람, 이베트입니다."

이베트는 페퍼의 머리에 손을 얹고 아주 도움이 되게, 아주 다정히 말했다.

"우리가 이 집으로 이사 오기 전에, 여기서 살던 사람이 로슈 씨인가 봐요."

뒤셰스가 못을 박듯 천둥처럼 단언했다.

"여러분, 이 아이는 열세 살인 제 아들 페퍼입니다. 페퍼한테 모두 사과하셔야 할 겁니다."

뒤셰스는 페퍼의 턱을 또 잡았다. (아마도 페퍼가 자기 나이를 열네 살이라고 바로잡을까 봐, 미리 막는 행동이었을 것이다. 어쨌든 페퍼는 정직을 엄격히 지키려는 아이였으니까.)

마지막 경관도 떠나자, 19호는 조용해졌다. 세 사람만 남았다. 아까 나온 거짓말만 아니면, 세 사람은 서로 아무 관계도 아닌 남남이었다.

뒤셰스는 정리가 필요하다고 생각했다.

"제가 전에 모시던 선장의 아들인 폴 루를 소개합니다. 두 분은 이미 만난 사이겠지만, 제 생각에는……, 정리를 해야 할 것 같아서……."

이베트가 손을 내밀었다. 페퍼는 이베트와 악수했다.

"만나서 반갑습니다, 부인. 계속 앉아 있어도 될까요? 냄새는 죄송해요. 크레오소트 냄새입니다. 대부분은."

이베트는 플로 소위의 총알에 스친 페퍼 위팔의 상처를 닦고 붕대를 감았다.

페퍼는 부끄러워서 고개를 숙이며 솔직히 털어놓았다.

"너무 두려웠어요."

이베트가 말했다.

"두려워하는 게 무슨 잘못이니?"

"남자답지 못하잖아요."

뒤셰스가 퉁명스레 말했다.

"그런 건 상관없어. 세상의 나쁜 일 대부분은 남자답게 굴려는 남자가 저지르게 마련이야. 그런 남자들도 가끔 여성스럽게 굴려고 애써야 해. 그러면 부드러워지지."

뒤셰스는 가능한 한 가볍게 한마디 덧붙여야 한다고 생각했다.

"여기 머무는 것은 권할 수 없어요. 내가 경찰에 신분증을 내보였잖아요. 경찰이 내 신분증을 확인하면……."

롱브라쥬호가 침몰한 뒤, 뒤셰스는 엄밀히 말해서 죽은 사람이다. (페퍼가 신문 기사로 내보내기도 했다.) 그가 살아 있는 걸 알게 되면, 어느 경찰서에서든 보험 사기에 대해 심문할 것이다.

"게다가 빅 살이 지금쯤 복수하려고 벼르고 있을 겁니다. 이 우아한 집을 떠나는 것이 힘들겠지만, 그래도 모두 떠나야 해요."

이베트와 페퍼는 주위를 둘러보았다. 벗겨지는 페인트, 솜털 같은 곰팡이, 습기로 생긴 얼룩, 쥐가 갉은 구멍들. 쥐 입맛에도 맛이 없었는지, 쥐들은 구멍만 여기저기 냈을 뿐, 집을 먹어 치우지는 않았다.

이베트가 말했다.

"휴가는 지금껏 한 번밖에 간 적 없어요. 가라방(프랑스 남부의 해변 도시 : 옮긴이) 해변에 다녀왔죠. 어릴 때였어요. 멋진 곳이었죠."

이베트는 박박 닦은 식탁 위에 밀가루로 글자를 썼다.

가라방

뒤셰스는 조금 놀라며, 밀가루를 다시 봉지에 담으라고 재촉했다. 하지만 뒤셰스가 밀가루를 퍼 담을 숟가락을 들고 오기도 전에, 이베트와 페퍼가 밀가루를 훅 불어서 날렸다. 흰 가루가 집 안을 떠다녔다. 밀가루는 가루눈처럼 머리카락과 옷에 내려앉았다. 앞날에 대한 축복 같았다.

페퍼가 말했다.

"그럼, 아버지는 아직 안 붙잡힌 거네요?"

페퍼는 기뻤다. 거의. 거의 기뻤다.

"경찰이 저를 아버지로 오해한 걸 보면, 아직 아버지를 붙잡지 못한 게 틀림없어요. 잘됐죠?"

이베트가 분개했다.

"네 아버지는 너를 경찰에 밀고했어! 네가 주소를 알려 주자마자, 곧장 경찰을 여기로 보냈……."

페퍼가 이베트의 말을 바로잡았다.

"아, 아니에요. 그건 이모가 한 일이에요. 집에 오는 편지를 뜯어서 읽는 사람은 이모거든요."

뒤셰스는 숟가락을 손가락으로 이리저리 빙빙 돌리다가 식탁에 거꾸로 댔다.

"뒤셰스 아저씨, 아저씨도 저희 아버지랑 가까운 사이라는 게 자랑스럽죠?"

숟가락 목이 휘었다.

뒤셰스는 다른 손의 손가락으로 얼굴에 난 흉터를 어루만졌다. 질베르 루가 술에 취해서 럼주병을 깨고 뒤셰스의 얼굴에 상처를 낸 것이었다.

페퍼가 이베트에게 설명했다.

"아버지랑 뒤셰스는 오랫동안 함께 배를 탔어요."

뒤셰스는 질베르 루가 얼마나 폭군인지 덧붙일 수도 있었지만, 참았다. 질베르 루는 자신이 보험 사기로 체포되면, 경찰에 밀고해서 뒤셰스까지 끌고 들어갈 사람이었다.

그러나 질베르 루는 아이의 아버지였다. 아이가 자기 아버지를 나쁘게 생각하며 평생을 보내게 할 수는 없었다.

뒤셰스는 한마디만 덧붙였다.

"그래요, 오랫동안."

페퍼가 말했다.

"아버지도 저처럼 숨어 지내나 봐요."

페퍼는 습관처럼 다른 사람을 걱정하기 시작했다.

"어머니와 이모가 어떻게 살아가는지 걱정이네요."

숟가락 대가리가 똑 부러졌다.

"얘야, 내가 알아볼게. 편지를 보내서 확인한 뒤에 들려줄게. 이 동네 우체국만 피하면 되겠지."

이베트가 뒤셰스의 머릿속에 지명을 확실히 새기려는 듯 말했다.

"가라방에서 부쳐요."

페퍼가 말했다.

"거기 도착하면 알리세요. 가라방에요."

페퍼는 세 사람이 바닷가 작은 집에 함께 사는 모습을 상상했다. 이상하게도, 부아수클로셰로 돌아가는 자신의 모습은 떠오르지 않았다. 한 번도. 고향 집으로 돌아가야 한다는 생각은 벌레가 훌떡 먹어 버렸는지도 모르지.

"아니야. 나는 갈 수 없어."

뒤셰스가 갑자기 벌떡 일어났다. 목도리를 다시 매고, 밀가루를 치우고, 물그릇을 개수대에 가져다 놓았다. 뒤셰스의 걸음걸이에 마루가 삐걱거렸다. 뒤셰스는 두세 번 더 체중을 실어서 바닥 어디가 느슨한지 확인했다. 하지만 다시 생각하니, 가라앉는 배의 갈라진 틈을 굳이 수리할 필요가 있을까?

뒤셰스가 말했다.

"나는 당장 숨어야 해."

페퍼가 말했다.

"이름을 바꿔요. 쉬워요. 저도 많이 했어요. '아실'이라는 이름은 그대로 쓰세요. 아주 멋진 이름이에요! 저는 그 이름이 늘 마음에 들었……."

그러나 아실 뒤셰스는 체포되어 끌려갈까 봐 걱정하는 게 아니었다. 벗어날 수 없는 것, 뜨거운 타르처럼 달라붙어 있는 것, 토끼를 사냥하는 족제비처럼 영혼에 이를 깊이 박고, 뒤흔들고 뒤흔들어 정신을 다 빼놓는 것이 있었다.

뒤셰스는 스웨터에 묻은 밀가루를 털었다. 행복을 바랄 수 없을 때 행복하고 싶은 잔인한 유혹도 털어 냈다.
"무슨 이름을 쓸지 생각났어요!"
페퍼의 말에 갑자기 뒤셰스의 얼굴에 난 흉터가 뒤틀렸다. 뒤셰스는 문손잡이를 홱 돌렸다.
"페퍼야, 나는 사람을 죽였어. 굳이 말하자면, 생보나르들라메르에서 크루페라는 그 아이를 죽였어. 어둡고 비 내리는 밤이었어. 나는 개를 샌드백처럼 때리고, 또 때렸어. 그리고 일주일 뒤에 개가 죽었어."
문이 쾅 닫혔다. 벽에서 회반죽 덩어리가 새 모양으로 떨어졌다. 뒤셰스는 사라지고 없었다.

찌르레기들이 삑삑거리는 주전자처럼 높은 소리로 울며, 안마당으로 휙 내려왔다가 위로 솟구치면서 궤도를 그렸다. 찌르레기들은 뒤셰스의 머릿속을 스치는 생각처럼 빨랐다. 뒤셰스는 길을 건너서, 얼마 안 되는 자기 물건을 둔 빈 아파트로 갔다. 뒤셰스는 생각했다. 그 불룩한 죄책감과 슬픔을 모두 버릴 수 있다면, 가방 하나로 살아갈 수 있겠지.
"아녜요, 아저씨 때문이 아녜요!"
맨발의 꾀죄죄한 아이들이 바퀴를 돌리고, 차양을 접었다 폈다 하면서 부서진 유모차를 가지고 놀았다. 전보 배달 자전거를 타고 오가는 아이들도 있었다.
"아녜요, 아저씨 때문이 아녜요!"

뒤셰스가 가방을 들자, 가방끈이 끊어졌다. 뒤셰스의 입에서 욕이 수류탄처럼 터져 나왔다.

"아녜요, 아저씨 때문이 아녜요!"

뒤셰스는 나가고 싶었다. 새로 시작하고 싶었다. 자기 길을 가고 싶었다. 하지만 페퍼 루가 문을 막았다. 양말만 신은 발, 밀가루로 회색이 된 머리카락, 팔에서 흘러내린 붕대. 그런 모습으로 페퍼 루는 같은 말을 되풀이하고, 또 되풀이했다. 마침내 뒤셰스가 페퍼의 말에 귀를 기울였다.

"아녜요, 아저씨 때문이 아녜요. 콩스탕탱 크루페가 죽은 건 아저씨 때문이 아니에요. 약을 잘못 먹기 전까지는 건강했어요."

누구보다 페퍼 스스로가 놀랐다. 어제만 해도 페퍼는 피에 굶주린 천사들이 콩스탕탱 크루페를 죽였다고, 콩스탕탱 크루페를 폴 루로 착각해서 크루페의 숨을 앗아 갔다고 굳게 믿고 있지 않았나. 이제 페퍼는 어둠을 벗어나서 이해하기 시작했다. 모든 일들을 선명하게 볼 수 있었다.

"크루페는 뭐든 훔쳤어요. 도둑질을 좋아했죠. 요강, 옷, 커튼. 병원에 있는 약도 먹었어요."

페퍼는 콩스탕탱 크루페의 도벽을 좋게 돌려 말할 방법을 찾았다.

"크루페는……, 크루페는……, 뭐랄까, 멍청이였어요. 잠긴 약장을 남몰래 열어서 온갖 약을 사탕처럼 먹었어요. 크루페는 그래서 죽었어요."

뒤셰스는 가방을 내려놓고 그 위에 앉아서, 다리를 꼬고, 고개를 들고, 눈을 감았다.

생보나르들라메르에 있는 병원에서 나오는 길, 뒤셰스는 콩스탕탱 크루페가 자기 손에 죽었다는 죄책감에 휩싸였다. 아우성치는 비명이 뒤셰스의 머릿속을 가득 채웠다. 분명 지옥에서 들리는 소리라고, 언젠가 뒤셰스가 가게 될 그곳에서 경고를 보내는 거라고 생각했다. 그러나 그 소리는 산부인과 병동에서 아이를 낳는 산모가 지르는 비명일 뿐이었다. 산모의 남편은 말할 상대를 찾아서 복도를 이리저리 달리다가, 강도처럼 불쑥 뒤셰스 앞에 튀어나왔다.

갓난아이의 아버지는 두 번, 세 번, 네 번, 아니, 네 번 넘게 되풀이했다.

"아들이 태어났어요! 아들이 태어났어요!"

뒤셰스는 남자의 눈동자 뒤에서 희미한 무엇……, 보기 드문 무엇……, 재주넘기하는 천사들 같은 무엇을 얼핏 보았다.

"아들이 태어났어요! 아들이 태어났어요!"

뒤셰스가 말했다.

"행운이군요."

이제 뒤셰스도 그 행운을 잡았다.

15장
열넷 이후

 다시 아파트 19호. 이베트는 뒤셰스의 가방에서 신문을 꺼내 이름을 찾았다. 하지만 적절한 이름을 찾을 수 없었다. 뒤셰스는 이름이 예쁜 원피스 같아야 한다는 의견을 내세웠다. 단순하면서도, 조금 풍성하며 화려해야 한다고 주장했다.
 퇴짜를 맞는 데 지친 페퍼가 말했다.
 "아까도 말했지만, 저는 우리 이름을 뭐라고 지어야 할지 알고 있어요."

 아실 아리스토프 바롱, 게르맨 글루아르 바롱, 에밀 판투플 바롱. 세 사람은 몇 달 전에 잃어버린 가방을 찾으러 분실물 센터로 갔다. 세 사람은 분실물 센터 책임자에게 말했다. 마다가스카르에 다녀온 뒤 라사열(아프리카 열대 강우림 지역에서 흔히 보이는 전염병으로, 고열, 기침, 복통 등의 증상을 보임: 옮긴이)에 걸려서 격리되어 지낸 터라 기억이 희미하며, 그래서 가방을 언제, 어느 기차의 어디쯤에서 잃어버렸는지 세부적인 일들이 정확히 기억나지 않는다고. 하지만 가방에 이름 머리글자가 있으니까 찾을 수 있지 않겠느냐고.

분실물 센터 책임자는 잰 체하며 과장된 손짓으로 가장 높은 선반을 가리켰다. 가방 세 개가 아빠 곰, 엄마 곰, 아기 곰처럼 놓여 있었다. 책임자는 장부에 서명만 받고 가방을 내주었다. 책임자가 팁을 바랐는지 어쨌는지 모르지만, 팁은 없었다.

가방에는 새 삶이 있었다. 책, 잠옷, 구두, 속치마, 청진기, 체스 상자, 수놓인 턱시도, 개 사진, 상자에 든 결혼식 케이크 조각……. 물론 조금 바꿔야 할 것들도 있었다. 새 환경에 조금 적응해야 하기도 했다. 하지만 그래도 새 삶이 아닌가.

기차역으로 가는 동안, 뒤셰스는 성당에 들러서 제의실에서 훔친 신부복을 돌려주었다. 고해실 밖에 불이 켜져 있었다. 뒤셰스는 고해실로 들어가서 옷을 훔쳤다고 고백할 수도 있었다. 하지만 신부복을 다시 옷걸이에 걸어 놓고 나니, 뉘우칠 만큼 잘못하지는 않은 것 같았다. 다른 일들을 고백할 수도 있었다. 뒤셰스는 미용실에 피해를 입힌 일에 여전히 기분이 언짢았다. 그렇지만 다시 생각하면, 성직자가 모든 일을, 그러니까 뒤셰스가 그동안 저지른 모든 잘못을 다 용서하면, 받아야 할 구원이 너무 커서 가방에 담기지 않을 수도 있었다.

물에 빠져 죽은 클로드 로슈는 아직도 가끔 악몽의 검은 물결 속에서 뒤셰스에게 손짓했다. 그래도 그 악몽쯤은 짊어지고 살 수 있었다. 쥐잡기가 직업인 사람도 아마 가끔은 쥐 꿈에 괴로워하지 않을까.

뒤셰스는 고해 성사를 하는 대신 초 두 자루를 켰다. 하나는 크루페, 다른 하나는 로슈를 위한 초였다. 그리고 플라멩코를 출 때 입는 옷에서 돈을 꺼냈다. 빅 살의 부하들에게서 빼앗은 돈 가운데 마지막으로 남은 것이었다. 뒤셰스는 크루페와 로슈의 명복을 빌며, 그 돈을 헌금했다.

세 사람은 해안 철도를 타고 가라방으로 갔다. 가라방은 작은 도시였다. 자전거를 타고 갈 수 있을 만큼 이탈리아 국경에 가까웠다. 바다로 가는 길이 철로에 막혀, 가라방 주민들은 철로 밑으로 터널을 파서 바다로 갔다. 날마다 썰물이 사람들의 실수를 씻어 주는, 그런 바다를 가까이하지 않으면 어떻게 살아갈 수 있을까.

엑스와 와이는 전보를 받았다. (둘은 자기들 앞으로 온 전보를 자기 손으로 배달해야 했다.) 자전거를 어디서 되찾을 수 있는지 알리는 전보였다.

엑스와 와이는 메죄네가에서 금방 자전거를 찾았다. 하지만 벌써 새 자전거를 받은 터라, 낡은 자전거는 팔았다. 그 돈으로 동네 푸줏간에서 뼈를 한 자루 샀다. 베오울프를 행복하게 하기 위해서였다.

가라방은 양팔을 벌려 바롱 가족을 반겼다. 가방 (그리고 이름) 덕분에 바롱 가족은 존경을 받았다. 바롱 가족은 우울한 시기에 좋은 이웃이 되었다. 세 식구 모두 열심히 일하고, 명랑했다. 이런 바롱 가족의 모습은 가라방 사람 누구나 쉬 알 수 있었다. 만약 가라방 사람들이 바롱 가족을 더 깊이 들여다보았다면, 코르셋 안에 숨길 수 없는 크나큰 행복을 볼 수 있었을 것이다.

뒤셰스는 다시 배를 탔다. 그는 최고의 집사가 될 수 있는 자질 즉, 친절하고, 스스로를 드러내지 않고, 더없이 맛있는 스크램블드에그를 만드는 재주를 발휘해서 선장들의 환심을 샀다. 뒤셰스와 함께 항해하는 뱃사람들은 그의 특이한 개성을 점점 더 좋아했다. 뒤셰스는 좋은 사람이었다. 뱃사람들은 그런 뒤셰스에게 고마워했다. 그래도 뒤셰스의 등 뒤에서 가끔 뒤셰스를 '바롱'이 아닌 '바로네트'('바롱'이라는 이름에 여성형을 덧붙여서 뒤셰스의 여성스러운 면을 꼬집어 만든 별명임: 옮긴이)로 부르기는 했다. 하지만 그 말에도 애정이 담겨 있었다.

친애하는 이베트에게.

어제 부아수클로셰에 정박했어요. 마침 항구 위 호텔에서 이것저것 물어볼 기회가 생겼어요. 이제 후 선장의 집은 법원 소유가 되어 텅 비어 있나 봐요. 후 선장을 체포할 수 없어서, 대신 집을 빼앗은 모양입니다. 소문을 들으니, 질베르 후는 산티아고에 본사가 있는 남미 회사에서 일한답니다. 끈끈이 덫에 가까운 곳으로는 으뜸인 나우루에서, 비료로 쓸 바닷새의 배설물을 배에 실어 나른답니다. 후 부인과 그 언니도 (그 이름으로 이 좋은 종이를 더럽히기 싫어서 이름도 적지 않겠어요.) 후 선장과 함께 떠났답니다. 나는 남미 배에서는 일한 적이 없어요. 그곳에서는 집사 대신 아내와 가족을 데려가는 선장이 많아요. 내가 보기에는, 바다 세계의 자연스러운 질서를 사악하게 뒤트는 일이죠. 하지만 그 때문에 페퍼의 이모가 갈매기 배설물의 왕국에 정기적으로 드나들어야 한다면, 나한테는 더할 수 없이 기쁜 일이죠. 나우루. 머리 위에는 하늘뿐이고, 발밑에는 새똥뿐인 곳. 나도 나우루에 다녀온 적 있는데, 지옥에 가깝기로는 세상 최고인 곳이죠.

페퍼한테는 이베트가 알아서 적당히 이야기해요.

충실한 친구, 아실 드림.

추신: 연필로 쓴 것을 부디 이해하기를. 펜을 잃어버렸어요.

나중에, 페퍼도 세상 곳곳을 여행했다. 아실 바롱보다 돈도 훨씬 많이 벌었다. 페퍼는 건물 높은 곳을 손보는 기술자가 되어, 파리와 뉴욕의 고층 건물 건설 현장에서 일했다. 때로 어찌나 높이 올라갔는지, 구름이 페퍼의 눈썹에 짙게 뭉치기도 했다. 페퍼는 늘 높은 곳을 좋아했고, 자기 일에 끝없이 만족했다. 새들에게 신경을 쓰지는 않았다. 그래도 비계에 앉아 샌드위치를 먹는 점심때면, 구구거리는 비둘기들이 음식 부스러기를 달라고 페퍼를 귀찮게 했다.

갑자기 우르르 몰려오는 말총 구름 아래에서 일할 때도 있고, 성처럼 웅장하게 피어오른 부드러운 뭉게구름과 그 구름을 하느님의 검처럼 가르는 햇살 속에서 일할 때도 있었다. 그러나 천사도 성자도, 하늘을 낮게 나는 불타는 전차도 본 적이 없었다. 당연히 없었다. 이제 페퍼도 잘 알고 있듯, 천사들은 자기들끼리 조용히 살아간다. 게다가 천사들은 몸집도 작고 거의 눈에 띄지 않는다. 아, 가끔 페퍼도 천사를 보았다. 하지만 그 천사들은 페퍼가 오래도록 잃지 않은 동심의 눈 속에서, 수영장에서 수영하는 사람들처럼 즐겁게 뛰어놀 뿐이었다.

행복하게 지냈다.

페퍼는 아흔한 살에 자다가 세상을 떠났다. 페퍼가 어릴 때, 페퍼를 살려 두느라 무척 애쓴 성자들은 깜짝 놀랐고, 속상해서 손가락을 튕겼다. 옹그리오플뢰비에 개정법만 (특히

제5조) 아니면 페퍼가 아흔다섯 살까지 살았을 거라고 말하는 성자들도 있었다.

하지만 다시 생각하면, 누구나 굳이 비난하지 않아도 될 일에 비난하는 경향이 있지 않나.

옮긴이의 말

생일은 누구에게나 즐거운 날이기 마련이다. 선물을 받고, 케이크 촛불을 끄고, 박수도 받는다. 게다가 열네 살 생일이라면 더욱 즐거워야 한다. 열넷은 아이에서 청소년으로 나아가는 나이, 어른으로 한 걸음 더 가까이 가는 나이니까. 코밑이 거뭇거뭇해지고 목소리도 굵어지기 시작하는 것을 축하할 열네 번째 생일에, 우리의 주인공 '페퍼 루'는 세상을 떠나야 한다. 이렇게 억울할 데가 있나. 페퍼 루는 운명을 거스르는 것을 잘못이라 여기면서도 죽음을 피해 모험을 떠난다. 그 모험은 계속 바뀌는 이름만큼 다양하다.

책 첫머리에 '여기는 프랑스'라고 딱 꼬집어 이야기하는 부분은 없기에 혹시 독자가 어리둥절할지도 몰라서 사족을 붙이자면, 이 소설의 작가는 영국 사람이고 원서도 영어로 쓰였지만, 배경은 프랑스다. 그래서 인물이나 배경 이름은 프랑스어다. 책의 번역은 영국판에 맞추되 몇몇 부분에서 미국판을 따르기도 했다. 가령, 전보 배달부의 별명인 엑스, 와이, 제트의 경우, 미국판에는 엑스, 와이, 제트로, 영국판에는 그 알파벳의 프랑스 어 발음인 익스, 이그헥, 제드로 나와 있는데, 우리 독자가 더 쉽게 이해할 수 있는 미국판 표시를 따랐다.

제럴딘 머코크런은 휘트브레드 아동문학상을 세 번이나 수상했다. 휘트브레드 상을 세 번이나 수상한 사람은 아직까지 머코크런뿐이다. 또한 1988년《새빨간 거짓말》로 카네기 상을 수상한 것을 비롯해서 카네기 상 후보로도 여섯 번이나 올랐다. 여섯 번의 후보 지명 역시 머코크런이 최초로 세운 기록이고,《이름을 훔치는 페퍼 루》도 2011년 카네기 상 후보작이다. 상으로 인정받았으니 무조건 알아야 할 작가라는 뜻은 아니고, 국내 독자들에게는 비교적 덜 알려진 것이 안타까워서 머코크런의 명성을 한 번 더 이야기해 본다.

《이름을 훔치는 페퍼 루》의 해외 서평을 보면, '어떤 세대도 즐길 수 있다'는 표현을 많이 볼 수 있다. 나도 뒤셰스나 이베트 같은 인물을 보며 이 책은 오히려 어른을 위한 동화에 가깝지 않을까 생각했다. 청소년 소설이기는 하지만, 청소년이 읽어도, 어른이 읽어도 각자 자기 눈높이에 맞춰 찾을 수 있는 재미가 가득한 소설이다. 모쪼록 더 많은 독자가 소년 페퍼 루와 함께 흥미진진한 모험을 떠나면 좋겠다.

2011년 9월
조동섭

■ 시공 청소년 문학 ■ 중·고등학생 이상 권장 도서

1 아빠는 아프리카로 간 게 아니었다 마르야레나 렘브케 지음 | 이은주 옮김 | 156쪽 | 7,500원
한우리 권장 도서 · 책교실 추천 도서

2 안데스의 비밀 앤 놀란 클라크 지음 | 공경희 옮김 | 188쪽 | 7,500원
뉴베리 상 수상 · 책교실 추천 도서 · 경기도교육청 추천 도서 · 서울시교육청 전자도서관 추천 도서

3 열네 살, 그 여름의 이야기 마르티나 빌드너 지음 | 문성원 옮김 | 312쪽 | 8,500원
페터 헤르틀링 상 수상 · 책교실 추천 도서 · 경기도교육청 추천 도서 · 서울시교육청 전자도서관 추천 도서

4 세상 끝 외딴 섬 유대인 자매 이야기 1부 아니카 토어 지음 | 임정희 옮김 | 356쪽 | 8,500원
독일 아동청소년 문학상 수상 · 어린이문화진흥회 선정 도서 · 밀드레드 L. 배철더 상 수상

5 연꽃 연못가에서 유대인 자매 이야기 2부 아니카 토어 지음 | 임정희 옮김 | 292쪽 | 8,500원

6 소중한 사람들 유대인 자매 이야기 3부 아니카 토어 지음 | 임정희 옮김 | 300쪽 | 8,500원

7 또 다른 세상으로 유대인 자매 이야기 4부 아니카 토어 지음 | 임정희 옮김 | 336쪽 | 8,500원

8 빛은 어떤 맛이 나는지 프리드리히 아니 지음 | 이유림 옮김 | 300쪽 | 8,500원 | 아침독서운동 추천 도서

9 비밀의 시간 마르야레나 렘브케 지음 | 김영진 옮김 | 168쪽 | 7,500원
오스트리아 아동청소년 문학상 명예 도서

10 돌이 아직 새였을 때 마르야레나 렘브케 지음 | 김영진 옮김 | 132쪽 | 7,500원
오스트리아 아동청소년 문학상 수상 · 한우리 권장 도서 · 아침독서운동 추천 도서 · 청소년출판협의회 추천 도서

11 함메르페스트로 가는 길 마르야레나 렘브케 지음 | 김영진 옮김 | 204쪽 | 7,500원
한국간행물윤리위원회 청소년 권장 도서 · 아침독서운동 추천 도서
어린이도서연구회 권장 도서 · 전국학교도서관담당교사모임 추천 도서

12 난 버디가 아니라 버드야! 크리스토퍼 폴 커티스 지음 | 이승숙 옮김 | 304쪽 | 8,500원
뉴베리 상 수상 · 전국학교도서관담당교사모임 추천 도서 · 경기도교육청 추천 도서
서울시교육청 전자도서관 추천 도서

13 차가운 물 요아힘 프리드리히 지음 | 김영진 옮김 | 448쪽 | 9,500원
독일 아동청소년 문학상 추리 부문 수상 작가

14 검정새 연못의 마녀 엘리자베스 조지 스피어 지음 | 이주희 옮김 | 348쪽 | 8,500원
뉴베리 상 수상 · 미국도서관협회(ALA) 선정 '주목할 만한 책'
어린이도서연구회 권장 도서 · 경기도교육청 추천 도서 · 서울시교육청 전자도서관 추천 도서

15 드럼, 소녀 & 위험한 파이 조단 소넨블릭 지음 | 김영선 옮김 | 288쪽 | 8,500원
아침독서운동 추천 도서 · 책따세 추천 도서 · 전국학교도서관담당교사모임 추천 도서 · 경기도교육청 추천 도서
서울시교육청 전자도서관 추천 도서

16 푸른 눈의 인디언 전사 타탕카 버질 포츠 지음 | 임정희 옮김 | 536쪽 | 10,000원
부산시교육청 청소년 독서능력 경진대회 선정 도서 · 경기도교육청 추천 도서 · 서울시교육청 전자도서관 추천 도서

17 한 광대가 자란다 요나스 가르델 지음 | 임정희 옮김 | 372쪽 | 9,000원 | 어린이문화진흥회 선정 도서

18 마지막 재즈 콘서트 조단 소넨블릭 지음 | 김영선 옮김 | 288쪽 | 8,500원 | 한국출판인회의 선정 도서
어린이도서연구회 권장 도서 · 경기도교육청 추천 도서 · 서울시교육청 전자도서관 추천 도서

19 황금나무 박윤규 지음 | 116쪽 | 7,000원

20 깡마른 마야 코슈카 지음 | 이정주 옮김 | 106쪽 | 7,000원 | 전국학교도서관담당교사모임 추천 도서

21 삶이 먼저다 안느 마리 폴 지음 | 이정주 옮김 | 140쪽 | 7,500원 | 어린이문화진흥회 선정 도서

22 킬리만자로에서, 안녕 이옥수 지음 | 232쪽 | 8,000원
어린이문화진흥회 선정 도서 · 대한출판문화협회 선정 도서 · 아침독서운동 추천 도서
전국학교도서관담당교사모임 추천 도서 · 국립어린이청소년도서관 사서 추천 도서 · 경기도교육청 추천 도서
서울시교육청 전자도서관 추천 도서

23 왓슨 가족, 버밍햄에 가다 크리스토퍼 폴 커티스 지음 | 정회성 옮김 | 320쪽 | 8,500원
뉴베리 아너 상 수상 · 코레타 스콧 킹 아너 상 수상 · 골든 카이트 상 수상
퍼블리셔스 위클리 최고의 책 · 청소년출판협의회 추천 도서 · 전국학교도서관담당교사모임 추천 도서
미국도서관협회(ALA) 청소년을 위한 최고의 책 · 경기도교육청 추천 도서 · 서울시교육청 전자도서관 추천 도서

24 햇불을 든 사람들 로즈마리 서트클리프 지음 | 공경희 옮김 | 420쪽 | 9,500원
카네기 상 수상 · 어린이문화진흥회 선정 도서

25 하늘에 던지는 외침 구마가이 다쓰야 지음 | 권남희 옮김 | 372쪽 | 9,000원
어린이문화진흥회 선정 도서 · 아침독서운동 추천 도서 · 어린이도서연구회 권장 도서

26 열일곱 살 아빠 마거릿 비처드 지음 | 햇살과나무꾼 옮김 | 256쪽 | 8,000원
북새통 우수 도서 · 어린이문화진흥회 선정 도서 · 아침독서운동 추천 도서 · 어린이도서연구회 권장 도서
미국도서관협회(ALA) 청소년을 위한 최고의 책 · 스쿨 라이브러리 저널 올해 최고의 책
전국학교도서관담당교사모임 추천 도서

27 키스 재클린 윌슨 지음 | 닉 샤랫 그림 | 이주희 옮김 | 440쪽 | 10,500원
학교도서관저널 추천 도서 · 경기도교육청 추천 도서 · 서울시교육청 전자도서관 추천 도서

28 발차기 이상권 지음 | 172쪽 | 8,000원 | 책따세 추천 도서 · 국립어린이청소년도서관 사서 추천 도서
문화체육관광부 선정 우수교양도서 · 전국 새사물결모임 독서토론 · 논술대회 선정 도서
학교도서관저널 추천 도서 · 전국학교도서관담당교사모임 추천 도서

29 완벽하게 행복한 날 앤 파인 지음 | 이주희 옮김 | 232쪽 | 8,000원 | 전국학교도서관담당교사모임 추천 도서

30 행복한 롤라 로즈 재클린 윌슨 지음 | 닉 샤랫 그림 | 이은선 옮김 | 392쪽 | 9,500원 | 아침독서운동 추천 도서

31 구라짱 이명랑 지음 | 280쪽 | 9,000원
전국학교도서관담당교사모임 추천 도서 · 학교도서관저널 추천 도서
어린이도서연구회 권장 도서 · 경기도교육청 추천 도서 · 서울시교육청 전자도서관 추천 도서

32 정상에 오르기 3미터 전 롤랜드 스미스 지음 | 김민석 옮김 | 384쪽 | 9,000원 | 학교도서관저널 추천 도서
미국도서관협회(ALA) 선정 최우수 청소년 도서 · 전국학교도서관담당교사모임 추천 도서
어린이도서연구회 권장 도서 · 브리지트 편집자 상 수상 · 전미 아웃도어 상 수상

33 제레미 핑크, 비밀 상자를 열어라! 웬디 매스 지음 | 모난돌 옮김 | 448쪽 | 9,500원
어린이문화진흥회 선정 도서

34 우리 모두 별이야 웬디 매스 지음 | 장현주 옮김 | 408쪽 | 9,000원
한국간행물윤리위원회 청소년 권장 도서 · 학교도서관저널 추천 도서 · 한우리 권장 도서
아침독서운동 추천 도서 · 어린이도서연구회 권장 도서 · 어린이문화진흥회 선정 도서
미국 청소년도서협회 선정 우수 도서 · 경기도교육청 추천 도서 · 서울시교육청 전자도서관 추천 도서

35 껍질을 벗겨라! 조앤 바우어 지음 | 이주희 옮김 | 348쪽 | 9,000원 | 아침독서운동 추천 도서
학교도서관저널 추천 도서 · 어린이문화진흥회 선정 도서 · 미국도서관협회(ALA) 청소년을 위한 최고의 책

36 마루 밑 캐티 아펠트 지음 | 데이비드 스몰 그림 | 박수현 옮김 | 396쪽 | 9,500원
뉴베리 아너 상 수상·전미 도서상 최종 후보작·미국도서관협회(ALA) 선정 '주목할 만한 책'
북리스트 선정 '청소년을 위한 책'·대한출판문화협회 선정 도서·경기도교육청 추천 도서
서울시교육청 전자도서관 추천 도서

37 반딧불이 핑퐁 조준호 지음 | 180쪽 | 8,500원
어린이문화진흥회 선정 도서·아침독서운동 추천 도서·학교도서관사서협의회 추천 도서

38 폴리스맨, 학교로 출동! 이명랑 지음 | 256쪽 | 9,000원
《무비위크》 선정 '충무로가 탐내는 책'·책읽는사회문화재단 우수문학도서
한우리 권장 도서·경기도교육청 추천 도서·서울시교육청 전자도서관 추천 도서

39 몽키맨을 아니? 도리 힐레스타드 버틀러 지음 | 장미란 옮김 | 280쪽 | 8,500원
마크 트웨인 상 수상·살루 상 수상·아이오와 어린이 초이스 상 수상·스콜라스틱 북 클럽 선정 도서
캔자스 주 선정 '최고의 책'·펜실베이니아 주 선정 '청소년 베스트 도서'
아침햇살 추천 도서·한우리 권장 도서·경기도교육청 추천 도서·서울시교육청 전자도서관 추천 도서

40 몽키맨을 알고 있어! 도리 힐레스타드 버틀러 지음 | 장미란 옮김 | 280쪽 | 8,500원

41 2시간 17분 슈퍼스타 가게노 우시오 지음 | 김미영 옮김 | 320쪽 | 9,500원
어린이문화진흥회 선정 도서·학교도서관저널 추천 도서

42 차마 말할 수 없는 이야기 카롤린 필립스 지음 | 김영진 옮김 | 216쪽 | 8,500원
2011 오스트리아 아동청소년 도서상 수상·어린이도서연구회 권장 도서

43 재회 시게마쓰 기요시 지음 | 김미영 옮김 | 424쪽 | 9,500원 | 어린이문화진흥회 선정 도서
경기도교육청 추천 도서·서울시교육청 전자도서관 추천 도서·나오키 상 수상 작가

44 독수리 군기를 찾아 로즈마리 서트클리프 지음 | 김민석 옮김 | 440쪽 | 10,000원
아침햇살 추천 도서·위즈키즈 선정 '이달의 책'·카네기 상 수상 작가

45 라디오에서 토끼가 뛰어나오다 남상순 지음 | 168쪽 | 8,500원 | 경기도교육청 추천 도서
2011 경기문화재단 우수예술프로젝트 선정 사업 수혜작·평화방송 추천 도서
고래가숨쉬는도서관 추천 도서·책읽는사회문화재단 우수문학도서·서울시교육청 전자도서관 추천 도서

46 이름을 훔치는 페퍼 루 제럴딘 머코크런 지음 | 조동섭 옮김 | 344쪽 | 9,500원
카네기 상 수상 작가·휘트브레드 아동문학상 수상 작가·2011 카네기 상 후보작
한국간행물윤리위원회 청소년 권장 도서·경기도교육청 추천 도서·서울시교육청 전자도서관 추천 도서

47 달의 노래 호다카 아키라 지음 | 김미영 옮김 | 224쪽 | 9,000원 | '포플라사 소설 대상' 우수상 수상

48 충분히 아름다운 너에게 쉰네 순 뢰에스 지음 | 손화수 옮김 | 240쪽 | 8,500원
브라게문학상 수상 작가·국립중앙도서관 사서 추천 도서·국립어린이청소년도서관 추천 도서

49 너를 위한 50마일 조단 소넨블릭 지음 | 김영선 옮김 | 288쪽 | 9,000원
한국간행물윤리위원회 청소년 권장 도서·아침독서운동 추천 도서

50 개님전(傳) 박상률 지음 | 176쪽 | 9,000원 | 아침독서운동 추천 도서

51 마녀를 꿈꾸다 이상권 지음 | 272쪽 | 9,000원 | 고래가숨쉬는도서관 추천 도서

52 사자의 꿈 최유정 지음 | 212쪽 | 8,500원 | 책읽는사회문화재단 우수문학도서·고래가숨쉬는도서관 추천 도서

53 인간 합격 데드라인 남상순 지음 | 216쪽 | 8,500원 | 책읽는사회문화재단 우수문학도서

54 우리는 고시촌에 산다 문부일 지음 | 188쪽 | 8,500원 | 서울문화재단 예술창작지원금 수혜작

*사공 청소년 문학은 계속 출간됩니다.